AF308937

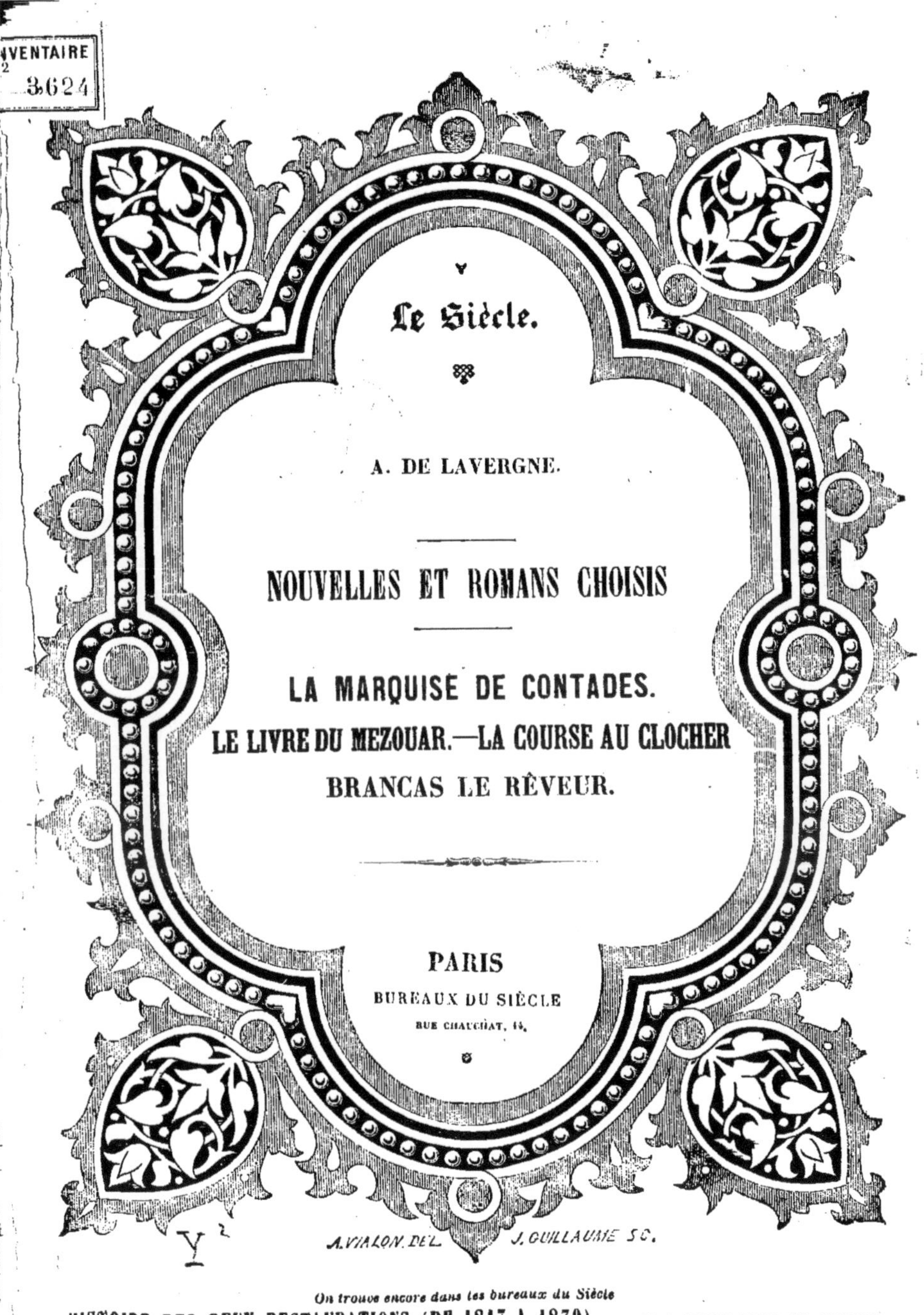

A. VIALON. DEL.   J. GUILLAUME SC.

Alexandre de Lavergne

LA
MARQUISE DE CONTADES

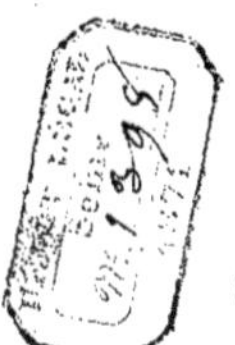

I

LE CABINET DU ROI.

Un jour du mois de septembre de l'année 1691, au sortir de la messe, la grande galerie de Versailles était remplie d'une foule de courtisans qui devisaient ensemble les uns des nouvelles de l'armée et de la dernière victoire remportée par Catinat, les autres du dernier sermon de monsieur de Meaux, lorsque, au milieu de toutes ces têtes masculines, on vit rayonner tout à coup une fraîche physionomie de jeune femme. Alors, comme si quelque fée eût étendu sa baguette magique sur l'assemblée, tous les regards se concentrèrent sur la nouvelle venue, toutes les conversations s'interrompirent, et au bourdonnement confus de la foule succéda un silence d'admiration. C'est que la jeune femme qui passait en ce moment résumait réellement en elle tous les traits caractéristiques de la beauté la plus accomplie. A en juger par la richesse de ses vêtements et par l'air plein de grâce et de noblesse avec lequel elle les portait, elle devait appartenir à cette caste privilégiée, centre commun du mouvement et de la vie de toute une époque, et hors duquel il n'y avait alors qu'une obscure végétation. Pourtant, parmi tous ces gentilshommes réunis dans la grande galerie de Versailles, pas un seul ne la connaissait. Il est vrai qu'elle paraissait si jeune ! A peine devait-elle compter seize années. Jusque-là, sans doute, cette perle précieuse était restée enfouie dans quelque couvent, et le jour où elle en sortit avait probablement été, selon l'usage du temps, le jour de ses noces. Mais alors quel pouvait être l'heureux mortel auquel ce trésor était tombé en partage, et dont les soins avares avaient su le dérober à tous les yeux ? Pourquoi laissait-il ainsi venir seule, dans la grande galerie de Versailles, à une pareille heure de la matinée, celle que tout lui faisait un devoir d'accompagner ?

Telles étaient les conjectures auxquelles chacun se livrait mentalement en apercevant la belle inconnue ; mais elle, sans paraître donner la moindre attention aux mille regards scrutateurs dont elle était l'objet, traversa d'un pas rapide la grande galerie, et, allant droit à l'un

des gardes qui se tenait à l'entrée des appartements particuliers, demanda à voir le roi.

— Avez-vous une audience de Sa Majesté ? — dit celui auquel elle s'adressait.

— Ah ! mon Dieu, non ! — répondit la jeune femme, que cette simple question parut vivement troubler.

— Alors, vous ne pouvez entrer.

— Il faut pourtant que je parle au roi sur-le-champ, — reprit-elle ; — car demain il serait trop tard. Monsieur, au nom du ciel ! indiquez-moi un moyen de parvenir jusqu'au roi.

— Je le voudrais de grand cœur, madame, — reprit le garde ; — mais ce que vous demandez est impossible. Sa Majesté vient de rentrer dans ses appartements, et l'étiquette défend de se présenter devant elle sans être mandé.

— L'étiquette !... — balbutia la jeune femme. — Mon Dieu ! mon Dieu, tout espoir est donc perdu ! et une larme vint rouler le long de ses joues animées d'un vif incarnat.

La beauté peu commune de la suppliante, le mystère qui environnait sa démarche et le désespoir qui semblait s'être emparé d'elle en se voyant repoussée, avait attendri tous les assistants ; mais nul ne se sentait assez fort pour essayer de renverser cette insurmontable barrière d'airain contre laquelle tous les sentiments généreux venaient se briser, l'étiquette. Le sort de celle qui s'en trouvait victime dans cet instant avait donc été décidé, et tout portait à croire qu'il était bien funeste, à en juger par la sombre résignation empreinte sur les traits de la jeune femme, si le maréchal de Villeroi, capitaine des gardes de quartier, n'était venu à passer dans la galerie.

— Eh ! je ne me trompe pas, — s'écria-t-il, — c'est madame la marquise de Contades ; veuillez agréer mon bras. Madame la marquise, vous voulez parler au roi !... Gardes, laissez passer ! il n'y a pas de consigne ici pour une protégée de madame de Maintenon. — A ces derniers mots, il y eut dans la galerie une espèce de frémissement de respect, et les portes de la salle des gardes roulèrent soudain sur leurs gonds, tant le prestige attaché au nom de la favorite avait déjà de pouvoir. La jeune marquise adressa à son protecteur un sourire de reconnaissance, qui exprimait mieux que toutes les paroles une profonde émotion intérieure, et se glissa vive et légère dans la salle des gardes, d'où elle ne tarda pas à être introduite dans le cabinet du roi. — Eh quoi! messieurs, — dit en rentrant dans la galerie le maréchal de Villeroi, — aucun de vous n'a reconnu la jolie pensionnaire de Saint-Cyr, Marie de Rochevert, qui, dans le rôle d'Esther, nous a fait verser tant de larmes sur les malheurs du peuple juif. Ah! si monsieur Racine était ici, il n'aurait pas méconnu, lui, celle qu'il mettait au dessus de la Champmeslé.

— Comment, c'est là mademoiselle de Rochevert! — s'écrièrent deux ou trois vieux courtisans qui avaient eu l'insigne honneur d'assister à la représentation d'Esther à Saint-Cyr, — comme elle est embellie!

— Oui, messieurs, — reprit Villeroi; — et aujourd'hui c'est madame la marquise de Contades; ce pauvre Contades a voulu faire une fin. Il devenait vieux garçon: cinquante ans, je crois! son bel hôtel de la rue Sainte-Catherine, au Marais, lui semblait bien vaste, bien désert, réduit qu'il était à l'occuper seul; et puis c'est un beau nom dans les montagnes d'Auvergne que le nom de Contades, pourquoi n'aurait-il pas songé à le perpétuer? Jamais cette idée-là ne s'était emparée de son esprit d'une manière aussi triomphante que le jour où Sa Majesté voulut bien le convier à venir assister à une représentation d'Esther à Saint-Cyr; c'était à l'occasion de la Saint-Louis, il y a treize mois de cela. Les beaux yeux de sa jeune cousine, car il faut que vous sachiez que mademoiselle de Rochevert est sa cousine, c'est une rose née ainsi que lui au milieu des neiges du mont Cantal, ses grâces, son ingénuité, tout cela fit une telle impression sur ce cher Contades que le lendemain il était dans le cabinet de madame de Maintenon, la suppliant à deux genoux de lui accorder la main de l'intéressante orpheline à laquelle elle avait daigné servir de mère. Madame de Maintenon eut beau objecter l'extrême jeunesse de la future, son défaut absolu de biens; Contades ne voulut rien entendre, mademoiselle de Rochevert l'avait transporté, subjugué, il n'avait plus la tête à lui! Que vous dirai-je de plus? L'occasion était belle pour gagner une fortune à la jeune pensionnaire, madame de Maintenon la fit appeler et lui annonça la généreuse intention du marquis. La petite, qui était bien loin de s'attendre à pareille fête, rougit, pâlit, balbutia quelques mots qui ne signifiaient précisément ni oui ni non; bref, quinze jours après, le mariage avait lieu à huis clos dans la chapelle de Saint-Cyr, et quinze jours plus tard notre ami Contades partit pour l'armée, où le ciel lui a fait la grâce de ne point être tué, car j'apprends à l'instant qu'il revient cette semaine après un an d'absence, et plus amoureux que jamais. J'en suis fort aise pour ma part; me voilà dégagé envers lui. Figurez-vous, messieurs, que ce pauvre marquis a si peur de vous qu'il avait fait promettre à tous les témoins de son mariage de ne point en ouvrir la bouche à la cour tant qu'il ne nous aurait pas lui-même annoncé son retour? Mordieu! il faudra l'emmener à la comédie pour saluer le seigneur Arnolphe. J'ordonnerai aux comédiens de nous donner exprès pour lui *l'École des femmes*.

— Est-ce que monsieur le maréchal connaîtrait à la belle quelque Horace? — articula faiblement une voix partie du sein d'un groupe de courtisans.

— Corbleu! — reprit vivement Villeroi, — qui ose dire cela? Madame de Contades est la vertu même, et je suis prêt à lui servir de champion.

— Tout beau! mon cher maréchal, — s'écria la même voix, qui était celle d'un vieux seigneur, — nous ne sommes plus d'âge ni l'un ni l'autre à descendre en champ clos pour servir la vertu des dames. Elles ont trop beau jeu à garder ce trésor avec des barbes grises telles que nous. Vous plairait-il seulement de remarquer, sans offenser en rien votre jolie marquise, que jamais Sa Majesté n'a donné si longue audience?

Villeroi ne répondit pas.

— Mademoiselle Marie de Rochevert était fort bien vue du roi à Saint-Cyr, — dit tout bas un autre courtisan.

— Madame de Soubise commence à perdre de son éclat, — murmura encore plus bas un troisième.

— Messieurs, — s'écria Villeroi de ce ton péremptoire et quelque peu fanfaron qui lui était habituel, — Honni soit qui mal y pense!

Pendant qu'on s'épuise en commentaires sur madame de Contades dans la grande galerie, voyons ce qui se passe dans le cabinet du roi.

Qui fut bien surpris? ce fut Louis XIV, en apprenant que la jeune marquise lui demandait sur-le-champ une audience particulière. Le grand roi était ce jour-là de belle humeur; il s'était fort diverti à donner à manger aux carpes du grand bassin.

— Eh! bonjour, ma belle Esther, — dit-il à la jeune femme du plus loin qu'il l'aperçut; — qu'il y a long-temps que je ne vous ai vue!

Mais dites promptement ce que vous demandez;
Tous vos désirs, Esther, vous seront accordés.

N'est-ce point ainsi que parle Assuérus dans un endroit de la tragédie de monsieur Racine? Je ne me souviens plus de la réponse d'Esther. Dites-la, mon enfant, je vous permets d'improviser.

— Ah! sire, — répondit madame de Contades, — Votre Majesté daigne encore se souvenir de la petite pensionnaire.

Et elle porta son mouchoir à ses yeux pour y essuyer une larme.

— Qu'avez-vous donc? — reprit vivement le roi; — votre visage est triste, et on dirait que vous avez pleuré. Ah! je comprends, un veuvage d'un an c'est bien long; mais patience, votre mari va vous être rendu: son régiment rentre en France, et il sera ici avant la fin de la semaine.

À ces derniers mots, un sentiment d'effroi bien marqué se peignit dans les traits de la jeune marquise; puis elle ajouta avec une émotion toujours croissante:

— Hélas! sire, je ne suis pas digne de la bonté avec laquelle vous me parlez, et c'est à genoux que je dois me tenir devant vous.

En prononçant ces paroles, elle s'était agenouillée en effet; mais le roi la relevant:

— Vous à genoux! enfant, vous m'effrayez... Qu'avez-vous? Madame de Maintenon se plaint de ce que vous la négligez... Rassurez-vous, je me charge d'obtenir votre pardon.

— Madame de Maintenon! — interrompit Marie avec un mouvement convulsif; — ah! c'est à elle surtout qu'il faut cacher ce que je viens vous dire: j'en mourrais de honte, voyez-vous, sire, si elle le savait.

— Qu'est-ce donc, enfin, qu'y a-t-il? — dit le roi en la faisant asseoir sur un pliant auprès de lui.

— Il y a, sire, que, si vous ne prenez pitié de moi, je suis une femme perdue. Oui, sire, je viens me confier à vous, parce que vous avez été bon pour moi dans mon enfance; je viens me confier à vous comme au plus honnête homme de votre royaume. Sire, ayez pitié de moi, mais ne me regardez pas ainsi, je n'en suis pas digne; vous voyez devant vous une femme déshonorée.

— Déshonorée! vous, Marie!... Ah! malheureuse!

— Oui, sire: lorsque monsieur de Contades a demandé ma main, déjà mon cœur ne m'appartenait plus; mais j'étais pure encore, et je n'ai pas refusé l'offre de ma bienfaitrice. D'ailleurs celui que j'aimais était un trop grand seigneur pour que je pusse jamais espérer devenir sa femme; je le sentais bien. Aussi je lui avais interdit à tout jamais ma présence, et il m'avait promis de m'obéir...

— Et il ne vous a pas obéi? — interrompit le roi avec un léger mouvement d'impatience.

— Hélas ! sire, — articula d'une voix faible et avec la plus grande confusion la jeune marquise, — si mon mari, dans sa juste colère, venait à me tuer maintenant, je ne mourrais pas seule.

Un morne silence, interrompu seulement par les sanglots de la belle pénitente, succéda à cette fatale confession ; à la fin, celui qui l'avait recueillie se leva, et, fixant sur la jeune femme un regard sévère.

— Madame, — s'écria-t-il, — quel est le nom de votre séducteur ?

— Ah ! sire, — répondit-elle, — promettez-moi d'abord que vous ne le punirez pas, car je l'aime toujours.

— Je vous le promets. Son nom ? son nom ?

Ce fut avec un profond soupir que la pauvre Marie balbutia le nom du fils de Louvois, le jeune et brillant comte de Barbezieux.

Louis XIV resta muet et se mit à parcourir à grands pas l'étroit espace où cette scène se passait.

— Maintenant, sire, — ajouta-t-elle, — que vous savez tout, vous me sauverez, n'est-ce pas ? Ma réputation et ma vie sont entre vos mains. Et vous seul, qui êtes tout puissant, pouvez me les conserver l'un et l'autre. Je connais mon mari, sire, il me tuera. Vous ne voudrez pas me laisser tuer, je suis si jeune ! mourir à mon âge, oh ! ce serait affreux ! il faut que j'aie le temps de me repentir pour que Dieu me pardonne. Oh ! sire, j'embrasse vos genoux ; dites-moi que vous le voulez ainsi.

— Retournez à votre hôtel, — dit froidement le roi, — je vous ferai savoir dans la journée ce que j'aurai décidé.

Marie se releva tristement et fit quelques pas pour sortir du cabinet du roi, puis, se retournant vers lui les yeux baignés de larmes :

— Oh ! sire, — s'écria-t-elle, — avant de partir ne me laisserez-vous pas baiser votre main, comme autrefois !

Le roi, vivement ému, lui tendit la main, et appela son valet de chambre.

— Reconduisez madame la marquise à son carrosse par l'escalier dérobé.—Dès qu'elle fut sortie, il alla ouvrir la porte voisine de la salle des gardes.—Est-il venu beaucoup de monde ? — demanda-t-il à l'huissier de service.

— Sire,—répondit cet homme,—messieurs des grandes entrées attendent le bon plaisir de Votre Majesté.

— C'est bien. N'est-il venu personne autre ?

— Sire, il y a encore monsieur de Louvois, qui est là depuis longtemps avec le travail.

— Faites entrer sur-le-champ monsieur de Louvois ! Il n'y aura point de réception aujourd'hui.

. . . .

Louvois entra avec cet air soucieux d'un ministre tout puissant qui n'est plus accoutumé à faire antichambre. Voici la conversation qui eut lieu entre le roi et lui.

— Je vous ai fait attendre, monsieur, c'est madame de Contades qui en est la cause, elle me quitte à l'instant.

— Je le sais, sire. Voici le travail...

— Connaissez-vous madame de Contades ? Elle passe pour une grande beauté.

— Je le crois. Veuillez, sire, jeter les yeux sur ce travail.

— Le régiment d'Auvergne, dont monsieur de Contades est colonel, revient en France !

— Oui, sire, les ordres sont donnés, et monsieur de Contades est attendu incessamment à Paris.

— Ne pourrait-on donner contre-ordre ?

— Impossible, sire, le régiment a déjà passé la frontière.

— Eh bien ! ne pourrait-il pas la repasser ?

— Sire, ce régiment a eu beaucoup à souffrir dans sa dernière campagne ; il est juste d'accorder quelque repos aux officiers, et je ne saurais, en ma qualité de ministre de la guerre, donner mon approbation à une mesure qui tendrait à les en priver.

— Il ne sait rien, — pensa le roi en lui-même, mais il ajouta tout haut : — Pour des raisons à moi connues, il importe que monsieur de Contades ne revienne pas de longtemps à Paris, qu'il ne s'en approche même pas. Entendez-vous ?

— Parfaitement, sire, — répondit Louvois avec quelque amertume, car une lueur funeste venait de traverser son esprit. — Vous voulez trouver un moyen d'éloigner monsieur de Contades, comme jadis monsieur de Montespan.

— Peut-être,—reprit le roi.—Il y a quelque analogie dans la situation. — Louvois, maîtrisé de plus en plus par un soupçon né à la suite des commentaires qu'il avait recueillis dans la grande galerie, ne pouvait en croire ses oreilles en entendant le roi s'expliquer avec si peu de réserve. — Eh bien ! — ajouta Louis XIV après un silence, — avez-vous trouvé un moyen de nous débarrasser pour quelque temps de monsieur de Contades ? Ne pourrait-on l'envoyer en mission dans quelque cour étrangère ? Vous lui expédieriez l'ordre de s'y rendre sans aucun délai. J'ai besoin d'un envoyé extraordinaire à Vienne.

— A Vienne ! — balbutia Louvois. — Mais, sire, Votre Majesté oublie donc que ce poste est brigué par la plus haute noblesse du royaume, et qu'hier encore vous m'en avez fait la promesse pour mon fils le comte de Barbezieux ?

— Votre fils ?... je refuse.

A ce dernier mot Louvois ne put résister davantage à l'indignation qui commençait à s'emparer de lui.

— Sire ! — s'écria-t-il d'une voix altérée, — si vous voulez faire de monsieur de Contades un Montespan, vous ne trouverez pas en moi un Colbert. Vous pouvez me disgracier, sire, mais je ne signerai pas cet ordre.

— Vous le signerez, monsieur, — reprit Louis XIV avec toute l'énergie du commandement, — vous le signerez, parce que je le veux et parce que vous êtes père.

— Que voulez-vous dire ?

— Je veux dire que la marquise de Contades a été déshonorée par le comte de Barbezieux, et que les lois du royaume excusent le mari outragé qui tue l'adultère et son complice. Vous avez un quart d'heure pour y songer.

En même temps le roi sortit de son cabinet. Louvois était tombé atterré sur un fauteuil et se cachait la tête entre ses mains.

Une heure après, on ne s'entretenait dans les appartements de Versailles que de la grande nouvelle du jour. Madame de Contades était décidément appelée aux plus hautes destinées ; son mari venait de l'emporter sur le fils du grand Louvois lui-même pour la légation de Vienne. Pour cela elle n'avait eu qu'un mot à dire au roi. Le maréchal de Villeroi, qui lui avait fait obtenir une audience, ne pouvait manquer d'être nommé grand connétable. Il recevait déjà des félicitations à ce sujet. Quelques courtisans se souvinrent que la famille de Contades leur était alliée à un degré assez éloigné. Quel honneur ! Le soir même ils se firent conduire en chaise à porteurs rue Sainte-Catherine, au Marais, à l'hôtel de Contades, désireux d'être des premiers à complimenter leur belle parente ; mais ils furent bien stupéfaits quand le suisse leur répondit :

— Madame la marquise vient de partir pour ses terres d'Auvergne ; elle nous a annoncé qu'elle y passerait tout l'hiver.

II

L'HÔTEL DE CONTADES.

Au sud-est de Paris s'étend un vaste quartier longtemps désert, et qui longtemps aussi a conservé cette physionomie pleine d'une poésie sévère et quelque peu mélancolique dont le grand siècle a laissé l'empreinte au front de tous ses bâtiments : là vous trouverez encore debout, au milieu des maisons de plâtre et de bois, végétation parasite dont l'industrie et la civilisation contemporaines se plaisent à les masquer, quelques-uns de ces vieux hôtels bâtis en pierres de taille reliées entre elles par un indestructible ciment. Au devant, une large cour dont les pavés disparaissent sous l'herbe ; de l'autre côté, un jardin dont les plates-bandes symétriquement encadrée par quelques ifs séculaires, ont conservé comme un parfum du génie de Le Nôtre ; au centre de l'enceinte, l'hôtel lui-même, sombre maison de pierres noircies percée de distance en distance de hautes fenêtres où le soleil ne pénètre qu'à travers d'étroits carreaux d'un verre grossier, et surmontée d'une toiture en ardoises presque perpendiculaire, que de loin on prendrait pour un drap noir jeté sur un cercueil. Tout cela présente un aspect lugubre et désolé qui attriste l'âme. Il semble que jamais la joie ni le plaisir n'aient pu habiter dans cette enceinte ; et, lorsqu'on vient à la parcourir, un sentiment superstitieux et involontaire fait qu'on assourdit le bruit de ses pas, comme si l'on craignait de réveiller quelque funèbre souvenir enseveli entre ces murailles. Oh ! si ces pierres pouvaient parler, en effet, que d'histoires d'amour, que de mystères, que de sanglantes tragédies elles auraient à raconter !

C'était dans un de ces hôtels, rue Sainte-Catherine, qu'habitaient monsieur et madame de Contades. Neuf ans s'étaient écoulés depuis que cette dernière avait paru pour la première fois dans la grande galerie de Versailles. Que d'événements se passent en neuf ans dans l'existence des nations comme dans celle des individus ! Pourtant, par une exception à la règle commune, monsieur et madame de Contades avaient eu pendant un tel laps de temps la vie la plus paisible, et on pourrait dire la plus monotone ; une parfaite union n'avait cessé de régner entre eux. Il est vrai que le marquis, retenu par les obligations de son service, était rarement à Paris, et que sa jeune épouse se faisait une loi de rester renfermée dans son hôtel tant qu'il était absent. Cette conduite exemplaire la rendait doublement chère à son mari, jaloux comme tous les hommes d'un certain âge qui associent leur destinée à celle d'une jeune et jolie femme. Bien qu'il eût été au désespoir de ce que, par un honneur qu'il n'avait pas brigué, le roi l'eût choisi pour son envoyé à Vienne, il n'avait pu s'empêcher de témoigner la plus vive satisfaction en apprenant que la jeune marquise partie, le soir même de sa nomination, pour l'Auvergne, afin sans doute d'enlever tout prétexte aux propos malins dont elle eût pu être l'objet en demeurant dans la capitale. Maintes fois, il lui en avait témoigné de vive voix et par écrit toute sa reconnaissance, et il ne manquait jamais, dans l'occasion, lorsque la conversation tombait sur l'état conjugal, de citer avec orgueil ce trait, admirable selon lui, de la marquise de Contades. Il est aisé de se figurer le supplice que devait éprouver celle qu'il louait ainsi, et que cet éloge reportait sans cesse à une époque si funeste de sa vie, dont elle eût voulu étouffer à tout jamais le souvenir. Pouvait-elle oublier alors que, dans ce château solitaire, au milieu des montagnes où on la représentait comme se livrant à la pratique de toutes les vertus, elle avait mis au monde, neuf années auparavant, un enfant que le ciel, dans sa pitié sans doute, lui avait retiré presque aussitôt, pour que le fruit de sa honte ne devînt pas un jour l'instrument de sa perte. Depuis lors son union avait été stérile. Ce fatal secret, tout ignoré qu'il fût, la poursuivait sans cesse. Cependant l'un de ceux qui le possédaient était descendu depuis longtemps dans la tombe.

Louvois, le grand Louvois, avait été pris de mort subite au moment où Louis XIV, lassé de ses continuelles résistances, s'apprêtait à lui retirer ce pouvoir dont il était si fier. Son fils, le comte de Barbezieux, le seul désormais avec le roi qui fût initié à ce mystère, avait

été appelé, à l'âge de vingt-deux ans, à continuer l'œuvre glorieuse de son père. La faute dont il s'était rendu coupable envers la jeune protégée de madame de Maintenon était de celles que Louis XIV devait plus que tout autre aisément pardonner. D'ailleurs, la dévote favorite n'en avait jamais rien su ; et puis, il faut bien le dire, plût au ciel que le jeune ministre se fût borné à perdre une âme ! mais, hélas ! si l'on en croit le rapport des contemporains, bien des belles dames de la cour du grand roi seraient appelées au jour du jugement dernier à rendre un terrible témoignage contre le Don Juan du palais de Versailles. Quant à la jeune pensionnaire qui fut le premier objet de ses soupirs, et qu'il avait perdue la première, il est permis de penser que, au milieu de toutes ses infidélités, il conserva pour elle ce culte du cœur qui ne meurt point lorsqu'on sait qu'il est partagé, et que l'austère loi du devoir empêche seule d'y ajouter de précieuses faveurs. Tout au reste devait l'entretenir dans son amour. La marquise de Contades était plus belle que jamais. Lorsque son mari la conduisait à la cour, c'était toujours le même concert d'éloges ; il n'y avait qu'une voix parmi les femmes elle-mêmes sur cette merveilleuse beauté, à laquelle une légère teinte de mélancolie ajoutait un charme de plus. Oh ! quel doux enivrement pour le jeune ministre de se sentir aimé de cette femme ! de retrouver toujours dans ses beaux yeux noirs, quelquefois après une année d'absence, cette indicible expression de volupté qui traduisait en dépit d'elle la joie qu'elle éprouvait de sa présence ! Le roi avait exigé de lui la promesse qu'il ne chercherait pas à revoir la marquise, et qu'il ne lui adresserait jamais la parole, même en public ; mais il n'avait pu leur interdire à l'un et à l'autre de se trouver réunis dans le même lieu quand le hasard amènerait cette rencontre. Aussi, quelle source de jouissances pour eux dans un tendre regard échangé furtivement au milieu de l'agitation d'une fête de cour ! Comme alors, franchissant l'espace qui les séparait, leurs deux âmes s'élançaient l'une vers l'autre, et, s'isolant par la pensée de toute cette foule environnante, s'en allaient doucement entrelacées planer loin, bien loin de cette atmosphère de parfums et de bougies, ainsi que les ombres de Francesca et Paolo dont parle le Dante ! Pauvre Marie ! pendant neuf ans ce fut là tout son bonheur, à de longs intervalles ; que le ciel les lui pardonne ! elle ne violait ainsi aucun de ses serments.

Cependant ce bonheur même était sur le point de lui être ravi. Monsieur de Contades, qui venait de se retirer du service à l'âge de cinquante-neuf ans, avec le grade de lieutenant général honoraire des camps et armées du roi, annonçait déjà hautement le projet d'aller passer le reste de ses jours dans son château d'Auvergne, avec sa jeune épouse, se proposant, au surplus, ajoutait-il de venir de temps à autre faire quelques voyages à Paris ; mais nul n'ignorait qu'une fois confiné dans ses montagnes le vieux gentilhomme ne serait guère disposé à en sortir. Le marquis de Contades était en effet un de ces hommes qui, après avoir épuisé dans leur jeunesse la coupe des voluptés, se trouvent blasés de bonne heure sur toutes les joies du monde, et par cela même peu disposés à y prendre part. Il s'était marié par dégoût de la vie et avait fait la guerre par désœuvrement. Maintenant que l'âge et les infirmités ne lui permettaient plus de se livrer au métier des armes, il se faisait une véritable fête de pouvoir enfin se reposer dans le manoir de ses pères, loin de la cour et de l'étiquette, et de mener la vie oisive d'un riche seigneur châtelain. Il avait toujours trouvé dans sa femme tant de docilité et de résignation qu'il ne songeait même pas dans son égoïsme, qu'il lui imposait là le plus pénible de tous les sacrifices ; s'il eût été plus clairvoyant, il aurait frémi sans doute de voir avec quelle douceur elle s'y soumettait. Car il n'y a rien qui rende une femme aussi souple devant les volontés les plus tyranniques de son mari qu'une mauvaise conscience.

En revanche, dès qu'elle se trouvait seule, la jeune marquise pleurait amèrement en songeant qu'il lui faudrait bientôt renoncer à cette existence toute de mystère et de contemplation qui avait tant de charmes pour elle. S'en aller vivre loin de *lui*, sous des cieux où elle ne le verrait pas, lorsque cette vue était sa seule consolation, n'était-ce pas pour elle le plus affreux des supplices? C'était renoncer au soleil, à l'air pur et libre, à tout ce qui vivifie, pour être ensevelie vivante au fond d'une tombe. Un jour que, absorbée dans ces tristes pensées, elle était assise au coin de la vaste cheminée de sa chambre, suivant d'un regard mélancolique les progrès de la flamme du hêtre qui achevait de se consumer dans l'âtre, son mari entra dans sa chambre. Elle tressaillit à cette vue, comme si elle eût craint qu'il eût pu lire ce qui se passait au fond de son cœur, mais elle se remit bientôt, et ce sentiment fit place à un vague instinct de curiosité en apercevant entre ses mains, à la lueur d'un jour terne et blafard de décembre, deux lettres cachetées d'un sceau de cire rouge aux armes de France.

— L'une de ces lettres est pour vous, madame ! — s'écria le marquis ; — elle porte le timbre du cabinet du roi. Savez-vous ce que ce peut-être?

— Non, vraiment, monsieur, — répondit la jeune femme, — car je n'ai demandé aucune grâce à Sa Majesté.

— Ni moi non plus, — reprit le marquis, — et vous voyez que j'ai cependant aussi mon message. Lisons donc, car il me tarde de connaître le mot de cette énigme. Voulez-vous, madame, que nous fassions un échange? Tenez, voici la lettre qui m'est destinée , lisez-la; je me charge de la vôtre.

— Très-volontiers, monsieur.

En parlant ainsi, madame de Contades enleva assez négligemment le cachet de la lettre que lui présentait son mari, et se mit à la parcourir à voix basse. A peine en avait-elle déchiffré les premiers mots, qu'un vif incarnat se peignit sur ses joues, et qu'elle sembla un moment près de perdre la respiration, tant cette lecture lui causai videmment de trouble et d'émotion. Monsieur de Contades, de son côté, n'était pas moins préoccupé de la sienne; une pâleur soudaine avait couvert son front; seulement, à voir l'étreinte convulsive de ses doigts sur le papier, il était aisé de conjecturer qu'un sentiment pénible de colère mal déguisée s'était emparé de lui. Il rompit le premier le silence, en s'écriant avec brusquerie :

— Que contient cette lettre ?

— Oh! monsieur, — balbutia la jeune marquise d'une voix entrecoupée, — c'est une faveur bien flatteuse pour vous.. Le roi... en récompense de vos services, vous nomme gentilhomme ordinaire de la chambre. Tenez, lisez !

Le marquis, pour toute réponse, murmura sourdement :

— Au fait, cela devait être ! — Puis il ajouta : — Vous ne me demandez pas ce que contient votre lettre. Le sauriez-vous déjà ?

— Non, monsieur, je vous jure... — répondit madame de Contades, effrayée du ton avec lequel son mari avait prononcé ces derniers mots.

— Eh bien ! madame, sachez donc que le roi, en récompense aussi de mes services, vous confère la dignité de première dame d'atours de la duchesse de Bourgogne. Tenez, lisez à votre tour; lisez bien ces précieuses lignes, témoignage éclatant de la faveur royale. N'admirez-vous pas comme cela se rencontre? Tous deux à la fois nommés à des charges que nous n'ambitionnions pas, que nous n'avions pas même demandées, à des charges qui obligent à résidence ! Vous voilà bien heureuse, n'est-ce pas, madame ? nous ne quitterons pas la cour. Nous serons désormais dans les honneurs l'un et l'autre; mais aussi adieu tous mes projets de retraite. Madame, madame, soyez franche avec moi, ne cherchez pas à me tromper : c'est vous qui avez sollicité en dessous main cette double faveur qui m'enchaîne ici. Le séjour de nos montagnes, avec un vieil époux pour toute société, effrayait votre jeunesse. Pourquoi ne me l'avoir pas avoué plus

tôt ? j'aurais cherché à concilier vos plaisirs et mes goûts; car je vous aime, vous le savez ; mais vous avez préféré employer la ruse pour en venir à vos fins. Ah ! madame, c'est mal ! c'est bien mal !

Après avoir ainsi parlé, le marquis était allé se jeter dans un fauteuil placé à l'extrémité de la chambre, en cachant sa tête dans ses mains. Il y avait dans le désespoir de ce vieillard, déshérité tout à coup de ses plus chères illusions, et qui peut-être alors, pour la première fois de sa vie, calculait toutes les conséquences d'une union mal assortie, quelque chose de digne et de poignant à la fois qui eût attendri le spectateur le plus indifférent. Sa femme en eut pitié, et, bien qu'elle eût lieu de se montrer blessée d'une accusation qu'elle n'avait pas méritée, elle se leva précipitamment du siége qu'elle occupait au coin de la cheminée et qu'elle n'avait pas quitté jusqu'alors, et accourut auprès de monsieur de Contades. Quelque temps elle se tint devant lui, muette et dans une attitude mêlée de compassion et de respect, sans qu'on pût deviner, sinon peut-être aux battements de son cœur, qu'il s'y livrait dans ce moment même un terrible combat. En effet, n'était-elle pas semblable au condamné qui vient de recevoir sa grâce et qui apprend tout à coup que cette grâce est inutile? Dans sa main elle tenait encore cette lettre royale qui lui ouvrait tout un avenir de fêtes, de plaisirs et de joie, un avenir où plus que jamais peut-être elle pouvait espérer de s'enivrer de la vue de celui qui était tout pour elle. Elle n'avait qu'un mot à dire pour cela : J'accepte. En même temps, ses yeux étaient fixés sur un vieillard que ce mot plongerait dans le deuil, un vieillard morose, infirme, usé par le métier des armes, et au repos duquel elle avait déjà fait tant de sacrifices, mais qui attendait encore ce dernier. Ainsi, dans cet angle obscur de son appartement, la jolie marquise pouvait voir apparaître sur les sombres boiseries, d'un côté toutes les pompes de Versailles et de Marly, les danses, les chasses, les musiques, les beaux gentilshommes empressés autour d'elle, tandis que de l'autre surgissait un vieux château féodal perdu au milieu des montagnes, enseveli sous la neige les trois quarts de l'année, avec de grossiers paysans et des gardes-chasses pour toute société et la conversation d'un vieux chapelain pour toute distraction. Quelle femme n'eût partagé ses irrésolutions ?

A la fin le sentiment du devoir l'emporta, et, saisissant une des mains de son mari qu'elle pressa tendrement dans les siennes :

— Monsieur le marquis, — s'écria-t-elle en adoucissant encore les inflexions de cette voix si pure et si touchante qu' quelques années auparavant avait fait répandre tant de larmes aux belles dames conviées aux représentations de Saint-Cyr, — Dieu m'est témoin que je n'avais pas sollicité un poste que je sais n'être pas dans vos goûts; et, pour vous en donner une preuve convaincante, souffrez que j'écrive à l'instant même au roi pour le prier d'agréer mon refus. Ne craignez point du reste que je laisse soupçonner à qui que ce soit que ma conduite m'a pu être, dans cette circonstance, dictée par vous. Non, monsieur, je serai malade au besoin, s'il le faut, pour que le soin de ma santé puisse être une excuse suffisante auprès de Sa Majesté, et maintenant, — ajouta-t-elle en s'inclinant gracieusement devant lui, — m'en voulez-vous encore?

Monsieur de Contades, ému jusqu'aux larmes d'un sacrifice auquel il était sans doute loin de s'attendre, baisa avec transport le front charmant qu'on lui présentait. Tant de douceur et de générosité l'avait confondu ; il rougissait de l'emportement qu'il avait montré non moins que de la sotte jalousie qui lui avait suggéré le projet d'emmener loin de Paris et de la cour une jeune femme passionnément aimée et dont il avait lieu, d'après ce qui vient de se passer, de se croire payé de retour. Sous le feu de ces beaux yeux tendrement fixés sur lui, il se sentait revivre il oubliait l'énorme distance d'âge qui le séparait de Marie. Comme elle, il avait vingt ans.

— Non, — s'écria-t-il en tombant aux pieds de la jeune

marquise,—non, je n'accepte pas un pareil sacrifice. C'est à moi de vous demander pardon à deux genoux d'avoir pu un seul instant douter de votre tendresse pour moi. Marie, ma belle Marie, vous êtes mon idole, mon trésor, ma vie. Oh ! dites-moi que vous me pardonnez. C'est qu'on a sujet d'être défiant à mon âge, voyez-vous... — et comme elle s'empressait de le relever en lui souriant doucement, il se mit dans un fauteuil et la fit asseoir sur ses genoux. — Ecoute, — ajouta-t-il de ce ton presque paternel qu'il employait avec elle dans ses plus intimes épanchements ; — je veux que tu m'obéisses. Tu seras dame d'atours de madame la duchesse de Bourgogne, puisque cela plaît au roi. D'ailleurs cela me plaît aussi à moi. Nous sommes riches, jusqu'à présent nous n'avons pas beaucoup joui de notre fortune. Eh bien ! à partir de ce jour il faut qu'il en soit autrement. Je veux que tu brilles à la cour par le luxe de tes équipages et de ta livrée, comme tu brilles déjà par ta beauté ; et moi j'en serai fier. J'étais fou de vouloir te reléguer en Auvergne, il n'y a que les avares qui enfouissent leurs trésors. Allons, morbleu ! plus de larmes, plus de soucis et embrassez-moi !

— Que vous êtes bon pour moi ! — murmura la jeune femme.

— Et toi, que tu es belle ! — répondit le marquis.—Ah ça ! —reprit-il après un silence, —je crois avoir deviné le nom de la personne à laquelle nous sommes redevables d'une double faveur qui va nous rendre un objet d'envie pour toute la cour. Je suis sûr que c'est votre protectrice, madame de Maintenon. Qu'en pensez-vous ?

— Je le pense aussi, — balbutia en rougissant la marquise.

Pauvre Marie ! elle savait bien qu'elle mentait, et elle ne s'était point trompée sur l'origine des deux lettres.

A partir de ce jour-là, on ne vit à l'hôtel de Contades que des visages riants et remplis d'allégresse. Mais, hélas! cet état de choses devait-il être de longue durée, et dans un ciel d'azur un habile pilote n'aurait-il pas découvert à l'horizon le point noir qui annonce la tempête?

III

UNE REPRÉSENTATION D'ARMIDE.

Huit jours environ s'étaient écoulés depuis l'élévation de la marquise de Contades à la charge de première dame d'atours de madame la duchesse de Bourgogne, huit jours pendant lesquels son mari, jaloux de lui faire oublier ce qui s'était passé de cette occasion, n'avait cessé de se montrer prodigue envers elle des soins les plus tendres, des attentions les plus délicates. Selon sa promesse, il avait acheté de nouveaux équipages et renouvelé sa livrée. L'or et l'argent avaient été répandus à pleines mains pour que tout cet attirail de luxe, alors attribut exclusif des maisons nobles, pût rivaliser de richesse et de bon goût avec ce que les plus grands seigneurs de la cour possédaient de plus parfait en ce genre. A chaque instant, la porte de l'hôtel de Contades roulait sur ses gonds pour donner passage à quelque beau couple de chevaux du Mecklembourg, à quelque lourd carrosse étincelant de dorures et laissant voir sur ses panneaux luisants les deux écussons écartelés de Contades et de Rochevert, surmontés de la couronne de marquis. Puis c'étaient des ouvriers de toute espèce pris parmi les meilleurs faiseurs de la capitale, qui pour vêtir, qui pour coiffer les gens de madame la marquise. On eût, dit à voir tous ces préparatifs, que la maison de Contades, anoblie de la veille, se hâtait d'essayer sa nouvelle noblesse, s'il n'eût suffi, pour se convaincre du contraire, de jeter les yeux sur l'armorial de la comté d'Auvergne, où les Contades figurent, au témoignage de

d'Hozier, parmi les sept ou huit familles de la province *dont l'illustre origine se perd dans la nuit des temps.*

Pendant ce temps-là, la jeune marquise se tenait confinée dans son hôtel, pour obéir aux ordres de son mari, qui n'avait pas voulu qu'elle reparût à la cour avant qu'elle pût s'y présenter sur un pied digne du rang élevé auquel elle venait d'être appelée. Madame la duchesse de Bourgogne avait daigné se prêter à cette petite faiblesse conjugale, et il était convenu que sa nouvelle dame d'atours lui serait présentée dans les premiers jours de janvier. On était alors très-près de cette époque solennelle, puisque les événements qui vont se passer avaient lieu le 30 décembre 1700.

Ce jour-là, il y avait grande solennité à l'Opéra, à l'occasion de la reprise d'*Armide*, de Lulli et Quinault. La célèbre mademoiselle Le Rochois, qui, jeune encore, avait quitté le théâtre depuis deux ans, dans tout l'éclat de sa gloire et de ses succès, avait consenti à jouer pour cette fois le rôle d'Armide, son triomphe. Le roi et toute la cour devaient assister à cette mémorable représentation. Monsieur de Contades s'était souvenu, à cette occasion, que sa femme aimait passionnément la musique, et il avait fait retenir une des plus belles loges du théâtre. Il voulait qu'elle en profitât pour essayer une parure nouvelle du plus grand prix, dont il lui avait fait présent, et qui devait rehausser merveilleusement tant de charmes, dont il était fier d'être l'heureux possesseur. Il avait été convenu, en outre, qu'on se servirait pour cette fois d'un des nouveaux attelages, et que les laquais endosseraient leur splendide livrée. C'était donc un beau jour pour la marquise de Contades que le 30 décembre 1700 !

Le roi et la cour devaient se trouver à l'Opéra, toute la cour ! Songez-vous que ce mot-là, qui comprenait peut-être trois cents noms, se résumait en un seul pour cette femme ! songez-vous que, huit jours auparavant, il s'agissait pour elle de renoncer à tout jamais à entendre prononcer ce nom, à voir celui qui le portait, c'est-à-dire de devenir sourde et aveugle, et que, par je ne sais quelle faveur inespérée du hasard ou de la Providence, l'ouïe et la lumière lui avaient été rendues. Maintenant, si vous la voyez, assise devant une riche toilette chargée de fleurs et de bougies, se mirer en souriant dans une glace de Venise ; si vous lisez dans ses beaux yeux noirs une naïve expression de contentement en se voyant si jolie et si bien parée, gardez-vous de l'accuser de coquetterie. Est-ce qu'une femme qui aime est coquette ?

Il y a déjà longtemps qu'il fait nuit close et que les bougies sont allumées. Six heures viennent de sonner à cette grande horloge de Boule placée à l'angle de la chambre. Six heures ! et monsieur de Contades n'est pas encore rentré. Il n'ignore pourtant pas que l'Opéra commence de bonne heure. Qui peut le retarder ainsi ? Parti dans la matinée pour Versailles, il a eu tout le temps nécessaire pour y voir au besoin tous les ministres. Déjà la jeune marquise n'a plus autant de plaisir à consulter son miroir, qui ne lui renvoie plus que le reflet d'une physionomie boudeuse ; déjà sa main se lasse de jouer avec son éventail de plumes. Si encore elle n'avait pas congédié ses femmes, elle trouverait sans doute moyen de charmer le temps en faisant retoucher telle partie de sa coiffure ou de ses vêtements ; mais elle est seule. Que faire? Ses yeux tombent sur un volume des œuvres de Racine oublié sur une table ; elle le prend, l'ouvre au hasard ; c'est une scène de la tragédie d'*Esther.* Ah ! que de doux souvenirs attachés à cette tragédie pour Marie de Rochevert ! Tendre Marie, croyez-moi, laissez là ce livre ; tout ce passé qu'il ressuscite pour vous, je le devine aux battements précipités de votre sein... Cette lecture vous absorbe donc bien que vous ne songez plus même à regarder l'heure au cadran ? Vous vous croyez encore dans les frais jardins de Saint-Cyr, étudiant votre rôle dans les charmilles, en rêvant à ce jeune seigneur dont les yeux n'ont pas quitté les

vôtres pendant la visite du roi, puis à une main tendrement pressée, puis à ce premier baiser... Eveillez-vous,
madame la marquise, vous êtes à l'hôtel de Contades,
et voilà que le suisse ouvre la grande porte pour donner
passage au carrosse de votre mari qui revient de Versailles.

C'est bien lui, seulement il est plus pâle que de coutume ; et, quoiqu'on soit alors au cœur de l'hiver, la
sueur coule sur son front ; la marquise s'est levée, et,
s'empressant à sa rencontre :

— Eh bien ! monsieur, — lui dit-elle avec douceur, —
arrivez donc ; savez-vous qu'il est six heures et demie,
et que l'opéra commencera sans nous ? Ce n'est pas bien
à vous, au moins, de me faire attendre ainsi. — Et
comme le marquis gardait toujours le silence.—Comment
me trouvez-vous ? — ajouta-t-elle avec un babil rempli
d'une grâce enfantine.—Cette parure me va-t-elle bien ?
Suis-je coiffée selon votre goût ? Mais répondez-moi
donc. Vous paraissez soucieux et n'avez seulement pas
songé à m'embrasser. Qu'est-ce ? qu'avez-vous ? Seriez-
vous malade ?

Le marquis poussa un profond soupir ; et, s'installant
dans un fauteuil,

— J'ai enfin obtenu une audience de madame de
Maintenon.

— Eh bien ?

— Je lui ai offert vos remercîments et les miens de la
haute faveur qu'elle veut bien nous témoigner à l'un et
à l'autre. Savez-vous ce qu'elle m'a répondu ?

Madame de Contades, qui jusque-là avait gardé la plus
grande sérénité, ne put s'empêcher de pâlir à cette
interrogation, et elle répondit d'une voix qu'elle essaya
de rendre calme.

— Non, monsieur, veuillez me l'apprendre.

— Ecoutez donc bien, — dit le marquis en attachant
sur elle un regard plein d'une sombre fixité ; — car vous
êtes plus à même que toute autre de m'expliquer le sens
de ces paroles. Madame de Maintenon m'a dit en propres
termes : « Mon cher Contades, je ne puis recevoir vos
» remercîments ; car je vous assure que je suis entière-
» ment étrangère à ce qui vous arrive d'heureux dans
» cette circonstance. Vous ne doutez point de mon désir
» d'être utile à mon élève ainsi qu'à vous ; mais j'ai
» toujours été prévenue sur ce point auprès de Sa
» Majesté. » Voilà ce que m'a dit madame de Maintenon.
C'est étrange, n'est-ce pas ?

— Très-étrange, en effet, — balbutia la marquise.

— Comment ! — reprit monsieur de Contades avec
une amère ironie, — vous ne savez pas quel est le puissant protecteur qui a pu ainsi, sans nous consulter ni
l'un ni l'autre, me faire, moi, gentilhomme ordinaire de
la chambre du roi, et vous, dame d'atours de madame
la duchesse de Bourgogne ? Je pense que ce doit être un
des premiers du royaume. Quel qu'il soit, mordieu ! je
voudrais lui en faire mes remercîments.

— Monsieur, en vérité, je ne sais.

— Je le saurai, moi, je vous en donne ma foi de
gentilhomme. — En même temps le marquis se leva,
et, offrant la main à sa femme, qui était demeurée interdite :—Partons pour l'Opéra, — s'écria-t-il ; —aussi bien,
qui sait si nous n'aurons pas le bonheur d'y rencontrer
notre protecteur inconnu ?

En disant ces mots, il conduisit la jeune marquise
avec une galanterie toute chevaleresque jusqu'au carrosse qui les attendait dans la cour de l'hôtel, et se
plaça respectueusement sur le devant. Les chevaux
partirent au galop.

Sept heures du soir ! Les abords de l'Opéra sont
encombrés de chaises à porteurs, de carrosses armoriés,
de valets portant des flambeaux, de gardes à cheval.
À l'intérieur, au milieu d'une atmosphère de parfums et
de fleurs des plus rares, une foule brillante, vêtue avec
tout le luxe de l'époque, s'épanouit au front de toutes
les loges, à la clarté de mille bougies. Au centre, dans

le parterre, on voit ondoyer les panaches des mousquetaires et des gendarmes de la garde du roi, tandis
que, placés comme à l'avant-garde de ce corps de bataille,
sur les tabourets qui garnissent le théâtre des deux côtés
de l'avant-scène, jusqu'à la balustrade, tous les beaux
seigneurs de la cour, les rois du bel air et de la galanterie, les joyeux compagnons de plaisir de monseigneur
le duc de Chartres, étalent pompeusement leurs grâces
et leur bonne mine, et saluent avec de grands airs évaporés les belles dames des loges.

Tout le monde est arrivé depuis longtemps ; on n'attend plus que le roi, et le thème varié des critiques sur
la toilette, le visage et peut-être même la vie entière de
chaque spectatrice, est déjà presque épuisé. Pourtant
une nouvelle loge vient de s'ouvrir au premier rang, au
côté de la reine. Voilà des retardataires, les reconnaissez-
vous ? Un mouvement d'attention bien prononcé se
manifeste d'abord sur le théâtre, puis se propage de
loge en loge, au parterre et jusqu'au cintre de la salle.
C'est la jolie marquise de Contades. Ses apparitions dans
le monde sont si rares qu'il ne faut pas s'étonner qu'elles
y produisent tant d'effet. Entendez-vous le feu roulant
des exclamations et des questions qui s'échangent de
toutes parts :

— Comment la trouvez-vous ?

— Admirablement belle.

— Oui, mais peut-être un peu pâle.

— Cette pâleur lui sied si bien !

— Le marquis se décide donc à laisser voir son trésor !

— Il faut qu'il couve quelque grande maladie, car ce
n'est plus du tout le même homme depuis huit jours.

— C'est vrai, il me semble bien gai.

— Ah dame ! quand on possède une pareille femme !

— Quels yeux ! quelle bouche ! quelle taille de nymphe !

Permettez-moi de passer sous silence le détail des
beautés, sans nombre de madame de Contades, qui
d'ailleurs vient, par une pudique modestie, de se cacher
le visage avec son éventail, pendant que le marquis
a peine à répondre aux nombreuses salutations qui
pleuvent sur lui de toutes parts. Jamais il n'a eu autant
d'amis.

Tout à coup des acclamations se font entendre à l'extérieur, mêlées au retentissement sourd et prolongé du
pavé sous les pieds des chevaux et sous les roues de
nombreux carrosses ; par un mouvement spontané, toute
l'assemblée s'est levée, tous les fronts se sont découverts.
Le roi paraît dans sa loge, accompagné de la duchesse
de Bourgogne et de ses deux petits-fils, les ducs de
Bourgogne et de Berri.

Les loges voisines, restées vides jusqu'alors, se remplis-
sent en même temps de tous les personnages les plus
éminents de sa suite, les maréchaux de Villeroi et de
Lafeuillade, les ministres secrétaires d'État Chamillard,
Pontchartrain, Torcy, le lieutenant général de police
d'Argenson. Les cris de Vive le roi ! ébranlent la salle
jusque dans ses fondements. Louis XIV y répond en
saluant avec sa grâce accoutumée, et l'orchestre, qui
n'attendait que l'arrivée du roi pour commencer, exécute
la symphonie d'ouverture de l'opéra d'*Armide*. Aux
derniers arpéges, au moment où le rideau se lève, le roi
donne le signal des applaudissements. Hélas ! ce n'était
déjà plus qu'un hommage rendu à un illustre mort.
Lulli, l'incomparable Lulli, comme on disait alors, n'était
plus. Il était descendu dans la tombe avec tant d'autres
gloires contemporaines dont il était réservé au grand roi
de mener le deuil, jusqu'à ce qu'enfin, toutes étant ense-
velies dans leur sépulcre, il ne lui restât plus qu'à s'y
coucher aussi le dernier. Vous n'attendez pas sans doute
que je vous analyse le poëme de Quinault, pas plus que
les mélodies de Lulli, si goûtées pendant près d'un siècle,
et dont Dieu garde aujourd'hui vos oreilles ! Laissons, si
vous m'en croyez, le beau Renaud en perruque blonde
bouclée, surmontée d'un casque empanaché, languir

entre les bras de l'enchanteresse en robe à queue à
grands ramages, qui le retient captif dans son palais
magique. Quand le drame se passe dans la salle, à quoi
bon l'aller chercher sur le théâtre ?

A côté du roi et presque en face de madame de
Contades, une loge, une seule loge, est restée vide.
Pendant longtemps on a pensé que le propriétaire de
cette loge, attardé par quelque obstacle fortuit, viendrait
y prendre place ; mais on est déjà au troisième acte
d'*Armide* et nul encore n'y a paru. Ah ! si celui qu'on attend
ainsi savait avec quelle fiévreuse impatience deux beaux
yeux se fixent incessamment sur la porte de cette loge,
il se hâterait d'accourir, ne fût-ce que pour contempler
à son aise le charmant vis-à-vis dont son absence
prolongée excite la curiosité, peut-être même le dépit.
D'ailleurs, si c'est un courtisan, il ne doit pas ignorer
combien le roi est exigeant et à quelle disgrâce il s'expose
en manquant à un spectacle que Louis XIV honore de
sa présence. Déjà les yeux du monarque se sont portés
à plusieurs reprises sur la loge vide, et ses augustes
sourcils se sont froncés. Arrivez vite, monseigneur, si
vous voulez conserver les grandes entrées et n'être pas
à jamais déshérité du bougeoir.

Ce courtisan coupable est monsieur de Barbezieux,
ministre d'Etat de la guerre. Qui peut le retenir ? Voici la
fin du troisième acte. Ecoutons ce qui se passe dans la
loge du roi.

— Sire, — dit un écuyer qui entrait en ce moment
dans la loge royale, — il vient d'arriver un exprès de
Versailles avec un message pour Votre Majesté.

— Donnez, monsieur, — répondit le roi avec une légère
agitation ; — que se passe-t-il donc de nouveau à Versailles ? Et, ayant brisé le cachet, il parcourut vivement
l'écrit, non sans laisser apercevoir sur ses traits l'empreinte d'une légère altération qui fut remarquée dans
toute la salle ; puis il s'écria à haute voix, en s'adressant
aux gentilshommes debout dans le fond de la loge : —
Messieurs, nous ne coucherons point ce soir au Louvre ;
faites donner contre-ordre. Je repartirai pour Versailles
aussitôt après le spectacle.—Comme la duchesse de Bourgogne se penchait vers lui pour lui demander le motif
de cette brusque détermination, il la prévint en lui disant assez haut pour être entendu dans la loge voisine :
— Monsieur de Barbezieux a été pris d'un évanouissement
subit au moment de monter en carrosse, et l'on me
mande que Fagon en désespère. C'est ainsi qu'est mort
monsieur de Louvois.

En prononçant ces paroles, le roi, involontairement
sans doute, porta ses regards sur la jeune marquise de
Contades, qu'il avait parfaitement reconnue, et qui souriait alors d'une remarque plaisante que venait de faire
son mari.

Sur ces entrefaites, on entendit frapper les trois coups
d'usage, qui annonçaient que le quatrième acte d'*Armide*
allait commencer, et chacun devint tout yeux et tout
oreilles. Cependant, soit que l'entr'acte eût été plus
court que d'habitude, soit que le feu de la conversation
eût retenu quelques-uns des spectateurs en dehors de
la salle plus longtemps que de raison, il y eut pendant
tout le commencement du quatrième acte une sorte de
tumulte extérieur causé par ceux qui regagnaient précipitamment leurs places. Au nombre de ceux-ci étaient
deux jeunes officiers des compagnies rouges, qui traversèrent en courant le couloir des premières loges du
côté de la reine. L'un d'eux cria à son camarade :

— Sais-tu la nouvelle ?

— Oui, — répondit l'autre d'une voix claire et sonore
qui retentit dans la loge de madame de Contades comme
la trompette de l'archange au jour du jugement dernier,
— Monsieur de Barbezieux se meurt.

En entendant ces paroles, la jeune marquise tomba
évanouie sur le devant de sa loge.

Cet accident faillit interrompre le spectacle : car plusieurs personnes, quittant leurs places, vinrent offrir des
secours à monsieur de Contades. Le vieux gentilhomme
leur répondit avec une grande tranquillité :

— Ce n'est rien, je vous remercie ; madame la marquise
est sujette à ces évanouissements, et le jeu pathétique
de mademoiselle Le Rochois l'a tellement émue qu'elle
en a perdu connaissance. Veuillez seulement faire appeler mes gens et mon carrosse. Je suis le marquis de Contades.

Et avec une force dont on ne l'aurait pas jugé sus-
ceptible, il enleva sa femme dans ses bras comme le plus
léger fardeau.

IV

EXPIATION.

Lorsque la marquise de Contades sortit de son évanouissement, l'esprit encore rempli du vague souvenir
de toutes les pompes de l'Opéra, les yeux tout éblouis de
cette atmosphère lumineuse dans laquelle ses regards
s'étaient plu à errer toute la soirée, elle éprouva un
effroi instinctif en se trouvant couchée sur un lit, tout
habillée, dans une vaste chambre où deux bougies ré-
pandaient une lueur funèbre, et elle referma vivement
les yeux. Lorsqu'elle les rouvrit, elle ne tarda pas à reconnaître, après un léger examen, que cette chambre
était bien la sienne, et, ayant penché sa tête en avant,
elle aperçut, assis au coin de la cheminée, un homme
qui, le menton appuyé dans l'une de ses mains tandis
que l'autre reposait comme crispée sur le chambranle de
marbre, paraissait plongé dans de profondes réflexions.
C'était son mari. Elle frémit à cette vue ; car alors ses
idées, toutes confuses auparavant, se débrouillèrent dans
son cerveau avec une fatale netteté. Elle se souvint à la
fois et des soupçons qu'il avait rapportés de Versailles et
de cette effrayante nouvelle recueillie à travers l'étroite
cloison d'une loge d'Opéra, cette nouvelle qui, en la renversant à demi morte et en lui brisant le cœur, avait
apporté un si terrible élément de conviction dans celui
de son mari. Oh ! pourquoi cet anéantissement de ses fa-
cultés dans lequel elle était tombée alors avait-il été de
si courte durée ? pourquoi Dieu, dans sa bonté, n'avait-il
pas permis qu'elle ne se réveillât jamais ?

Maintenant elle n'avait plus aucun moyen de cacher
sa faute, puisque elle-même s'était trahie, ni d'éviter le
châtiment, puisque elle se trouvait seule, seule avec son
juge, au milieu de la nuit, dans la partie la plus isolée
de l'hôtel, sans pouvoir espérer aucun secours. Cette pensée la glaça de terreur ; car si elle avait souhaité la mort,
c'était surtout pour ne point avoir à subir les reproches
et la colère de son mari. Et puis, quelque sujet qu'on ait
de se détacher de la vie, comment ne pas trembler devant l'image d'une mort violente ? Aussi, s'attachant avec
une ardeur fébrile à tout ce qui pouvait lui présenter les
moyens d'écarter cette image, la jeune femme referma
les yeux et s'étudia à retenir son souffle, pensant que si
elle parvenait à rester dans cet état jusqu'au jour, son
mari ne voudrait pas la tuer, de peur que ses cris n'atti-
rassent l'attention des gens de l'hôtel, lorsque tout le
monde serait éveillé.

A peine avait-elle formé cette résolution qu'elle entendit distinctement des pas lents et mal assurés s'approcher de son lit, et qu'elle sentit glisser à travers ses paupières la lueur vacillante d'une bougie. Dans ce moment,
la bise de décembre, qui n'avait cessé de mugir dans la
cheminée, apporta à son oreille le tintement mélancolique de l'horloge de Saint-Gervais qui sonnait trois heures.
Un frisson glacial qu'elle ne put réprimer courut dans
tous ses membres, et elle étendit convulsivement les bras
en avant, comme pour écarter l'instrument de mort dont

elle se voyait menacée ; puis elle se mit à cacher sa tête sous son oreiller, en fondant en larmes.

Monsieur de Contades posa doucement le flambeau qu'il tenait à la main, et, affectant toujours la même tranquillité qu'il avait montrée à l'Opéra, bien que l'altération profonde de ses traits démentît le calme emprunté de sa démarche, il dit à sa femme du ton le plus naturel :

— Me pardonnerez-vous de vous avoir conduite à l'Opéra ? C'est moi qui suis cause de votre évanouissement, produit, j'en suis sûr, par l'extrême chaleur et par les émotions de la scène ; car mademoiselle Le Rochois a été admirable. Toutefois je n'aurais pas cru que votre indisposition durât si longtemps, et j'étais vraiment fort inquiet de la voir se prolonger ainsi. C'est en vain que vos femmes ont employé tous les moyens imaginables pour vous faire reprendre vos sens, et je venais d'envoyer chercher un médecin. Je m'étonne qu'il ne soit pas encore arrivé. Mais, Dieu soit loué ! son art serait inutile. Cependant vous paraissez souffrir encore. Qu'avez-vous ?

La marquise, stupéfaite en entendant un pareil langage, ne savait plus que penser. Un moment elle imagina que tous les événements qui avaient traversé son existence depuis la veille au soir n'étaient qu'une hallucination de son cerveau ; mais la réalité était trop poignante pour que cette illusion ne s'effaçât pas bien vite. Quoi qu'il en soit, elle se souleva languissamment sur son lit et, heureuse du moins dans son malheur de pouvoir penser qu'elle était toujours innocente et pure aux yeux de son mari, elle lui tendit la main.

— Combien je suis fâchée, — lui dit-elle, — du trouble que je vous cause ! Je me sens beaucoup mieux maintenant, ce ne sera rien, je vous assure.

— Je puis donc me retirer, — reprit le marquis, — et vous laisser aux soins de vos femmes. Je vais prier Dieu qu'il vous accorde un sommeil paisible.

En disant ces mots, il la baisa au front comme c'était sa coutume, prit son chapeau et sortit de la chambre. Peu après, les femmes de la marquise y entrèrent et se mirent en devoir de la déshabiller. L'une d'elles l'informa que le médecin était arrivé depuis longtemps et qu'il attendait le moment d'être introduit.

— Pourquoi ne l'avez-vous pas fait entrer plus tôt ? — répondit madame de Contades.

— Oh ! — reprit vivement la plus jeune des suivantes, — c'est que monsieur le marquis nous avait bien recommandé d'attendre ses ordres pour cela.

Cette recommandation parut assez étrange à la marquise, mais elle était en proie à de trop vives préoccupations pour s'y arrêter.

— Je n'ai plus besoin de ce médecin, — ajouta-t-elle, — vous pouvez le congédier.

Dès que ses femmes l'eurent quittée et qu'elle se trouva seule dans sa chambre, elle se jeta à genoux au pied de son lit et donna un libre cours à ses sanglots. Ensuite, quand elle eut soulagé sa douleur, elle fit ses prières et adressa à Dieu de ferventes actions de grâces de ce que son secret n'avait pas été découvert. L'aube commençait déjà à poindre à travers les fentes des volets intérieurs qui garnissaient les fenêtres, et la charmante pénitente était toujours dans la même posture. Cependant le feu s'était éteint dans la cheminée, et le souffle glacé du matin pénétrait ses blanches épaules à travers le léger vêtement qui les couvrait. Est-il besoin de dire que la marquise de Contades priait le ciel et tous les saints du paradis de conserver les jours de monsieur Barbezieux ?

Il était huit heures du matin lorsqu'elle se coucha.

Tant d'émotions l'avaient assaillie depuis la veille, qu'elle dormit jusqu'au soir d'un sommeil lourd et sans rêves. A son réveil, on l'avertit que monsieur de Contades, qui était parti de grand matin pour Versailles, venait de rentrer et l'attendait pour souper. Tout en se faisant habiller à la hâte, elle ne put s'empêcher de se demander pourquoi le marquis, fort peu courtisan de sa nature, et que nulle affaire n'appelait à Versailles, puis-

qu'il n'était pas encore entré en charge, y avait passé deux jours de suite. Elle avait peine à concilier dans son esprit tout ce que la conduite de son mari lui semblait avoir de heurté et d'incohérent en cette circonstance. C'était une énigme dont il serait à souhaiter qu'elle n'eût jamais possédé la clef !

Lorsqu'elle entra dans la salle du souper, elle remarqua avec surprise que monsieur de Contades était déjà à table, et qu'il avait commencé sans l'attendre. Ce manque d'égards de la part d'un gentilhomme qui se piquait, au contraire, de pratiquer dans toute leur rigueur les lois de la politesse française, la surprit fort. Quant à lui, il ne parut pas disposé à s'en excuser le moins du monde, et, tendant son verre à un valet, il s'écria d'un ton moitié jovial et moitié familier :

— Par là, morbleu ! madame, vous faites fort bien d'arriver, car je finissais de souper sans vous. J'ai ce soir une soif et une faim d'enfer. — La jeune marquise rougit jusqu'au blanc des yeux, et se plaça silencieusement à table. Quant au valet, il demeura tellement ébahi d'entendre parler ainsi son maître, qu'il oublia de déférer à l'injonction par geste qu'il en avait reçue, si bien que le marquis ajouta avec un affreux juron : — Verse donc, maraud ! si tu ne veux pas que je te casse ma canne sur les épaules. — Puis se tournant vers la marquise, — Eh bien qu'avez-vous ? Vous ne mangez pas ? Vous me paraissez triste, ce soir ?... Moi je suis gai, je vous en avertis, et il faut que vous le soyez aussi. Allons, morbleu ! qu'on remplisse le verre de madame la marquise, je veux qu'elle me fasse raison !

Madame de Contades porta son verre à ses lèvres, et, dominée par une seule pensée, elle crut pouvoir se hasarder à entamer avec son mari, de l'air le plus négligent qu'elle put, la conversation suivante :

— Puisque vous venez de Versailles, monsieur, qu'y a-t-il de nouveau à la cour ?

Ici le vieux gentilhomme, qui jusqu'alors avait montré une gaieté qu'il y a tout lieu de croire factice, mais qui du moins était fort bien jouée, plissa le front, soit en signe de mécontentement, soit en signe d'attention, et il répondit du même air :

— Ma foi ! je n'ai rien appris.

Il y eut un silence, et la marquise reprit avec une profonde émotion intérieure qu'elle déguisa de son mieux :

— Je croyais avoir entendu dire pourtant hier soir à l'Opéra que l'un des ministres était malade...

— En effet... monsieur de Barbezieux... je crois...

— Eh bien ?

Il est impossible de rendre tout ce qu'il y eut d'angoisses et d'affreux tressaillements dans cette simple interrogation, qui fut suivie d'un nouveau silence pendant lequel le marquis attacha sur sa femme l'œil scrutateur d'un inquisiteur d'Etat. A la fin il répondit en accentuant chacune de ses paroles :

— On m'a dit que le jeune ministre allait un peu mieux aujourd'hui ; mais je suis sûr qu'il n'en réchappera pas.

Cette réponse fit sur la jeune marquise la même impression que si la froide lame d'un poignard lui eût traversé la poitrine ; elle baissa les yeux, mais elle fut assez maîtresse d'elle-même pour dissimuler son émotion. Cette fois, elle ne pouvait plus douter de son malheur. Le regard de son mari lui avait appris tous ses soupçons. La lutte était engagée maintenant, elle le sentait bien, et une cruelle expiation se préparait pour elle. Il y avait à ses côtés désormais un juge terrible qui allait la soumettre à une torture de tous les instants, jusqu'à ce qu'elle eût confessé le crime dont il la soupçonnait. Le jour, elle aurait assez de force pour résister ; mais, la nuit, ne viendrait-on pas l'épier dans ses rêves ? Quel supplice ! Dans l'horreur qu'elle en éprouvait par avance, elle profita de l'instant où, le souper touchant à sa fin, les valets étaient sortis de la salle ; et, se penchant affectueusement vers son mari, elle lui dit avec ce ton caressant que les femmes savent si bien prendre pour obtenir ce qu'elles désirent :

— J'ai, ce soir, une grâce à vous demander, monsieur, me l'accorderez-vous ?

— C'est selon... Parlez...

— Ma santé est chancelante depuis quelque temps, vous le voyez : il me semble que l'air de la campagne me rétablirait. Si vous le vouliez, je pourrais aller passer le reste de l'hiver avec votre vieille tante, dans son château de Brie. Vous viendriez nous voir de temps à autre. Je sais que vous m'en avez fait la proposition jadis, et que j'ai toujours refusé. Que voulez-vous? J'étais folle alors, et maintenant je vous demande cela comme une grâce.

Mais lui, riant aux éclats :

— Vous n'y pensez pas, madame! Est-ce qu'on va aux champs maintenant, au mois de décembre? Ne songeons qu'à nous divertir; morbleu! vivent les bals, les comédies, les musiques, pour rendre la santé aux jeunes femmes! Et vous aurez de tout cela, je vous le promets. Je veux, pour commencer, donner bientôt dans mon hôtel une fête dont il soit parlé à la cour et à la ville. Qui mieux que vous peut en faire les honneurs?

Et il ne parlait que de plaisirs et de joyeux apprêts à cette femme qui venait d'apprendre que celui qu'elle avait aimé par-dessus tout au monde, jusqu'à lui sacrifier son honneur, était étendu sur un lit de douleur dont peut-être il ne se relèverait pas. Le bruit d'un carrosse qui entrait dans la cour de l'hôtel vint mettre un terme à cette pénible conversation, et peu d'instants après un laquais annonça que monsieur le maréchal de Villeroi était au salon. La marquise voulait se retirer, mais son mari ne le souffrit pas, et il la força de l'accompagner pour recevoir le maréchal.

— Parbleu! mon cher Contades, — s'écria ce dernier en courant au-devant du marquis qu'il embrassa avec sa pétulance habituelle, — je n'ai pas voulu passer au Marais sans venir souhaiter le bonsoir à un ancien ami et baiser la main de son adorable femme. Aussi bien je me suis chargé près de vous d'un double message, dont la première partie se trouve déjà remplie, car je vois que madame la marquise ne paraît plus se ressentir de son indisposition d'hier. Cela avait beaucoup inquiété le roi.

— Comment! Sa Majesté a daigné remarquer...

— Eh! oui, mon cher; il en a beaucoup été parlé au petit lever. Ce n'est pas étonnant, palsambleu! A l'heure qu'il est, je suis sûr qu'il n'est bruit dans tous les cercles que de madame la marquise de Condales, dont la beauté attirait tous les regards hier à l'Opéra.

— Oh! monsieur le maréchal, de grâce...

— Oh! madame, vous avez beau faire, vous ne me fermerez pas la bouche, et je proclamerai toujours que mon vieil ami Contades est le mortel le plus favorisé qui soit sous le firmament. C'est aussi l'avis de madame la duchesse de Bourgogne, qui brûle du désir de vous voir entrer en fonctions auprès d'elle, et je viens à cette fin vous annoncer que le roi a daigné vous désigner pour le prochain Marly. Il y aura grande fête à l'occasion de la solennité des Rois, le 6 janvier, où vous pourrez être présentée ce jour-là à notre jeune duchesse. Dites-moi l'un et l'autre bien vite que vous acceptez, et je pars; car je suis attendu au Palais-Royal.

— Encore une fête! — murmura tout bas madame de Contades, — et *il se meurt!* — A cette pensée une larme vint glisser au bord de sa paupière; et, tournant un regard suppliant vers son mari qui semblait hésiter :

— Monsieur, — balbutia-t-elle vivement à son oreille, — vous me ferez plaisir de refuser... je vous assure que je souffre...

— Que répondrai-je au roi? — reprit monsieur de Villeroi.

— Monsieur le maréchal, — s'écria le marquis d'une voix ferme, — veuillez dire à Sa Majesté que nous éprou-

vons la plus vive reconnaissance de l'intérêt et des bontés dont elle daigne nous donner tant de marques éclatantes; que c'est y mettre le comble en nous conviant à la fête de Marly, et que, madame la marquise et moi, nous aurons l'honneur de nous y rendre.

Victime résignée, la jeune femme s'inclina.

Monsieur le maréchal de Villeroi lui baisa la main et sortit en chantonnant un air d'*Armide.*

V.

LE GATEAU DES ROIS DE MARLY.

La neige tombe à gros flocons dans la belle avenue qui, laissant la route de Saint-Germain et les bords de la Seine, conduit par une pente escarpée au château de Marly. Déjà la double rangée d'ormes qui borde le chemin est couverte d'un blanc linceul, et au jour douteux qui descend du ciel on prendrait volontiers ces beaux arbres, avec leurs branchages dépouillés par l'hiver, pour un essaim de spectres gigantesques symétriquement échelonnés le long de l'avenue pour voir passer un cercueil. Par intervalles, au milieu du silence solennel que produit dans l'air la neige qui tombe, on distingue un léger bruit : c'est le piétinement sourd des chevaux qui gravissent la côte en traînant un carrosse dont les roues impriment à peine un sillon à la surface du sol. Ce carrosse est celui de quelque seigneur qui se rend au château de Marly; mais sous l'épaisse couche de neige qui enveloppe chevaux, carrosse et laquais, on reconnaîtrait difficilement si c'est un duc et pair ou un simple gentilhomme qui passe. Serait-ce que la neige est comme le dernier vêtement des morts qu'elle rappelle si bien un symbole d'égalité?

Pourtant, les glaces de ce carrosse, soigneusement fermées, ne sont pas tellement ternies par le contact de l'air froid du dehors avec l'atmosphère intérieure, qu'en s'approchant on ne puisse distinguer une jeune femme d'une éclatante beauté, mais d'une apparence frêle et maladive, assise auprès d'un vieillard encore vert, d'une physionomie martiale, et portant sur son habit de cour les insignes de commandeur de l'ordre de Saint-Louis; cette jeune femme est la marquise de Contades, ce vieillard est son mari. Vous voyez qu'il a tenu parole; car c'est aujourd'hui le jour des Rois de l'année 1701, et là-haut, sur cette colline, vous vous souvenez qu'il se prépare une fête pour solenniser ce grand jour.

Nous voici parvenus au bel abreuvoir de marbre où la route se partage en deux embranchements : à droite le village de Marly; à gauche l'avenue qui, longeant les murs du parc, s'en va grimpant, toujours au flanc de la colline dans la direction de l'aqueduc, joindre la grille d'honneu du château. C'est cette avenue qu'il faut prendre avec le carrosse de monsieur de Contades, puisque nous l'accompagnons chez le roi; si vous marchiez toujours tout droit devant vous, vous arriveriez bientôt à Versailles. La ville royale est là-bas, cachée à l'horizon, à l'ombre de cette merveilleuse rangée d'arcades qui domine tout le paysage et qui semble un pont fantastique suspendu dans les airs pour conduire à un palais de fée.

Versailles! C'est un nom qui fait rêver, n'est-ce pas? mais pensez-vous que ce nom-là n'ait jamais éveillé dans l'âme de ceux qui l'ont entendu prononcer que des souvenirs d'histoire et de poésie? Oh! détrompez-vous si vous le pensez ainsi, et contemplez seulement ce vieillard et cette jeune femme qui, nonchalamment étendus au fond de leur carrosse, se sont soulevés soudain avec un tressaillement nerveux et comme frappés d'une pensée électrique; c'est qu'ils ont entendu à travers la portière un de leurs valets de pied, descendu à cause de la montée, dire à son camarade :

— Nous ne sommes pas bien loin de Versailles.

Versailles, alors, voyez-vous, ce n'est plus une ville où il y a un palais, séjour du plus grand des rois et de la plus brillante des cours, c'est une ville où il n'y a qu'un seul homme à l'existence duquel sont attachées deux destinées, un homme qui ne peut ni vivre ni mourir sans que le cours de l'une de ces destinées se trouve tranché, un homme sans nom dans la langue des passions; car, pour le vieillard comme pour la jeune femme, qui attendent avec anxiété ce que Dieu ordonnera de ses jours, ce n'est pas le jeune comte de Barbezieux, héritier de la charge et des talents du grand Louvois: pour l'un c'est celui que l'on hait; pour l'autre c'est celui que l'on aime. Est-que ceux-là ont un nom?

Depuis six jours la maladie du jeune ministre a-t-elle fait des progrès? Est-il en voie de guérison ou de mort? Monsieur de Contades pourrait le dire mieux que tout autre, lui qui n'a pas négligé un seul jour de se présenter en personne au pavillon de Barbezieux, à Versailles, pour s'informer de ses nouvelles; mais la jeune marquise n'a plus osé lui demander la chose qu'elle a le plus à cœur de savoir; car elle se souvient du regard dont il a accompagné sa réponse, le soir où elle a osé l'interroger à ce sujet. Pendant les six mortels jours écoulés depuis cette fatale soirée, la pauvre Marie s'est épuisée en combinaisons pour parvenir à connaître le sort de celui qu'elle a aimé... qu'elle aime encore, sans réveiller les soupçons jaloux de monsieur de Contades; et toutes ses combinaisons ont échoué: elle aurait pu s'adresser aux valets, mais qui sait s'ils n'étaient pas gagnés par le marquis, et s'ils n'auraient pas été lui rapporter immédiatement la démarche de leur jeune maîtresse? Elle espérait du moins que quelques personnes de la cour seraient venues lui faire visite; mais il était vraisemblable que le marquis avait donné l'ordre de ne recevoir personne en son absence, car nul visiteur ne parut à l'hôtel de Contades après le maréchal de Villeroi. Ah! l'infortunée jeune femme! que de fois pendant ces six jours, n'écoutant que le cri de son cœur, elle avait été sur le point de s'enfuir de son hôtel et de courir à Versailles auprès du lit de douleur du jeune ministre, heureuse de pouvoir lui dire enfin: «Dieu n'a pas voulu que nous fussions unis dans notre vie, soyons-le du moins dans notre mort.» Mais la honte qui s'attacherait à sa conduite, mais la pudeur, l'avaient retenue. Et puis Barbezieux n'était peut-être pas aussi malade que monsieur de Contades s'était plu à le lui représenter. D'un autre côté, il était évident que les soupçons de son mari ne reposaient que sur les plus vagues motifs; tant qu'elle éviterait de les confirmer par sa conduite, elle n'avait aucun lieu de craindre qu'il vînt à découvrir un secret qui, après elle, n'appartenait qu'au roi et à Barbezieux, dont la discrétion était à toute épreuve.

C'est dans ces cruelles alternatives d'angoisses et d'illusions que la marquise de Contades avait passé ses jours et ses nuits depuis le commencement de cette nouvelle année, inaugurée pour elle sous de si tristes auspices; c'est le cœur déchiré par tous ces combats qu'elle arrivait à la fête de Marly. Pourtant, lorsque le carrosse, parvenu au sommet de la côte, tourna tout à coup sur la droite, et, franchissant la grille d'honneur du château, traversa avec rapidité une suite de cours et de portiques d'une magnificence peu commune; lorsqu'elle vit s'agiter en tous sens un peuple de gardes, de bas-officiers et de valets, se heurtant, se pressant au milieu des pompeux attelages, des courtisans; lorsqu'elle entendit tout ce tumulte, joyeux accompagnement d'une fête de cour, la jeune femme sentit un rayon d'espoir se glisser dans son âme. Elle pensa que le roi n'aurait point voulu de divertissement à Marly si les jours de celui de ses ministres qu'il affectionnait le plus eussent été réellement en danger, et un doux sourire était empreint sur ses lèvres lorsqu'elle fut introduite avec son mari dans le grand salon.

Bon nombre de dames et de seigneurs de la cour s'y trouvaient déjà réunis, attendant que le roi parût. Mon

sieur le maréchal de Villeroi recevait les arrivants; il vint à la rencontre du marquis et de la marquise; mais soit que le soin de faire les honneurs du grand salon de Marly l'absorbât complétement, soit qu'il apportât dans l'exercice de cette fonction quelque souci intime et caché, il n'avait plus sa gaieté ni sa pétulance habituelles. Il y avait quelque chose de grave et de triste à la fois dans toute sa démarche, comme dans ses paroles, qui semblait s'être communiqué à toute l'assistance, tant les fronts des gentilshommes étaient sombres, tant les joues des belles dames étaient pâles, en dépit du rouge et des mouches dont la plupart s'étaient parées selon la mode de l'époque. Était-ce donc que le deuil de la nature venait se refléter sur toutes ces physionomies, ou plutôt faut-il penser que le souvenir de quelque événement sinistre planait encore sur l'assemblée?

Madame de Contades, qui n'était jamais venue à Marly, mais qui avait entendu dire que, dans cette résidence royale, ouverte seulement à un petit nombre d'élus, l'étiquette était entièrement bannie, et que le grand roi daignait s'y considérer comme en famille, s'étonna beaucoup d'y trouver les visages cent fois plus compassés que dans les grands appartements de Versailles. Peu accoutumée aux fêtes et aux plaisirs, elle ne concevait pas qu'on pût y apporter un front soucieux; car, pour elle, ignorante comme elle l'était des sentiments qui agitaient chacun des assistants, ce qui n'était peut-être qu'une tristesse bien légitime se traduisait en cérémonial.

Lorsque le roi entra dans le salon avec madame la duchesse de Bourgogne et madame de Maintenon, la jeune marquise imagina qu'alors du moins tout allait changer de face; mais quelle ne fut pas sa surprise en retrouvant dans les traits de ces trois personnages le même caractère d'austérité mélancolique qu'elle avait remarqué chez les courtisans. Pour madame de Maintenon, nul n'ignore que tel était toujours son maintien; mais il n'était pas jusqu'à la jeune duchesse, si gaie et si rieuse d'ordinaire, qui n'eût subi l'influence funeste de la tristesse générale. Quand madame de Contades lui fut présentée, elle eut pour elle des paroles gracieuses, mais bien éloignées de l'accueil que la tendre Marie avait rêvé de la part de l'aimable princesse à qui elle allait appartenir. Le roi seul parut avoir à cœur de la dédommager de l'apparente froideur de sa petite-fille, en lui adressant à plusieurs reprises la parole avec un intérêt marqué, et en lui demandant du ton le plus affectueux si elle n'était pas bien aise de venir à Marly, et si elle ne serait pas heureuse de vivre à la cour, où il aurait souvent l'occasion de la voir lorsqu'elle aurait pris possession de sa charge auprès de la princesse. Madame de Contades fixa sur lui de grands yeux pleins de reconnaissance; elle exprima avec feu tout le bonheur que lui faisait éprouver l'attachement dont le roi voulait bien l'honorer. Il y avait presque de la joie dans ses regards.

Cependant la nuit était venue; les lustres avaient été allumés, et les tables de jeu se trouvaient dressées dans tous les coins du salon. Le pharaon du roi commença. Bien que les enjeux et les paris furent très considérables, car Louis XIV aimait qu'on jouât gros jeu, l'aspect de la réunion ne changea nullement pour cela, et le même silence continua de régner dans le grand salon, interrompu seulement de distance en distance par les formules en usage pour le jeu, qui retentissaient dans cette vaste enceinte comme autant de versets d'une litanie funèbre.

Il y eut un moment où monsieur de Contades, qui n'avait cessé de tenir ses yeux attachés sur sa femme avec une indéfinissable expression de doute et de rêverie, s'approcha d'elle, et le colloque suivant s'établit entre eux à voix basse comme sous les voûtes d'une église:

— Comment vous trouvez-vous?

— Je me trouve bien; mais ne sauriez-vous me dire pourquoi tout le monde est si triste ici?

— Je vous le dirai demain.

— C'est donc un secret?

— Peut-être.

A la fin, les portes s'ouvrirent, et un maître des cérémonies, suivi de plusieurs pages et officiers de bouche, vint annoncer que le souper était servi. Tout le monde se leva et passa dans la salle du festin, où les dames seules prirent place avec le roi.

Alors ce fut un coup d'œil vraiment magique que celui que présenta cette table immense chargée des mets les plus variés, étincelante de bougies, et dont une bordure vivante de bustes féminins offrant pour la plupart un type varié de grâce et de beauté n'était pas le moindre ornement. Toute la jeune cour de la duchesse de Bourgogne était là ; et, comme si les rides avaient dû être exclues de ce frais et charmant conciliabule, madame de Maintenon, un peu souffrante, disait-elle, était rentrée dans ses appartements.

Saint-Simon, qui nous a laissé quelques détails sur cette soirée du 6 janvier 1701, nous apprend que le commencement du souper fut froid et silencieux comme l'avait été tout le reste de la journée. Plusieurs dames, et des plus jolies, ne mangeaient pas, et, si l'on eût observé attentivement quelques beaux yeux baissés sur les assiettes, on y eût vu rouler de grosses larmes. Mais lorsqu'on apporta le gâteau des rois, la scène changea tout à coup. Le roi, impatienté sans doute de ne voir autour de lui que des visages moroses, témoigna tout à coup *une joie qui parut vouloir être imitée ;* et lorsque la royauté de la fève eut été publiquement déclarée, cette joie ne connut plus de bornes : la fève était échue en partage à la marquise de Contades.

Le premier sentiment de la jeune femme fut celui d'un vif embarras en se voyant devenue ainsi, par un caprice du sort, l'objet de l'attention générale de toute la cour, et ce fut peut-être pour cacher son trouble que dans ce moment elle porta son verre à ses lèvres. Mais à peine avait-elle fait ce mouvement qu'une voix sonore et bien connue de tous les courtisans s'écria : « La reine boit ! » C'était Louis XIV qui donnait le signal, en invitant toutes les dames à l'imiter. En même temps le grand roi se mit à frapper sur son assiette comme au cabaret. Un éclat de rire universel accueillit cette démonstration, qui fut bientôt répétée par toutes les convives, même par celles qui avaient montré le plus de tristesse dans cette soirée. La jeune marquise ne put résister à la contagion que devait d'ailleurs propager merveilleusement le vin d'Aï circulant à grands flots autour de la table royale. En entendant retentir les riches porcelaines de Sèvres sous le choc cadencé de toutes les fourchettes, qui mêlé aux joyeux éclats de voix et au bruit des verres brisés célébrait par un étrange concert sa fugitive royauté ; en se voyant l'objet de tant de soins et de prévenances de la part de tout ce qu'il y avait de plus illustre en France, madame de Contades fut prise d'une sorte de vertige, et, perdant un instant le souvenir de tous ses tourments et toutes ses angoisses, elle montra une gaieté encore plus expansive que les autres. Tout à coup, le roi s'étant levé, s'écria :

— La reine est trop loin de moi, je veux pouvoir trinquer à mon aise avec elle, et je la prie de venir s'asseoir à mes côtés. Place pour la reine ! entendez-vous mesdames ses sujettes ?

— Place à la reine ! place à la reine ! — répéta-t-on de toutes parts dans la salle.

Et en même temps toutes les dames se levèrent et tous les hommes, disséminés par groupes autour de la table, se rangèrent respectueusement sur le passage de la jolie marquise, qui se mit en devoir de déférer à l'injonction du roi.

Au milieu du tumulte occasionné par ce déplacement, et lorsque, déjà parvenue auprès du roi, madame de Contades lui présentait en riant son verre pour le choquer avec le sien, elle entendit, au sein d'un groupe voisin, retentir une voix, une voix cruelle, qui articula distinctement ces mots :

— Pardieu ! messieurs, voyez comme toutes ces dames sont gaies ! On ne se douterait guère qu'elles ont perdu hier soir un de leurs adorateurs : ma foi ! en passant ce matin dans la grande cour de Versailles, du côté du pavillon des ministres, j'ai entendu qu'on clouait dans son cercueil le corps de monseigneur de Barbezieux.

— Et comme une réprobation générale accueillait ces paroles dans le groupe où elles avaient été prononcées, la même voix ajouta : — Oh ! les femmes sont comme les rois : elles oublient vite !..

Cette voix était celle du marquis de Contades, qui pencha en même temps la tête en avant, pour considérer sa femme qui lui tournait le dos.

Celle-ci devint pâle comme une morte et parut près de chanceler, mais, s'apercevant que tous les regards étaient fixés sur elle, elle eut assez de force pour sourire et porter son verre à ses lèvres.

Le roi, qui n'avait pas perdu un seul mot de l'apostrophe de monsieur de Contades, et qui avait deviné la pénible situation de la jeune marquise, s'écria de toute la vigueur de ses poumons :

— La reine boit ! — En même temps, se penchant à son oreille, il murmurait à voix basse : — Du courage, mon enfant ! votre secret appartenait à trois hommes, de ces trois hommes il en reste maintenant un seul, et celui-là est un vieillard.

Madame de Contades le remercia par un geste.

Le souper se prolongea fort avant dans la nuit. La *reine* conserva jusqu'à la fin toute sa gaieté.

Vous savez maintenant pourquoi on était triste dans le grand salon de Marly.

<hr>

A quelques jours de là, l'hôtel de Contades était tendu de noir et l'on célébrait les funérailles de la jeune marquise. La lutte qu'elle avait entrepris de soutenir était au-dessus de ses forces et l'avait tuée. Mais elle avait gardé son secret jusqu'à son dernier soupir, et elle l'emportait avec elle dans la tombe.

Peu de temps avant sa mort, une scène terrible s'était passée dans sa chambre à coucher. Elle venait de recevoir les derniers sacrements, lorsque son mari, ayant congédié tout le monde et fermé les portes, vint se précipiter au pied du lit en pleurant et lui demandant pardon.

— Vous pardonner ? — lui dit-elle d'une voix faible — mais votre douleur vous égare, vous qui avez toujours été si bon pour moi.

— Oh ! tu te trompes, Marie, ma pauvre Marie, — répondit le vieillard avec de douloureux sanglots : — va ! si tu savais !.. croirais-tu que j'ai osé soupçonner ta fidélité ! toi la plus pure des femmes ! pardonne-moi !

— Un léger incarnat se peignit à ces mots sur les joues de la mourante, et un sourire d'ineffable douceur vint illuminer d'un dernier reflet son charmant visage. Il y avait à la fois en elle dans ce moment suprême la confusion que donne un éloge non mérité et l'orgueil d'une victoire. Elle tendit sa main déjà froide à son mari, qui y colla ses lèvres, et qui, levant ensuite les yeux au ciel, s'écria : — Et vous, mon Dieu ! pardonnez-moi aussi mon crime ; car vous qui lisez au fond des cœurs, vous savez que si monsieur de Barbezieux eût survécu à son mal, il devait être empoisonné.

FIN DE LA MARQUISE DE CONTADES.

𝔄lexandre de Lavergne

LE
LIVRE DU MEZOUAR

I

Le soleil se couchait dans les flots de la Méditerranée et inondait d'un torrent de lumière rougeâtre ce riant amphithéâtre de terrasses, de palais, de mosquées, qui au temps passé formaient en quelque sorte le couronnement de la rade d'Alger et auxquels, depuis la conquête, notre civilisation s'attache à substituer les lignes froides et régulières et le morne niveau de l'architecture de la rue de la Paix. Du haut des minarets de la grande mosquée, la voix perçante des muezzins criait la cinquième prière, lorsqu'un homme de moyenne taille, au teint basané, et revêtu du pittoresque costume des janissaires, s'arrêta devant la porte d'un vieux palais ruiné situé à l'extrémité occidentale de la ville, près Bab-el-Oued. Sa physionomie, qui annonçait un homme dans toute la force de l'âge, était empreinte au plus haut degré de ce type indéfinissable d'audace et de mollesse à la fois qui distingue la race turque. En même temps, par un contraste bizarre, il y avait dans tout son extérieur je ne sais quoi d'austère et de recueilli qui n'appartient qu'à la race arabe. Cependant, à voir les rides précoces qui sillonnaient déjà le front de cet homme et les boucles neigeuses semées dans son épaisse barbe noire, il était aisé de conjecturer que sous cette enveloppe calme et grave, attribut caractéristique des sectateurs de l'islam, fermentaient sourdement les plus orageuses passions.

En entendant retentir dans le lointain la voix du muezzin, le janissaire se tourna brusquement vers l'orient; puis, se prosternant sur le pavé, il fit une courte prière; ensuite il se releva, et heurta avec le pommeau de son yatagan à la porte de la maison devant laquelle il se trouvait.

A ce bruit, une tête de nègre apparut derrière le treillis de fer d'une étroite lucarne et la porte s'ouvrit. Le même nègre se tenait sur le seuil, dans une attitude pleine d'humilité et de terreur, et, sans prononcer une parole, il introduisit le janissaire dans le palais avec toutes les marques du respect le plus profond. Tous deux traversèrent en silence plusieurs galeries, dont le pavé de mosaï-

que incessamment désuni par l'herbe, et les murs encore étincelants çà et là d'arabesques et de dorures, accusaient en maint endroit l'ancienne splendeur; puis, après avoir gravi les degrés vermoulus d'un escalier de marbre blanc, ils se trouvèrent sur une vaste terrasse qui dominait toute la ville, et d'où l'on jouissait en ce moment de l'aspect délicieux d'une belle soirée d'été. A l'un des angles de cette terrasse se tenait accroupi sur des coussins, selon la mode de l'Orient, un beau vieillard à barbe blanche, qui fumait nonchalamment son chibouque, pendant qu'une charmante jeune fille, debout à ses côtés, chantait en s'accompagnant de la mandoline une vieille romance moresque dont voici à peu près le refrain :

« Jeunes Moresques, quand vous allez au bain baissez » bien votre voile; jeunes Moresques, baissez bien votre » voile quand vous passez près d'un janissaire. »

Il y avait réellement dans un pareil spectacle je ne sais quel charme enchanteur dont l'influence s'adressait à la fois à tous les sens, soit que l'oreille se plût à s'enivrer des accents de cette voix féminine pleine de pureté et de fraîcheur, et qui se mariait si harmonieusement aux sons de la mandoline; soit que le regard s'attachât avec amour à ce radieux visage de jeune fille doucement illuminé par les reflets du soleil couchant; soit enfin que la brise du soir eût concentré sur cette terrasse tous les vagues parfums qui s'exhalent à cette heure du calice des plantes et du sein de la Méditerranée.

Le janissaire, subjugué par tant d'attraits, s'arrêta à l'entrée de la terrasse, et, ayant fait signe au nègre qui l'accompagnait de garder le silence, il demeura immobile pendant quelques minutes, caché par un rideau d'orangers qui lui permettait de voir tout ce qui se passait à l'autre bout de la terrasse sans être vu lui-même. Tout autre que lui eût peut-être payé de sa vie une telle témérité, mais on sait déjà qu'il appartenait à cette milice redoutable qui élevait et renversait les chefs de l'Etat, et qui exerçait dans les murs d'Alger une autorité absolue. Enfin la demeure où s'accomplissait cette scène était celle d'un More, c'est-à-dire d'un vaincu.

A la fin de chaque couplet, la jeune fille, sans quitter sa mandoline, se mettait à danser, et sa danse était aussi légère et aussi gracieuse que sa voix était pure et touchante. A travers les vapeurs du tabac qui commençaient à se combiner avec celles du crépuscule, on eût dit quelque fantastique houri évoquée du paradis de Mahomet et apparaissant, au milieu d'une de ces hallucinations que procure l'opium, en présence du fidèle croyant auquel elle vient révéler par avance les délices du monde sublunaire.

Lorsque la jeune fille eut terminé son chant et sa danse, elle vint, légère comme une gazelle, s'incliner mollement devant le vieillard à barbe blanche, en lui présentant son front à baiser. A cet instant, les branches des orangers s'agitèrent, un bruit de pas retentit à l'extrémité opposée de la terrasse, et le janissaire et le nègre apparurent en même temps. A la vue d'un étranger, la belle Moresque rabattit vivement sur son visage les plis de son voile et disparut comme une ombre pendant que le vieux More, qui, par un mouvement instinctif, avait froncé le sourcil et laissé tomber son chibouque, cherchait dans sa ceinture le manche de son poignard ; mais en jetant les yeux sur l'hôte qui s'avançait vers lui, tout à coup il changea de contenance, et, se levant avec autant de vivacité que son âge le lui permettait, il fit quelques pas au-devant de lui, le salua avec respect et l'invita à prendre place à ses côtés. Le janissaire ayant déféré à cette invitation et reçu des mains du nègre le chibouque et le narguilé, la conversation suivante s'engagea :

— Que veut, — dit le More, — le glorieux Hussein, chef de la première *orta* des janissaires, que Mahomet protége? Seigneur, sois le bienvenu dans ma maison. Il y a bien longtemps que tu n'avais honoré ton serviteur de ta visite, et ton serviteur se réjouit.

Après avoir suivi pendant quelques instants d'un œil distrait les bouffées de tabac qui s'échappaient de son chibouque, le chef des janissaires répondit négligemment :

— Les Kabyles de l'Atlas ne sont pas toujours exacts à payer l'*achour*, et j'ai fait planter ce matin, par ordre du sublime pacha, sur les créneaux de Bab-Azoun, quarante têtes que j'ai été obligé d'aller prendre à ces Arabes pour qu'ils soient plus dociles à l'avenir. C'est ce qui m'a retenu éloigné d'Alger pendant quelque temps. Je suis de retour depuis hier.

— Et tu as daigné ne pas oublier le chemin qui conduit à la maison du vieux sidi Khalil. Que Dieu te récompense, seigneur !

Hussein ne répondit pas. Après quelques instants d'un silence que l'un et l'autre des deux personnages mit amplement à profit, grâce à la merveilleuse ressource qu'offrent à cet égard les usages de l'Orient, Hussein, fixant sur son interlocuteur un de ces regards qui vont chercher au fond de l'âme les plus secrètes pensées, s'écria :

— Quelle est cette jeune fille que j'ai aperçue près de toi en entrant ici? Est-elle esclave ou libre? Si c'est ton esclave, je suis disposé à te l'acheter.

— C'est ma fille, seigneur, — dit le More en frémissant.

— Ta fille!... la bénédiction d'en haut est descendue sur ta tête, sidi Khalil, lorsque Dieu t'a fait don d'un tel trésor.

— Un trésor! oh! oui, tu dis vrai, seigneur, et celui-là compense pour moi tous ceux que j'ai perdus. Mes pères, dont on vantait jadis la richesse, la puissance et la gloire, ne m'ont rien laissé que leur nom et leur palais en ruine; mais il me reste ma fille, ma fille qui est tout pour moi, la richesse, la puissance et la gloire de mes aïeux. On m'appelle dans Alger sidi Khalil le pauvre, et moi je dis que je suis et que je serai toujours sidi Khalil le riche tant que j'aurai ma fille.

— Pourtant ta fille est nubile et il faudra bientôt lui choisir un époux. Ecoute-moi bien, sidi Khalil, je suis ton ami et je suis puissant. Je pourrais, si tu voulais, parler de toi au pacha et te faire rendre une part des grands biens qui ont été confisqués sur tes pères. Alors il te serait possible de faire arracher les mauvaises herbes qui croissent partout dans ton palais et de réparer de fond en comble la demeure de tes pères; alors, au lieu de quelques misérables serviteurs, tu aurais de nombreux

esclaves et l'on t'appellerait dans Alger sidi Khalil le riche, sidi Khalil l'heureux.

— Pour tout cela, seigneur, qu'aurais-je à faire?

— Eh quoi! tu ne m'as pas compris? J'ai un époux en vue pour ta fille.

— Mais ma fille n'a pas de dot.

— L'époux s'en passera, car l'époux est riche.

— Mais ma fille lui plaira-t-elle?

— Ta fille lui plaira, car l'époux c'est moi. — Ici le vieux More, qui avait écouté les dernières paroles de son interlocuteur avec le plus grand trouble, ouvrit la bouche comme s'il allait parler ; puis, retenu par je ne sais quelle terreur soudaine, il laissa tomber sa tête sur sa poitrine. Hussein, sans paraître donner la moindre attention à l'action du vieillard, continua : — Oui, c'est moi, sidi Khalil, qui te demande cette jeune fille pour femme, parce que je l'aime et que je ne peux plus vivre sans elle. Peut-être penses-tu que, cédant au charme d'une vision qui n'a duré qu'un instant et dont l'image est à peine fixée dans mon esprit, j'aurai oublié demain l'objet de mon rêve? Détrompe-toi, sidi Khalil : celle que le hasard m'a permis de contempler ce soir à tes côtés m'était déjà connue, et ses traits gracieux, et le son de sa voix, et sa danse si pleine de voluptueuses promesses étaient longtemps avant ce soir profondément gravés dans mon âme.

— Profanation ! — dit le More.

— Oh ! — poursuivit Hussein avec une expression profonde, — celui qui a une belle jeune fille, à Alger, doit la tenir soigneusement cachée dans la partie la plus secrète de sa maison ; il ne doit la montrer ni au soleil ni à la lune, car le soleil et la lune sont deux astres indiscrets qui permettent souvent de distinguer ce qui se passe sur les hautes terrasses et dans les cours intérieures des palais d'Alger. — En entendant ces mots funestes, sidi Khalil releva la tête et promena autour de lui des yeux hagards, comme si, frappé par une révélation terrible et inattendue, il eût eu peine encore à se rendre compte de son malheur; mais son incertitude ne fut pas de longue durée, car le chef des janissaires, se penchant à son oreille, ajouta en levant le doigt d'un air de mystère : — Ecoute-moi, vieillard ; lorsque, absorbé dans une sainte méditation, tes regards suivaient les nuages qui s'en vont, là-bas, au delà de la mer, planer sur la tombe de notre saint prophète, est-ce qu'il ne t'est pas arrivé de remarquer ici près, à l'angle de la caserne des janissaires, une tour isolée qui ne reçoit le jour que par d'étroites meurtrières, et qui s'élève orgueilleusement au dessus des hautes murailles de ton palais? Alors ne t'es-tu pas dit quelquefois qu'à travers l'une de ces ouvertures destinées à donner passage à la mort, il pouvait flamboyer autre chose que le tromblon poli d'un janissaire, il pouvait flamboyer l'œil d'un homme? Regarde-moi maintenant, car cet homme c'est moi! moi qui ai passé là des jours, des nuits entières, attendant l'heure où ta fille apparaîtrait à tes côtés sur cette terrasse et viendrait te donner son front à baiser, moi qui, témoin invisible de ses jeux, me suis enivré si souvent de l'aspect de ses charmes, moi qui ai versé des pleurs de rage lorsqu'il m'a fallu renoncer à tout ce qui m'attachait à cette place et quitter Alger pour n'y plus revenir peut-être... Mais Dieu n'a pas permis que la balle d'un Kabyle infligeât un tel supplice à son serviteur, et me voici enfin de retour après une absence d'un mois; et je suis venu à toi, sidi Khalil, le cœur plein de confiance, te dire : J'aime ta fille, veux-tu me la donner pour femme ?... Réponds.

Pendant ce discours, le vieux More avait donné tous les signes du trouble le plus vif, et lorsque son redoutable interlocuteur eut cessé de parler, il demeura quelques instants la bouche béante, cherchant inutilement au fond de sa poitrine des sons qui pussent traduire l'embarrassante révélation qu'il allait être obligé de faire. A la fin, maîtrisé par le regard d'impatience farouche que Hussein attachait sur lui, il s'écria en balbutiant:

— Seigneur, ta demande est un grand honneur pour moi, un honneur que le vieux sidi Khalil n'aurait jamais osé espérer ; mais ma fille ne saurait devenir ta femme.

— Qu'entends-je ! — s'écria le chef turc d'une voix de tonnerre, — qui oserait me la disputer ?

— Seigneur, — reprit le More tout tremblant, — en ton absence, j'ai engagé ma parole envers un autre époux. C'est chose sacrée qu'une parole donnée, tu le sais, et Dieu punit celui qui y manque.

— Le nom de cet homme quel est-il ?

— Sidi Abdallah-ben-Hafiz.

— Il n'y a dans notre sainte milice aucun chef qui porte ce nom. Vieillard, est-ce que cet homme serait un More ? — Sidi Khalil ne put soutenir le regard dont le chef turc avait accompagné cette question, et il baissa tristement la tête en signe d'affirmation. Hussein tressaillit et je ne sais quel sourire de mépris et de colère à la fois se peignit sur son visage. — Un More ! — s'écria-t-il, — tu as osé promettre ta fille à un More ! Mais dans ta longue carrière tu n'as donc rien appris, vieillard, que tu ne sais pas encore ce que c'est qu'un More à Alger ? Un misérable roseau qui plie ou que l'on écrase sous les pieds, un esclave auquel on a ôté sa chaîne parce qu'on le sait trop faible et trop lâche pour la briser, voilà ce que c'est qu'un More à Alger, entends-tu ? Et tu feras bien de rapporter mes paroles à ton sidi Abdallah, afin qu'il m'épargne la peine de le faire tuer par mes janissaires si jamais il osait s'approcher de ce palais où j'ai choisi ma fiancée.

A ces cruelles paroles, le vieux sidi Khalil sentit remonter à son visage tout ce que l'âge n'avait pas encore glacé de sang dans ses veines. Toutefois il eut la force de se contenir, prévoyant tous les dangers qu'un mot inconsidéré de sa part pouvait amener, non-seulement sur sa tête, mais bien plutôt encore sur celle de sa fille, et il répondit d'une voix brisée par l'émotion :

— Seigneur, ce n'est pas un More d'Alger, car il est riche et puissant ; il est de race royale ; les pères de ses pères ont tenu jadis sous leur sceptre une grande partie de ce beau pays d'Europe que nous avons quitté et que les infidèles nomment l'Andalousie. Aujourd'hui encore, celui qui a donné le jour à sidi Abdallah, le noble Hafiz, exerce auprès du redoutable bey de Constantine les fonctions de trésorier, et si Abdallah lui-même est venu à Alger, c'est comme envoyé et représentant du bey auprès du pacha. Sois juste, seigneur ; penses-tu maintenant que je pourrais refuser l'offre de ce jeune homme ? Penses-tu que notre glorieux maître laisserait impuni celui qui aurait outragé sidi Abdallah-ben-Hafiz.

Hussein demeura quelques moments pensif, puis il reprit :

— Eh bien ! tu diras à ce More que ta fille n'a pas agréé sa recherche et qu'il te répugne de recourir à la violence.

— Seigneur... ma fille a consenti.

— Tu mens, vieillard, tu mens ! cette jeune fille si belle, si innocente, si pure, ne connaît pas cet étranger, j'en suis sûr, elle ne l'a jamais vu. Tu mens ! je te dis que tu mens !

— Seigneur, je m'incline faible et tremblant devant ta colère, mais que l'ange de la mort me précipite dans les abîmes sans fin réservés aux méchants s'il n'est pas vrai que ma fille est promise de son plein gré à mon hôte, à sidi Abdallah.

— Lui ton hôte ! ô malheur ! malheur ! Cet étranger a vécu sous le même toit que ta fille, il a respiré le même air, il a osé lui parler, sans doute, tandis que moi, caché dans l'ombre d'une tour, je demandais pardon à notre saint prophète des regards que j'osais attacher de loin sur cette fleur d'innocence et de beauté. Et je n'ai rien su de tout cela ! Et tout à l'heure encore, lorsqu'un chant profane retentissait à mon oreille enivrée, aucune voix secrète n'est venue m'avertir que ce chant c'était peut-être lui, le More, qui l'avait appris à ta fille. O misérable insensé que je suis ! — En parlant ainsi, le chef des janissaires, en proie à la plus profonde douleur, s'arrachait la barbe et déchirait ses vêtements. C'est en vain que sidi Khalil, ému de pitié, cherchait à le calmer, en lui représentant qu'il ne manquait pas dans Alger de belles jeunes filles dignes de tout l'amour d'Hussein et prêtes à le partager : le Turc ne prêtait aucune attention à ses paroles ; seulement sa douleur semblait plus recueillie. A la fin, comme frappé d'une pensée soudaine, il se dressa convulsivement sur les coussins qui lui servaient de siége, et, lançant au vieux More un regard plein d'une ironie amère : — C'est le fils du trésorier de Constantine, m'as-tu dit, c'est sidi Abdallah-ben-Hafiz qui a été ton hôte et qui veut devenir ton gendre ? Oh ! je devine tout maintenant. Eh quoi ! vieillard, tu n'es pas compris dans quel but de tels pèlerins se font les hôtes de gens tels que toi ? Tu n'as pas compris que quelque infâme juif aura conté à ce More que le vieux sidi Khalil avait une fille, trésor de jeunesse et de beauté ? Et toi, crédule, tu as offert l'hospitalité à un étranger qui se rit de toi maintenant...... Eh bien ! veux-tu que je te dise ce qu'il te donnera en échange de ton hospitalité, lui ? C'est le déshonneur de ta fille.

— Oh ! ce serait horrible ! — murmura le More, cédant malgré lui un moment à l'influence d'une conjecture si funeste.

— Et pourtant, — reprit le janissaire, tout porte à croire que cela s'est passé ainsi. Où est-il ce More ? où est-il ? Je veux lui plonger mon poignard dans la poitrine et lui faire avouer qu'il n'est qu'un chien et qu'un maudit, et qu'il a déshonoré ta fille.

— Ta douleur t'égare, seigneur, — balbutia le vieillard, de plus en plus maîtrisé par un cruel pressentiment. — Sidi Abdallah n'est pas ici... il est parti pour Constantine, où il doit rendre compte au bey de sa mission.

— Parti ! ... — s'écria le chef des janissaires d'une voix triomphante.

— Oui, mais il reviendra... il me l'a promis... il m'a juré sur la tête de son père que, le vingtième jour, il serait ici au coucher du soleil.

— Et tu comptes sur sa promesse ?...

— Il compte bien, lui, sur la mienne.

— Et le vingtième jour est-il loin encore ?

— C'est aujourd'hui... mais le soleil, bien que déjà sur son déclin, brille encore d'un vif éclat... Mes yeux ne sauraient même en soutenir les rayons. Ainsi il n'y a pas de temps perdu.

— Tes yeux sont faibles, vieillard ; regarde-moi, je ne baisse pas les miens, moi, et pourtant le soleil se couche là-bas à l'horizon, juste devant moi.

— Mon Dieu ! mon Dieu ! ayez pitié de moi ! — s'écria tout bas sidi Khalil ; — car moi aussi je puis maintenant fixer mes regards sur le soleil et sidi Abdallah ne revient pas !

Ici, il y eut un moment de silence entre les deux interlocuteurs, un moment plein d'angoisses et d'inexprimables tortures pour le malheureux père, de vengeance et de délices pour Hussein ; enfin ce dernier, plein d'une joie cruelle, articula ces mots :

— Voilà le soleil prêt à disparaître et le More n'est pas revenu !

— Patience ! — reprit le vieillard d'une voix presque éteinte, — je vois encore le soleil : sidi Abdallah va venir.

En parlant ainsi, le vieux sidi Khalil s'était levé haletant ; son visage, couvert d'une pâleur mortelle, trahissait une confiance que les discours du chef turc avaient entièrement bannie de son cœur, et tout son corps tremblait comme sous l'influence de la fièvre. Il s'approcha de la balustrade de marbre qui bordait la terrasse et se mit à prêter l'oreille ; mais à cette heure de la soirée la ville d'Alger semblait tout entière endormie, tant l'air était frais et calme, tant la mer était silencieuse dans le port. On n'entendait que ce bourdonnement vague et confus des insectes qui accompagne d'ordinaire le crépuscule après une chaude journée d'été. Le pauvre vieillard laissa tomber sa tête sur la rampe et se couvrit le visage de ses deux mains.

A cet instant un bruit de pas, auquel se mêlait par intervalles la voix d'un chanteur, retentit à l'extrémité de la rue Bab-el-Oued ; bientôt le bruit se rapprocha et la voix devint plus distincte. C'était une voix fraîche et pure de jeune homme qui fredonnait le refrain suivant.

« Jeunes Moresques, quand vous allez au bain baissez » bien votre voile ; jeunes Moresques, baissez bien votre » voile quand vous passez près d'un janissaire. »

En même temps on entendit dans l'intérieur du palais les sons d'une mandoline, puis une voix de femme qui répétait le même refrain. Peu après on frappa à la porte.

Le vieux sidi Khalil se tourna vers le chef des janissaires avec un visage radieux, et, lui montrant du doigt un faible et dernier rayon de soleil qui teignait encore l'horizon d'un reflet de pourpre,

— Le soleil n'est pas entièrement disparu, — dit-il.

— Il est vrai,—répondit Hussein d'un ton parfaitement calme et résigné,—mais il se couche au milieu des nuages.

II

Le lendemain de son entrevue avec sidi Khalil, le chef de la première *orta* des janissaires d'Alger envoya chercher, de grand matin, le juif Ismaël, l'un des plus hardis brocanteurs de la régence en toutes sortes d'affaires, et, celui-ci ayant été introduit en sa présence, il lui parla en ces termes :

— Chien de juif, on m'a dit t'avoir vu entrer quelque fois chez le More sidi Khalil, dont le palais est proche Bab-el-Oued. Connais-tu sa fille ?

— Seigneur, — répondit le juif, — je la connais pour lui avoir vendu des parfums et des étoffes.

— On la dit merveilleusement belle ?

— On dit vrai, seigneur : Nouna, fille de sidi Khalil, est la perle d'Alger.

— Ce que tu dis là, ne t'est-il pas arrivé de le répéter devant d'autres que moi, dans les voyages que tu fais sur les confins de la régence, à Constantine, par exemple ?—Le juif devint pâle et tremblant, et balbutia quelques timides dénégations. — Ne mens pas, détestable juif, — interrompit Hussein, — ne mens pas si tu tiens à la vie... C'est toi, serpent, dont la langue venimeuse a révélé au fils du khasnadji de Constantine l'existence de cette beauté qu'on nomme Nouna... Combien ce jeune More t'a-t-il payé ton indiscrète révélation ?

— Je crois me souvenir, — répondit Ismaël d'une voix strangulée, — que ce fut cinquante ducats d'or.

— C'est bien. Voici une bourse qui contient pareille somme et un pistolet que j'ai chargé de trois balles : considère à ton aise ces deux objets, car l'un ou l'autre t'est destiné. Il faut que dans trois jours la fille du More sidi Khalil soit à moi. Si cela est, tu peux venir en toute confiance réclamer la bourse. Si tu échoues, souviens-toi que j'ai le bras assez long pour te saisir dans toute l'étendue de la régence, et qu'au bout de ce bras il y aura toujours le pistolet chargé de trois balles. Maintenant, juif, va-t'en, et n'oublie pas de dire en sortant à un de mes nègres d'apporter ici des parfums pour purifier l'air que ta présence a souillé.

Ismaël s'inclina jusqu'à terre et se retira plus mort que vif.

. . . .

En sortant d'Alger par la porte Bab-el-Oued, on trouve à environ deux lieues de la ville, et dans une position des plus pittoresques, un de ces ermitages consacrés à la contemplation et à la prière, et que, sous la dénomination de *marabouts*, les sectateurs de l'islam entourent de leur vénération et de leur respect, c'est le marabout de Sidi-

Mansour, qui jouit dans toute l'Algérie de la réputation la plus incontestée, et qui, à ce titre, est l'objet de maint pèerinage pieux de la part des fidèles. Dans un bois de lentisques et d'oliviers qui l'avoisine s'arrêtèrent un jour, un peu avant le lever du soleil, six hadjoutes de la plaine de la Mitidja, armés jusqu'aux dents. Laissant à leurs chevaux le soin de chercher dans les feuilles des oliviers et dans les jeunes pousses des arbres une pâture que leur refusait l'aridité du sol, ces Arabes se mirent en devoir de leur côté de parcourir le bois en tous sens, avec le but évident de découvrir les endroits les plus propres à une embuscade. Peu après ils furent rejoints par un homme vêtu du costume que les lois algériennes avaient affecté à la nation israélite. Cet homme s'entretint quelque temps à voix basse avec chacun d'entre d'eux, semblant l'animer par ses exhortations et montrant du doigt dans le lointain un groupe qui s'avançait toujours, mais que la brume du matin empêchait encore de distinguer. Cependant, à mesure que la distance s'affaiblissait, il devint possible de reconnaître dans ce groupe une procession qui, selon toute apparence, se rendait au marabout de Sidi-Mansour. Le cortége était composé d'une femme montée sur une mule et qu'accompagnaient à pied deux négresses qui se tenaient à ses côtés, agitant de temps à autre de grands éventails qu'elles tenaient à la main pour chasser les moustiques. En arrière marchaient deux nègres armés de simples épieux.

— C'est elle !—s'écria vivement le juif, qui n'était autre qu'Ismaël ; — alerte ! et feu sur l'escorte, si l'on fait la moindre résistance ; mais, sur vos têtes, respectez la jeune femme, entendez-vous ? Je vais attendre ici près l'issue de cette affaire et prier pour le succès de l'entreprise. Vous me trouverez sous le figuier qui est au milieu du bois.

Ayant ainsi parlé, le juif s'esquiva avec rapidité. Quelques minutes s'écoulèrent au milieu d'un profond silence, puis des cris se firent entendre, accompagnés de violents pourparlers auxquels un coup de feu vint mettre un terme. En même temps des chiens aboyèrent à quelque distance, et un cavalier traversa le bois au galop. Ismaël eût vivement désiré savoir ce qui se passait ; mais, outre qu'il était animé d'une sainte horreur pour le sifflement des balles, il avait le plus grand intérêt à ne point laisser soupçonner sa participation à une affaire dans laquelle il était possible qu'il prît fantaisie au cadi d'intervenir. D'ailleurs, comment supposer que les six hadjoutes pussent échouer dans une entreprise si facile ? Il se livrait à toutes ces conjectures, lorsque de nouveaux coups de feu se firent entendre, ce qui annonçait que l'escorte avait opposé quelque résistance et qu'une lutte était définitivement engagée. Enfin tout bruit cessa, et cinq des hadjoutes accoururent haletants auprès du juif.

— Où est la captive ? — leur cria-t-il du plus loin qu'il les aperçut, — où est Nouna ? Pourquoi votre compagnon ne l'amène-t-il pas ici ?

— Il est mort, — répondirent tout d'une voix les cinq hadjoutes, — le chasseur l'a tué.

— Le chasseur ! — balbutia le juif, — il y avait donc un homme avec elle ? mais qu'avez-vous fait de la jeune fille ?

— Le chasseur a emmené la jeune fille.

— Et vous avez souffert cela, misérables !

— Juif, — reprit l'un des hadjoutes, — n'avais-tu pas dit qu'il fallait respecter la jeune fille ?

— Il est vrai ; mais je n'avais pas parlé du chasseur.

— Le chasseur est venu comme la foudre ; il était à cheval et nous étions à pied ; il a enlevé la jeune fille sur son cheval et s'est enfui avec son fardeau comme il était venu,

— Mais vous aviez des mousquets qui portent loin dans la campagne.

— Nous en avons fait usage.

— Sur qui donc ?

— Sur le cheval. C'était le seul moyen d'arrêter les

fugitifs sans risquer, en voulant tuer l'homme, d'atteindre la femme. Le cheval est tombé.

— Je respire... Eh bien, venez, il faut les poursuivre, il faut les retrouver.

— Oh ! nous n'irons pas bien loin pour cela ; car, désespérant de nous échapper, le chasseur s'est jeté avec la jeune fille dans le marabout.

— Il a osé... Ah ! courons les en arracher à l'instant. Le temps presse... C'est aujourd'hui le jour où les femmes d'Alger viennent au marabout, vous le savez, et d'un moment à l'autre il peut arriver du monde. Alors notre proie nous échappe ; alors vous perdez tous vos droits à la récompense promise, et moi... Oh ! venez, venez vite !

En parlant ainsi, Ismaël se mit à marcher avec la plus grande vivacité dans la direction du marabout, et les hadjoutes le suivirent. Une fois parvenus devant l'édifice consacré ils s'arrêtèrent, et un mouvement d'irrésolution bien visible se peignit sur le visage des bandits arabes.

— Qu'avez-vous ? — leur dit le juif.

— Le marabout est un lieu d'asile. Notre religion nous défend d'y pénétrer quand il s'y trouve une femme.

— Que la peste les étouffe eux et leurs scrupules ! — murmura intérieurement le juif.

— Ecoute, Ismaël, — s'écria un des bandits qui gémissait à l'idée de perdre la récompense promise, — entre toi-même dans le marabout et charge-toi d'en faire sortir la jeune fille. Tu peux compter ensuite sur nous.

En toute autre circonstance le juif Ismaël se fût empressé sans doute d'accueillir ce moyen terme ; mais il n'ignorait pas qu'il avait affaire dans l'intérieur du marabout à un autre adversaire qu'à une femme, et il se souciait fort peu d'échanger un péril futur, après tout, contre un péril présent. Il déclara en conséquence qu'il n'entrerait point dans le marabout, des intérêts de la plus haute gravité lui faisant une loi de ne point se montrer dans toute cette affaire.

— Alors, —s'écria l'un des hadjoutes,— notre présence devient inutile. Partons !

A ce dernier mot Ismaël tressaillit, et, s'attachant convulsivement par ses deux mains à celui qui venait de le prononcer :

— Non, vous ne partirez pas ainsi, — dit-il, — vous vous êtes engagés envers moi à enlever cette jeune fille, et Dieu punit celui qui manque à son engagement. Entrez donc sans crainte dans le marabout... Le Prophète lui-même serait ici présent qu'il vous y exhorterait comme moi. Ecoutez, la récompense promise vous semble-t-elle trop faible ? Je vous promets de faire mes efforts pour déterminer l'homme pieux qui doit vous la donner à y ajouter quelque chose, à la doubler même si vous l'exigez. Par grâce... par pitié... faites ce que je vous dis ! Je suis votre ami, vous le savez ; un grand danger me menace, un danger de mort peut-être, si la jeune Moresque rentre aujourd'hui dans la maison de son père. Ah ! j'embrasse vos genoux, soyez-moi secourables ; entrez et enlevez la jeune fille : vous pourrez après cela tuer le chasseur et le dépouiller, si tel est votre bon plaisir.

C'est en vain que le juif déployait toutes ses ressources d'éloquence auprès des bandits arabes ; ceux-ci demeuraient impassibles en l'écoutant. Sur ces entrefaites, le soleil, qui s'était levé tout à fait, éclaira à l'horizon de la route, dans la direction d'Alger, des groupes nombreux de femmes et d'esclaves qui se rendaient en pèlerinage au marabout de Sidi-Mansour, en sorte que le projet d'enlèvement organisé contre la jeune Moresque devint inexécutable, et les hadjoutes, ayant appelé leurs chevaux, eurent recours au seul parti qui leur restât à prendre, celui de la fuite. Quant à Ismaël, il était demeuré sur le seuil du marabout, l'œil morne, la tête baissée et cherchant déjà dans son esprit les moyens de se soustraire à la terrible vengeance du chef des janissaires. Tout à coup il changea de contenance, son visage s'épanouit, et, par un contraste bizarre, cet homme qui venait de donner les marques du plus profond désespoir partit d'un éclat

de rire vraiment satanique ; puis, ayant remarqué un groupe de femmes et d'esclaves qui s'approchait du marabout, il se coucha en travers de la porte.

— Holà ! juif, — lui crièrent de loin quelques nègres, — si tu crains la bastonnade, va dormir ailleurs ; ne sais-tu pas que c'est aujourd'hui que les femmes d'Alger vont visiter le marabout de Sidi-Mansour ? Va-t'en , juif, va-t'en !

Ismaël se releva tranquillement et répondit :

— Je garde cette porte dans l'intérêt de la loi.

— Juif, que veux-tu dire ? — s'écria une vieille femme moresque en quittant une mule richement caparaçonnée qui lui servait de monture.

— Je veux dire que je vous prends à témoin, toi et tous ceux de ta suite, que la Moresque Nouna, fille de sidi Khalil, est enfermée dans ce marabout avec un homme, et qu'il convient de prévenir le mezouar pour qu'il ait à inscrire cette jeune fille sur le livre des femmes perdues.

Renfermé dans le fond de son palais, le More sidi Khalil s'occupait dévotement, en attendant le retour de sa fille, à défiler entre ses doigts les grains d'ambre de son chapelet, pendant que sa bouche marmottait avec une scrupuleuse exactitude la longue nomenclature des attributs de la divinité. Il fut distrait tout à coup de cette pieuse occupation par l'arrivée du vieux nègre qui lui servait de majordome, et qui, soulevant un pan de tapisserie, s'écria :

— Seigneur, le juif Ismaël est en bas et demande à te parler sur-le-champ pour une affaire de la plus haute importance.

— Je sais le motif de sa visite, — répondit en souriant sidi Khalil ; — il vient me proposer des étoffes précieuses pour ma fille à l'occasion de son mariage. Qui a pu le lui apprendre ? Ces juifs ont un talent merveilleux pour découvrir les occasions de nous voler notre or. Je vais le recevoir.—Et le vieillard s'en alla, le cœur rempli d'une douce joie et sanctifié par la prière, au-devant du messager qui allait l'abreuver d'amertume et de désespoir. — Juif, que veux-tu de moi ? — dit-il à Ismaël du plus loin qu'il l'aperçut ; — hâte-toi, car j'ai peu de loisirs aujourd'hui.

— Seigneur, — répondit Ismaël, — le message que je viens remplir auprès de toi demande peu de paroles.

— Quel est ce message ? Explique-toi.

— Je viens, au nom de Hussein, chef de la première orta des janissaires, te demander une dernière fois si tu veux lui donner ta fille pour épouse.

— Juif, je respecte en toi l'envoyé de Hussein, sans cela je te ferais infliger par mes esclaves le châtiment que tu mérites. Hussein sait bien et toi-même n'ignores pas que ma fille ne saurait être à lui, puisque tout est prêt pour son mariage avec un autre époux.

— Il est vrai ; mais ce mariage ne s'accomplira pas.

— Qui serait assez puissant pour l'empêcher ?

— Moi.

— Toi, misérable juif ! Mais de quel droit, à quel titre ?... Pourquoi ? Mais réponds-moi donc !

— Parce qu'à cette heure ta fille ne t'appartient plus, parce qu'elle ne s'appartient plus à elle-même, parce qu'elle appartient au mezouar.

— Infâme, oses-tu bien !... Oh ! va-t'en, va-t'en ! car, tout vieux que je suis, je saurais bien encore avec ce poignard clouer ta langue maudite dans ta bouche afin de t'empêcher de mentir désormais.

— Seigneur, je prends Dieu tout-puissant à témoin que j'ai dit la vérité. Ta fille a été découverte ce matin dans le marabout de Sidi-Mansour ; un homme était avec elle, et la loi est formelle : Toute fille qui est trouvée seule avec un homme doit être inscrite sur le livre du mezouar, au rang des femmes perdues.

— Elle ! Nouna ! ma fille chérie, la consolation de mes vieux jours, la plus pure comme la plus belle, comme la plus aimée des vierges d'Alger, elle, une femme perdue ! Oh ! cela ne peut être... N'est-ce pas, juif, que tu as voulu m'effrayer seulement, et que c'est un mensonge ou même une raillerie? Mensonge ou raillerie, tu t'es montré bien cruel envers un pauvre vieillard qui ne t'a jamais fait de mal; mais, n'importe, confesse-moi cela, et je te pardonnerai.

En parlant ainsi, sidi Khalil, attachant sur son interlocuteur un regard désolé, cherchait avec avidité à lire dans ses yeux le fond de sa pensée. Tout autre que le juif Ismaël n'eût pu, sans une profonde émotion, être témoin de la douleur de ce malheureux père; mais, soit que l'opprobre où sa race était tombée dans Alger eût depuis longtemps étouffé dans le cœur de ce juif tout sentiment humain, soit que son propre intérêt le rendît inaccessible à toute autre considération, il demeura calme et impassible, et répondit avec le plus grand flegme :

— Ce n'est ni un mensonge, ni une raillerie.

A ces derniers mots, le vieillard, qui jusqu'alors avait pu concentrer en lui-même tout ce qu'il éprouvait d'angoisses et de tortures, sentit son âme se briser, et il se mit à fondre en larmes en appelant sa fille à grands cris, comme s'il eût pensé que par sa seule présence elle réfuterait l'horrible accusation qui venait d'être portée contre elle; mais Nouna ne parut pas, et le nègre, attiré par les cris de son maître, se montra seul, pour annoncer qu'elle n'était pas encore revenue de son pèlerinage au marabout de Sidi-Mansour. Ainsi, il fallait même renoncer à cette ressource suprême dans toute défense, la dénégation de l'accusé.

. . . .

Après avoir laissé pendant quelques minutes le vieux More donner un libre cours à son désespoir, Ismaël jugea le moment favorable pour obtenir ce qu'il désirait, et, s'approchant de lui avec un air de compassion,

— Seigneur, — lui dit-il, — il y a un moyen de sauver ta fille.

Le vieillard tressaillit et essuya vivement ses larmes.

— Un moyen! — s'écria-t-il; — ah! parle! lequel?... Je suis prêt à tout faire. Est-ce de l'or qu'il te faut? Je suis pauvre, mais j'ai encore mon palais, je le vendrai; je vendrai aussi mes derniers esclaves; j'irai mendier dans les rues d'Alger, s'il le faut, pourvu qu'on ne puisse pas dire : Cette femme, c'est la fille du vieux sidi Khalil; pourvu que ma Nouna soit heureuse et honorée. Parle, parle, quel est ce moyen ?

— Ecoute, seigneur; l'audience du cadi ne s'ouvrira que dans une heure. Il suffit de ce laps de temps pour avertir les témoins et le mezouar qu'ils aient à se dispenser de comparaître devant le cadi, parce que je me suis trompé, parce que ce n'était pas la fille que j'avais vue... que sais-je?... Le mezouar, qui perd ainsi une belle sujette, pourra murmurer; mais Hussein est puissant, Hussein ordonnera au mezouar de se taire, et le mezouar se taira.

— Mais à quelle condition puis-je compter sur Hussein?

— Je te l'ai dit : il veut ta fille pour épouse. Décide-toi, seigneur, le temps se passe et il faut que je puisse prévenir les témoins.

— Mais tu sais bien que j'ai donné parole à un autre.

— Juif, juif, si tu as quelque pitié dans l'âme, va trouver Hussein en mon nom, ou plutôt je cours avec toi me jeter à ses genoux; il comprendra que je ne puis lui donner ma fille tant que celui que j'ai choisi pour gendre ne m'aura pas rendu ma parole. Il ne sera pas inexorable pour un pauvre vieillard, pour un père... Oh! viens, viens.

— C'est inutile, seigneur. Hussein a donné l'ordre à ses janissaires de ne laisser pénétrer auprès de lui que moi seul; ainsi donc il n'y a plus un moment à perdre. Choisis à qui des deux tu veux donner ta fille, à Hussein ou au mezouar.

— O mon Dieu! mon Dieu! prenez pitié de moi. Que dois-je faire!

En proie à cette cruelle perplexité, le vieillard allait

céder peut-être, lorsqu'une femme dont les vêtements en désordre et souillés de poussière, les babouches déchirées et tachées de sang, annonçaient qu'elle venait de faire une route longue et pénible, se précipita dans la galerie où se passait cette entrevue. C'était la belle Nouna, ou plutôt c'était son fantôme. Elle venait de se traîner à pied, l'espace de deux lieues, sous l'ardent soleil d'Afrique, pour regagner le palais de son père; là du moins elle espérait trouver un refuge contre les railleries et les insultes qui l'avaient assaillie à sa sortie du marabout de Sidi-Mansour, et qui, après l'avoir poursuivie tout le long de la route, semblaient encore en ce moment même retentir à son oreille. Haletante, épuisée, elle se jeta dans les bras de son père en pleurant et mêlant à ses sanglots des paroles entrecoupées.

— Ne les crois pas, — s'écria-t-elle, — ô mon père, ne crois pas les discours des méchants. Je suis innocente, j'en prends Dieu à témoin. — Puis, ayant aperçu Ismaël qui avait baissé la tête et s'était retiré à l'écart, elle poussa un cri d'horreur et, le montrant du doigt, — Ah! le juif! l'infâme juif! — ajouta-t-elle, — c'est lui qui a tout fait, j'en suis sûre, et il ose encore se montrer ici, lui qui, n'ayant pu t'enlever ta fille, a voulu la déshonorer, et tu le souffres, mon père! Hors d'ici, juif! hors d'ici!

A ces mots qu'elle accompagna d'un geste menaçant, à l'aspect de ce spectre voilé dont l'œil noir étincelait à travers l'étroite ouverture de sa capuche blanche, Ismaël se sentit saisi d'une terreur involontaire, et, reculant de quelques pas, il se mit en devoir de sortir. Ce ne fut pas toutefois sans faire entendre ces funestes paroles :

— Adieu, seigneur; puisque ta fille Nouna préfère au toit de l'époux que je venais lui proposer la demeure du mezouar, donne-lui le conseil d'être un peu moins fière, car à partir de ce soir peut-être il ne lui sera plus permis de chasser aucun homme de sa présence, fût-ce même le juif Ismaël.

— Ma fille, qu'as-tu fait? — balbutia le vieux More en contemplant d'un œil hagard le juif qui traversait lentement les galeries du palais pour se rendre à la porte extérieure, — ne sais-tu donc pas que cet homme est l'agent d'un des chefs des janissaires, du redoutable Hussein, que son témoignage peut te perdre?

— Me perdre, moi! mon père; mais qu'ai-je fait pour être condamnée? Je suis innocente, je te l'ai déjà dit, et nous avons une justice à Alger.

— Une justice! oh! oui, pour les Turcs; mais pour les Mores...

— Qu'importe? Quand le cadi saura que, sans le secours du généreux sidi Abdallah, j'allais être enlevée à ta tendresse, ô mon père, penses-tu donc qu'il puisse me punir d'avoir voulu que mon défenseur partageât mon asile? Mon père, tu me l'as dit souvent dans mon enfance, le juge est l'image de Dieu sur la terre : Dieu est juste, le cadi doit l'être aussi : le cadi achèvera l'œuvre de sidi Abdallah.

— Abdallah! c'est Abdallah qui t'a sauvée! — s'écria le vieillard, dont un éclair de joie avait illuminé le visage, — c'est Abdallah qui était avec toi dans le marabout? Ah! Dieu soit loué! il t'aime, il est ton fiancé, et, quand bien même le juge dans sa rigueur se prononcerait contre toi, il ne t'abandonnera pas, lui; mais où est-il ce noble jeune homme? d'où vient qu'il n'est pas revenu?

— Hélas! mon père, témoin des outrages dont mes compagnes et leurs esclaves n'ont pas craint de m'accabler en me voyant sortir avec lui du marabout, il a voulu prendre ma défense; mais que pouvait-il seul contre une foule inhumaine? Bientôt accablé par le nombre, désarmé, chargé de liens, on l'a entraîné loin de mes regards, et sans doute à cette heure il est enfermé dans quelque sombre cachot, en attendant l'audience du cadi.

— Lui aussi! — murmura le vieillard en laissant tomber sa tête sur sa poitrine. — C'était écrit!

. . . .

Voici ce qui se passa vers la fin de ce même jour, en haut de la rue Bab-el-Oued, sous les murs du palais de sidi Khalil. Au milieu d'un grand concours de peuple, un homme de haute taille, et dont la physionomie était empreinte du plus effronté cynisme, s'avança, tenant d'une main un livre et de l'autre une sorte de fouet garni de longues lanières de cuir. A voir comme chacun lui faisait place et se rangeait sur son passage avec une expression mêlée de crainte et de mépris, on aurait pu se demander dans quel but il se faisait accompagner d'une escorte de chaouchs, si une sourde rumeur circulant dans les rangs de la foule n'avait annoncé que cet homme pourrait avoir besoin de leur assistance pour le devoir qu'il allait remplir en ce moment. Parvenu devant le palais de sidi Khalil, cet homme s'arrêta, et ayant frappé à la porte il cria par trois fois : — Ouvrez au mezouar ! — La porte s'ouvrit et un vieux nègre parut. — Où est la Moresque Nouna, fille de sidi Khalil? — reprit alors le terrible visiteur. — Va lui dire que je l'attends.

Le nègre disparut; la porte resta entr'ouverte et la foule attendit dans un morne silence le dénoûment de cette scène lugubre. Quelques minutes s'écoulèrent, un bruit de pas se fit entendre, et un nouveau personnage apparut sur le seuil du palais. Ce n'était point Nouna; c'était son père, son père qui, dans l'espace de quelques heures, semblait avoir vieilli de vingt années, tant le désespoir avait creusé ses joues et appesanti son corps.

— Quel est le jugement du cadi? — s'écria-t-il d'une voix sourde et qui semblait sortir du fond d'une tombe.

— Seigneur, — répondit le mezouar en lui montrant son livre, — voici le nom de ta fille inscrit de la main du cadi lui-même.

— C'est bien, — dit le vieux More avec un calme effrayant; — le cadi s'est souvenu que Nouna était une Moresque. Louange à Dieu, dont le cadi est l'image sur la terre ! Est-ce là tout ce que le cadi a décidé ?

— Non, seigneur, le cadi, ayant égard aux circonstances particulières de la cause, a prononcé que, s'il se présentait un époux pour ta fille aujourd'hui même, il aurait droit de l'emmener dans sa maison, à la charge de me payer par an et d'avance vingt-quatre douros d'Alger, montant de la taxe qui est due au mezouar.

— Louange au cadi, cette fois ! Mais sidi Abdallah, mezouar, tu ne me parles pas de sidi Abdallah ?

— Sidi Abdallah a été renvoyé absous.

— Eh bien ! achève... est-ce qu'il n'est pas venu t'offrir le montant de la taxe ?

— Seigneur, je le pensais comme toi, mais sidi Abdallah est parti pour Constantine sans me faire aucune offre.

— Parti ! parti ! — s'écria le vieillard, que tout son sang-froid commençait à abandonner ; — et nul ne s'est présenté depuis à sa place?

— Seigneur, j'ai attendu jusqu'au soir, et nul époux ne s'est présenté pour Nouna. Elle m'appartient maintenant.

— O mon Dieu ! mon Dieu ! en serait-ce venu là ? — murmura douloureusement le vieillard; puis, frappé d'une idée subite, ressource suprême qui dans son désespoir vint se présenter à lui : — Mes amis, mes bons amis, — s'écria-t-il en s'adressant à tous les assistants, — ma fille est innocente, je vous le jure... Est-ce qu'il ne se trouvera personne dans Alger qui ajoutera foi aux paroles d'un père? Que quelqu'un se présente pour être l'époux de Nouna, fût-il le plus pauvre de la ville, pourvu qu'il soit un honnête homme, je lui donnerai ma fille... Eh quoi ! tous muets ! Ma fille est belle pourtant; ma fille est pure; ne croyez pas à l'arrêt qui la frappe, elle est victime d'une fatalité. . Pitié pour elle !... pitié pour moi ! si vous saviez ce que je souffre en ce moment... Ah ! c'est horrible !

Pendant que sidi Khalil parlait ainsi, la foule amassée devant son palais le contemplait avec une vive émotion ; mais il était aisé de voir que sa proposition ne rencontrait aucune sympathie, et que nul homme, si bas que le sort l'eût placé, n'était disposé à donner le rang et le titre d'épouse à une telle femme.

— La nuit vient, — s'écria tout à coup le mezouar, — et je ne saurais m'arrêter plus longtemps. Seigneur, fais venir ta fille.

A ces mots, le pauvre vieillard vit que tout espoir était perdu, et, se laissant tomber aux genoux du mezouar :

— Oh ! sois miséricordieux, — lui dit-il, — laisse-moi ma fille. Je suis si vieux que j'ai bien peu de temps à vivre ; permets du moins qu'elle me reste pour me fermer les yeux, et tu viendras la prendre ensuite. Oh! va, je ne te ferai pas attendre longtemps.

— Seigneur, je te plains, — répondit le mezouar ; — mais il faut que j'exécute à la lettre le jugement du cadi.

Et en même temps il fit un signe à ses chaouchs, qui s'avancèrent pour franchir le seuil du palais. Sidi Khalil, par un effort désespéré, voulut s'opposer à leur passage, et dans cette intention il se plaça en travers de la porte ; mais, accablé par toutes les émotions qui venaient de déchirer son cœur, il chancela et tomba la face contre terre. Les chaouchs furent obligés de passer sur son corps pour aller chercher leur proie. Ils pénétrèrent dans le palais, et bientôt des cris lamentables qui retentirent à l'intérieur annoncèrent que le mezouar était obéi.

Ce fut alors un spectacle bien digne de pitié que celui qui vint frapper les regards de toute cette foule assemblée devant le palais de sidi Khalil. Au milieu d'un groupe au centre duquel elle se trouvait placée, on vit une jeune fille d'une merveilleuse beauté se débattant entre les bras de quatre hommes vigoureux qui l'avaient saisie et l'entraînaient en dehors de la demeure de son père. Dans la lutte qu'elle venait de soutenir, son voile avait été déchiré, et son visage, auquel ses beaux yeux noyés de larmes prêtaient encore plus d'attraits, était entièrement à découvert. Dans tous ces regards profanes auxquels elle se voyait ainsi prostituée en spectacle, l'infortunée chercha quelque temps un regard ami. mais elle n'y recueillit que l'indifférence, l'ironie ou la haine même. Car la populace, qu est la même partout, plus prompte à condamner qu'à absoudre, jugeant les faits sans se préoccuper des causes, avait déjà dépensé pour le père tout ce qu'elle avait de compassion dans l'âme, et n'avait plus pour la fille que du mépris ou des sarcasmes. A ce moment, Nouna sentit toute sa force l'abandonner, et, après avoir envoyé de loin un baiser, triste et suprême adieu, à son vieux père, dont le corps inanimé était toujours gisant sur le seuil de son palais, elle cessa d'opposer à ses ravisseurs la moindre résistance et se laissa entraîner demi-morte, mais résignée, au milieu des huées de la multitude.

Déjà le cortége avait parcouru une bonne partie de la rue Bab-el-Oued, lorsqu'un homme sortant du sein de la foule s'écria d'une voix forte :

— Arrête, mezouar, car il convient d'exécuter le jugement du cadi, et c'est aux termes de ce jugement que je viens réclamer la jeune fille qui est maintenant entre les mains de tes chaouchs.

— Toi ! — répondit le mezouar avec surprise. — As-tu donc oublié qu'une musulmane ne saurait en aucun cas devenir l'épouse d'un juif ? Pauvre Ismaël, tu deviens fou, va-t'en, place ! place !

En parlant ainsi, le mezouar se mettait déjà en devoir d'écarter le juif, lorsque celui-ci portant vivement la main à sa ceinture, en tira deux objets, un papier et une bourse, puis s'écria d'une voix qui retentit au loin dans la rue Bab-el-Oued :

— Je n'ai rien oublié, mezouar, et je te répète qu'il faut que tu remettes sur-le-champ entre mes mains la Moresque Nouna, car voici l'écrit par lequel Hussein. chef de la première orta des janissaires, s'engage à la prendre aujourd'hui pour épouse, et voici les vingt-quatre douros montant de la taxe.

Au nom d'Hussein, vous eussiez vu tous les fronts s'incliner avec terreur, comme si la foudre eût été près d'éclater à la place où il avait été prononcé. Le mezouar lui-même pâlit, se mordit les lèvres, et ordonna à ses chaouchs de livrer la jeune fille au juif.

III

La journée avait été brûlante ; l'atmosphère, lourde et embrasée, semblait avoir étendu sur tous les objets comme un linceul de plomb. Aucun bruit ne retentissait dans la campagne. On eût dit que la nature entière était morte. A la clarté de la lune qui commençait à monter sur l'horizon, on vit paraître sur le perron extérieur d'une belle maison de plaisance située au fond d'une de ces vallées qui s'étendent à l'ouest d'Alger, une femme, jeune en apparence, autant qu'il est donné de le conjecturer à travers l'épaisse enveloppe des vêtements moresques, mais dont la démarche pleine de langueur portait une empreinte visible de fatigue et d'affaissement. Cette femme, ayant promené quelque temps sur la voûte céleste un regard d'une ineffable mélancolie, descendit les degrés qui conduisaient dans le jardin et s'achemina lentement vers une terrasse d'où la vue s'étendait au loin dans la campagne. Là, elle s'assit sur des coussins, attendant sans doute que le vent de la nuit, venant à s'élever, apportât un peu de fraîcheur dans l'air ; puis, appuyant son menton sur ses deux mains, elle tomba dans une morne rêverie. Il y avait déjà quelque temps qu'elle était dans cet état lorsqu'elle tressaillit tout à coup. Aux rayons de la lune, qui inondait en ce moment d'une vive lueur tout le paysage, ses regards venaient de rencontrer à une certaine distance je ne sais quel objet qui l'avait frappée de surprise et d'effroi. Dans un champ qui n'était séparé du jardin que par une muraille assez élevée se tenait debout et immobile, dans l'attitude de la contemplation, un jeune homme enveloppé d'un grand manteau blanc, mais dont la tête, pleine de régularité et de noblesse, se dégageait merveilleusement sous le turban moresque qui la recouvrait. A cet aspect, une pâleur mortelle parut sur le front de la jeune femme, et elle rabattit immédiatement sur son visage le voile flottant sur ses épaules, puis elle se leva avec vivacité et regagna la maison. Elle n'y fut pas plutôt entrée qu'elle laissa échapper un torrent de larmes, et, comme ses femmes s'empressaient autour d'elle en lui demandant la cause de son chagrin :

— C'est, — dit-elle, — que je songe à mon père, qui est mort par une soirée semblable à celle-ci, il y aura bientôt un an.

— Eh quoi ! — repartit une des femmes, — il y a déjà un an, maîtresse, que tu es l'épouse du puissant Hussein ? N'est-ce pas que les jours s'écoulent vite sous le toit de l'époux quand on aime et qu'on est aimée ?

La jeune femme soupira et ne répondit pas.

Qui n'a reconnu dans cette jeune femme la fille du vieux sidi Khalil, la belle Nouna ? Pauvre Nouna ! Ce n'était pas les premières larmes qu'elle versait depuis que, grâce aux artifices du juif Ismaël, elle était unie au chef de la première orta des janissaires d'Alger, et pourtant, en songeant que c'était le seul moyen qui lui fût offert d'échapper à l'infamante destinée à laquelle son inscription au livre du mezouar l'avait vouée, elle avait fini par s'armer de résignation.

D'ailleurs, il faut bien le dire, à défaut d'amour elle sentait dans son cœur quelque reconnaissance pour l'homme qui avait eu le courage de braver un préjugé terrible en épousant une femme flétrie par un jugement irrévocable, et que son fiancé lui-même avait abandonnée.

Son fiancé ! ah ! si quelquefois encore le souvenir de sidi Abdallah, qui l'avait à la fois sauvée et perdue, venait troubler le cœur de la jeune Nouna, sans doute il est permis de penser qu'il n'y éveillait que l'indignation et le mépris, et qu'à ces sentiments il ne se mêlait pas même un regret. S'il en eût été autrement, la belle Moresque ne se fût point empressée d'abandonner la terrasse où une étrange apparition était venue frapper ses regards ; car est-il besoin de vous apprendre le nom de celui qu'elle avait cru reconnaître dans l'indiscret observateur qui avait causé sa fuite ? Cependant on dit que, à partir de cette soirée, plus d'une fois, la nuit, dans ses rêves, ce nom s'échappa des lèvres de Nouna.

Heureusement pour elle, retenu loin de la couche conjugale par une de ces expéditions sans cesse renaissantes auxquelles le gouvernement turc avait recours pour châtier des tribus rebelles ou prélever la dîme sur des peuplades indociles, Hussein le janissaire ne pouvait surprendre les confidences secrètes que lui eût livrées le sommeil de sa jeune épouse. Aurait-il même eu le droit de s'en alarmer ? Je ne sais, mais le lendemain, dès que la nuit fut venue, Nouna descendit dans le jardin et se rendit sur la terrasse. La lune brillait au ciel et répandait comme la veille une vive lueur sur tout le paysage, mais le paysage était désert, car le jeune homme au manteau blanc et au turban more avait cessé de l'animer de sa présence. Etait-ce donc lui que Nouna venait chercher ?

Quoi qu'il en soit, durant plusieurs soirées consécutives, la fille de sidi Khalil revint s'asseoir à la même place, et, pensive et solitaire, elle y demeura jusqu'à une heure assez avancée de la nuit sans qu'aucune apparition la forçât de s'en éloigner. Peut-être même elle finit par se persuader que celle qui était venue frapper ses regards n'avait jamais existé réellement que dans son imagination malade, et, comme pour se punir elle-même d'y avoir ajouté foi, elle cessa tout à fait de se montrer dans la partie du jardin voisine de la terrasse.

Un mois environ s'était écoulé depuis cette aventure, déjà sans doute oubliée ; l'été touchait à sa fin, Hussein allait revenir, lorsqu'une nuit, au milieu d'une de ses insomnies, Nouna crut entendre sous son balcon, dont la fenêtre donnant sur le jardin était restée entr'ouverte, une voix faible murmurer le refrain de cette chanson, jadis bien connue d'elle :

« Jeunes Moresques, quand vous allez au bain baissez
» bien votre voile ; jeunes Moresques, baissez bien
» votre voile quand vous passez près d'un janissaire. »

Ce n'était point un rêve cette fois ; la voix du mystérieux chanteur venait de retentir jusqu'au fond de son âme et y avait réveillé mille souvenirs qu'elle croyait éteints pour jamais. Emue et tremblante, la belle Moresque s'arracha brusquement de sa couche et, se glissant à pas furtifs jusqu'au balcon, elle colla son visage au treillis qui était destiné à la fois à défendre l'entrée de ce sanctuaire aux rayons du soleil et aux regards profanes.

A travers ce réseau de fer et de bois, rempart assuré contre toute tentative coupable, Nouna chercha à distinguer dans les ténèbres les traits de celui qui, après l'avoir si indignement abandonnée, revenait enfin à elle au péril de ses jours. Mais le ciel était sombre et sans étoiles ; la nuit avait couvert la terre de ses voiles et ne lui avait laissé que les parfums qui exaltent les sens et troublent la raison, et la voix avait cessé de retentir.

Un instant la jeune femme trembla que, surpris dans le jardin, l'imprudent n'eût été frappé à mort par un des gardiens de la maison, et une larme vint glisser au bord de sa paupière, car Abdallah était déjà absous dans son cœur par le danger même qu'il courait ; mais cette crainte fut de courte durée. Bientôt la voix retentit de nouveau sous le balcon, et cette fois il semblait qu'elle fût plus proche encore. Un nom fut prononcé, c'était le nom de Nouna.

Avec quelle douce mélodie ce nom retentit à l'oreille de celle à laquelle il était adressé en quelque sorte comme une invocation ! Quels battements de cœur répondirent à cet appel ! Oh ! jeune femme qui ne crains pas de venir demi-nue, par une belle nuit d'été, t'enivrer à ton balcon du parfum des fleurs et du murmure harmonieux des paroles d'amour, n'as-tu pas senti que ces fleurs recelaient un poison et ces paroles un germe de mort?

Maîtrisée par le trouble violent auquel elle était en proie, la fille de sidi Khalil était restée muette, mais la voix reprit bientôt avec un accent plein de douceur et de tristesse.

— O ma Nouna, tu ne me réponds pas, et pourtant je sais que tu ne dors pas et que tu es là près de moi. J'entends les battements de ton cœur qui ont trahi ta présence, et je vois en même temps poindre le jour. Il faut que je parte ; j'avais pourtant bien des choses à te dire. Refuserais-tu donc de les écouter ? — Un profond soupir fut la seule réponse de la jeune femme ; mais il faut croire qu'il est des circonstances où il suffit même d'un soupir pour encourager un amant, car celui-ci s'empressa d'ajouter : — Demain, à la chute du jour, je t'attendrai au bout de l'allée de sycomores qui est au bas de la terrasse où je t'ai vue il y a un mois ; un seul mot de ta bouche et je pars. Viendras-tu ?

La jeune femme hésita quelque temps, puis elle s'écria d'une voix tremblante et brisée par l'émotion :

— Je viendrai.

En même temps son oreille recueillit dans l'air comme le bruit d'un baiser, puis les feuilles des arbres s'agitèrent sous son balcon, et un pas sourd et presque mesuré fit craquer, durant quelques secondes, le sable de l'allée voisine.

Lorsque tout fut rentré dans le silence, Nouna regagna lentement sa couche.

A cet instant, les premiers rayons de l'aurore commençaient à se glisser dans la chambre, à travers les étroites ouvertures du treillis. A cette lueur incertaine, la jeune femme crut voir une main soulever légèrement la portière de tapisserie qui donnait entrée auprès d'elle, et, glacée par un effroi instinctif, elle cacha convulsivement sa tête entre ses bras, et se replia en quelque sorte sur elle-même. Bientôt après elle sentit cette main toucher son épaule nue et elle entendit en frémissant les paroles suivantes, que prononça une des femmes :

— Maîtresse, lève-toi. Notre seigneur Hussein est revenu et il te demande.

. . . .

Le soleil commençait à s'incliner vers l'horizon. Dans une chambre éclairée par un mystérieux demi-jour et dont les murs incrustés des marbres et des émaux les plus précieux disparaissaient presque sous les nombreux trophées de guerre qui y étaient appendus, Hussein le janissaire était nonchalamment couché sur des carreaux. A ses pieds se tenait accroupie sa jeune épouse, dans une attitude pleine grâce et de mollesse. Tous deux gardaient le silence. Tout à coup, par un mouvement brusque, Hussein se souleva sur son coude, et, attachant sur la belle Moresque un regard qui semblait chercher à lire jusqu'au fond de son cœur, il s'écria avec un accent singulier :

— Nouna m'a-t-elle raconté fidèlement tout ce qui s'est passé ici pendant mon absence? N'a-t-elle rien omis?

La jeune femme leva ses grands yeux noirs, qu'elle tenait langoureusement baissés depuis quelques instants, et observa avec inquiétude la physionomie du janissaire : cette physionomie était calme et presque souriante. Elle répondit d'une voix assurée :

— Seigneur, je n'ai rien omis.

— C'est bien, — repartit Hussein en se levant et reprenant ses armes, qu'il avait déposées dans un coin de la chambre, — Dieu bénit celui qui dit la vérité. Que sa protection soit sur la tête de Nouna, en attendant que je revienne dans cette maison !

— Eh quoi ! seigneur, — dit la jeune femme, — vas-tu donc quitter encore ton esclave pour l'exposer à de nouveaux dangers?

— Je n'ai rien à craindre, — reprit le chef turc, — car mon cœur est pur. Il faut que j'aille aujourd'hui même à la ville pour baiser les pieds du glorieux pacha et lui rendre compte de ma mission. Je n'ai point voulu accomplir ce devoir avant d'avoir revu ma Nouna, mais je deviendrais coupable envers Son Altesse en le différant davantage. Mon absence durera jusqu'à demain ; mais, à partir de demain, je veux être toujours là, près de toi, ô Nouna ! comme ton ombre.

En parlant ainsi, Hussein déposa sur le front de la Moresque un dernier baiser, puis il frappa trois fois ses deux mains l'une contre l'autre. Deux négresses apparurent sur le seuil de la chambre, et il leur fit signe d'emmener la jeune femme. Celle-ci les suivit, silencieuse et calme en apparence, mais le cœur troublé par mille orageuses pensées.

A peine elle fut rentrée dans son appartement que, après avoir congédié ses femmes, elle se laissa tomber sur les nattes avec tous les signes de la plus vive douleur. Le retour de son mari, la tendresse et la confiance qu'il venait de lui témoigner, l'accablèrent de repentir. Placée entre l'alternative de tromper Hussein ou de manquer à la promesse qu'elle avait faite le matin même à sidi Abdallah, elle s'interrogeait avec anxiété sur le parti qu'il convenait de prendre, et ne trouvait dans son âme que doutes et irrésolutions.

Ses devoirs d'épouse, les dangers de toute sorte attachés à une coupable entrevue, lui commandaient d'y renoncer; mais Abdallah en mourrait peut-être... Lui mourir ! lui si jeune, lui si beau ! Après tout, le châtiment n'était pas plus fort que l'offense. Abdallah ne s'était-il pas déshérité lui-même à tout jamais de ses droits à l'amour, à la pitié même de Nouna, le jour où il l'avait abandonnée à toute la rigueur des lois algériennes? Quimportait maintenant qu'il revînt à elle clandestinement, par la fraude et comme un voleur, alors qu'à la face de tout Alger il l'avait laissé marquer du sceau de l'infamie sans oser prendre sa défense, sans dire au juge, au mezouar, à tous : Cette femme que vous flétrissez, j'en fais mon épouse !

Ce fut sous l'influence de ces dernières pensées que Nouna décida qu'elle ne sortirait pas de la maison que Hussein ne fût de retour, et afin de s'affermir encore davantage dans cette courageuse résolution, elle appela une de ses femmes et lui ordonna de ne pas la quitter de la soirée ni de la nuit même.

C'était une jeune mulâtresse de la côte de Tétouan, qu'elle avait prise en affection parce qu'elle avait entendu dire que cette fille, d'une beauté rare parmi ses pareilles et d'un naturel mélancolique, nourrissait dans son cœur une passion profonde. Il faut croire qu'il y a dans deux âmes en proie à la même souffrance morale je ne sais quelle puissance d'attraction qui les pousse l'une vers l'autre et les initie en quelque sorte par une mystérieuse sympathie aux sentiments les plus secrets que l'une et l'autre peuvent éprouver.

Lila, après avoir attaché quelque temps sur sa maîtresse ses beaux yeux pleins de tristesse et de langueur, s'accroupit à ses pieds et les baisa à plusieurs reprises avec effusion. Quelques larmes brûlantes vinrent en tombant effleurer ses bras nus. Une autre que Lila en eût peut-être demandé la cause : Lila se tut et elle pleura aussi. Au bout de quelques instants, elle se releva timidement, et, étant allée à l'une des extrémités de la chambre, elle y prit une mandoline qui était appendue à la muraille et revint s'agenouiller devant Nouna, en lui présentant cet instrument.

La jeune Moresque parut hésiter un moment, puis elle repoussa doucement l'esclave, en faisant un signe de tête négatif. Lila se mit alors en devoir d'aller reporter la mandoline à sa place, et, chemin faisant, elle laissa errer ses doigts sur les cordes et en tira quelques sons d'une harmonie au moins douteuse, qui arrachèrent un sourire à Nouna. Enhardie par cette marque d'approbation tacite, elle s'arrêta tout à coup, et, après avoir essayé quelques accords, elle se mit à chanter assez distinctement le refrain de la romance moresque qui, peu

d'heures auparavant, avait retenti sous le balcon de
Nouna.

Aux premières mesures, celle-ci tressaillit ; pourtant
elle se garda bien d'interrompre l'esclave, et ce ne fut
que lorsque Lila s'arrêta qu'elle lui demanda avec une
feinte insouciance qui lui avait appris cet air.

— Maîtresse, — répondit Lila, — au temps où j'étais
esclave à Constantine, j'ai entendu si souvent chanter
cette romance qu'elle est restée gravée dans ma mémoire.

— Tu as été esclave à Constantine ? — reprit vivement
la Moresque ; — ah ! parle-moi de Constantine.

— Oui, maîtresse, avant de t'appartenir j'étais esclave
dans le palais du More sidi Hafiz-Kasnadji... L'épouse
de sidi Hafiz était ma maîtresse.

— Ah!... Et sidi Hafiz n'avait-il pas un fils, ?

— Un fils unique et tendrement aimé, le beau, le généreux sidi Abdallah. Est-ce que tu as entendu parler de
sidi Abdallah, maîtresse ? Est-ce que tu l'as vu ?

Ce fut avec une expression profonde que la jeune né-
gresse prononça ces dernières paroles. Quand à celle qui
l'écoutait, absorbée en ce moment par une émotion qu'elle
cherchait en vain à dissimuler, elle garda quelques instants le silence, puis elle répondit avec une légère confusion :

— Je ne m'en souviens pas.

— Oh ! — reprit vivement Lila, — si une seule fois
dans ta vie, ma belle maîtresse, il t'avait été donné
d'apercevoir sidi Abdallah, tu n'en parlerais pas avec ce
ton d'indifférence.

— Tu le connais donc, toi ?

— Moi ! maîtresse, je l'ai vu passer quelquefois quand
il se rendait chez sa mère, et souvent, les soirs, j'ai recueilli l'écho de sa douce voix, lorsqu'il traversait les
cours du palais en chantant les paroles que je viens de
te répéter.

— Est-ce tout? Ne t'a-t-il jamais parlé ce jeune More?

— Oh ! si fait, maîtresse, deux fois dans ma vie : la
première, pour me demander la cause de mon chagrin,
un jour qu'il me rencontra pleurant dans la galerie
parce que le chef des esclaves m'avait battue.

— Que fit-il alors?

— Maîtresse, il fit chasser le chef des esclaves.

— Et... que te dit-il la seconde fois ?

— Maîtresse... il me dit... que j'étais belle.

Nouna regarda fixement la jeune esclave, puis elle détourna la tête. Après une pause elle reprit :

— Ainsi, depuis ce jour, sidi Abdallah ne t'a jamais
parlé ?

— Non, maîtresse. Le lendemain de ce jour il quitta
le palais de son père et partit pour Alger. Nous ne le re-
vîmes plus dès lors qu'à de longs intervalles.

— Quel était le motif de son absence?

— Une mission que lui avait confiée le bey.

— Y a-t-il longtemps de cela?

— Douze lunes environ.

— Et... cette absence n'avait pas d'autres cause ?

— Hélas ! maîtresse, il y en avait une autre... un
mariage.

— T'a-t-on dit le nom de la fiancée?

— Je l'ignore ; mais sidi Abdallah ne respirait plus
que pour elle, et, lorsqu'il passait dans la galerie pour
se rendre chez sa mère, il ne me regardait plus. Oh ! elle
était bien heureuse la fiancée de sidi Abdallah !

— Qui sait quelle a été la fin de tout cela ?

— Je le sais, moi, et cette fin a été bien triste.

— Que veux-tu dire ?

— Un jour, sidi Abdallah est venu trouver sa mère ;
il était pâle et hors d'haleine, de grosses larmes roulaient
le long de ses joues amaigries ; il arrivait d'Alger...

— Eh bien ?...

— Sa belle Moresque l'avait trahi ; celle qu'il croyait
si innocente et si pure n'était qu'une fille perdue, et, le
jour même où il l'avait quittée, elle allait être inscrite
sur le livre du mezouar.

A ces derniers mots, la malheureuse Nouna poussa
un cri déchirant et tomba évanouie. Lorsqu'elle revint à
elle, elle se trouva entourée de ses femmes, qui s'empressaient à ses côtés en lui prodiguant leurs soins et
leurs secours.

Une seule se tenait à l'écart, c'était Lila la mulâtresse.
Nouna promena ses regards avec surprise autour d'elle,
puis, s'étant aperçue qu'il faisait déjà nuit et que la
chambre n'était éclairée que par la lueur d'une lampe,
elle tressaillit comme si un souvenir cruel venait de s'é-
veiller dans son âme, et se releva convulsivement, écartant avec une brusquerie qui ne lui était pas habituelle
celles de ses femmes qui se trouvaient en ce moment à
sa portée.

— Laissez-moi ! laissez-moi ! — s'écria-t-elle, — j'é-
touffe dans cette chambre, je veux respirer l'air frais du
soir. Que faites-vous ici? Je n'ai point appelé... Laissez-
moi !

— Maîtresse, faut-il que je te suive ? — dit-Lila.

— Ni toi, ni toute autre, — répondit la jeune femme en
franchissant le seuil ; — je veux être seule.

— Mon Dieu ! — murmura tout bas l'esclave, — prends
pitié d'elle !

Et Nouna descendit précipitamment dans le jardin, se
dirigeant vers l'allée de sycomores.

. . . .

C'était une de ces sombres soirées si fréquentes dans
nos climats septentrionaux, surtout aux approches de
l'automne, qu'elles annoncent en quelque sorte, et qui
sont si rares en Afrique. Pas une étoile ne brillait dans
le ciel. Nouna parcourait à grands pas l'allée de sycomores, s'arrêtant par intervalles à chaque bruit funèbre
qu'éveillait dans l'air le froissement des feuilles sèches
qu'elle foulait sous ses pieds. Tout à coup une main saisit la sienne, une haleine brûlante se confondit avec son
souffle.

Nulle parole humaine ne retentit dans les premiers
moments qui suivirent cette rencontre, car il y a des heures dans la vie où il semble que chacun de nous soit doué
du don de seconde vue; et malgré l'épaisseur des ténèbres et malgré le silence obstiné de l'inconnu, Nouna
avait éprouvé par une sorte d'intuition que cette main
et cette haleine, qui toutes deux la brûlaient, apparte-
naient à un autre qu'à sidi Abdallah, à un autre qu'elle
ne reconnaissait que trop bien. L'infortunée jeune femme
demeura muette et comme foudroyée. Cependant le silence régnait toujours, silence comparable dans ses ter-
reurs à celui qui précède la détonation d'une arme à
feu qu'une main ennemie viendrait à diriger contre vous.
A la fin, ces mots murmurés à voix basse vinrent tomber
dans l'oreille de Nouna:

— Il t'attend. Marche jusqu'au bout de l'allée. Pas un
mot, pas un geste. Je sais tout. La mort pour tous deux
si tu désobéis! Je te suis, ô Nouna, comme ton ombre.
Marche, marche devant moi.

La jeune femme poussa un faible gémissement et parut près de chanceler ; mais un bras de fer la soutint, et
la poussant en avant la porta plus morte que vive jusqu'au pied de la terrasse où l'attendait sidi Abdallah.

Au bruit des pas qui se dirigeaient vers lui, le More
s'était avancé avec précipitation, et, ouvrant ses deux
bras, il y reçut sa fiancée et la pressa contre son sein.

— Oh ! merci ! merci ! — s'écria-t-il, — d'être venue au
rendez-vous que je t'avais donné! Tout ce que j'ai souffert depuis un an, je l'oublie, puisque te voilà dans mes
bras. J'ai été bien coupable, je le sais, et je viens te demander grâce, ô ma Nouna; mais on m'a trompé : un juif,
un misérable juif, est venu me trouver dans la prison
où l'on m'avait jeté en sortant du marabout de Sidi-Mansour, et il m'a dit, l'infâme ! que tu étais une fille perdue,
qu'avant d'être ma fiancée tu avais appartenu à un autre, et que c'était pour te sauver des mains du mezouar,
auquel ta conduite avait été dénoncée, que ton vieux père
m'avait attiré dans sa maison; il m'a dit que tu atta-

que des hadjoutes n'était qu'un jeu, un piège tendu à ma crédulité, que tu m'avais entraîné dans le marabout afin de me mettre dans la nécessité de t'épouser, que vingt témoins dans Alger étaient prêts à attester tout cela. Ah ! si je t'avais moins aimé, je ne l'aurais pas cru, ce juif ; mais sa langue maudite venait de faire germer dans mon cœur tous les tourmens de la jalousie, et je suis parti pour Constantine comme un furieux, comme un insensé ; car si j'étais resté, vois-tu, c'eût été pour te tuer. Oh ! c'est une horrible passion que la jalousie. — Ici je ne sais quel bruit sourd et sauvage retentit à peu de distance. Etait-ce un gémissement ou un éclat de rire comprimé, c'est ce qu'il était impossible de distinguer. Abdallah tressaillit, et, portant la main à sa ceinture, il en tira un poignard. — Il y a quelqu'un près d'ici, — s'écria-t-il, — n'as-tu pas entendu ? — La jeune femme ne répondit pas, mais elle serra convulsivement son amant dans ses bras. Abdallah, effrayé, fit quelques pas en la soutenant et en s'éloignant de la terrasse. Il se trouva alors au milieu d'une éclaircie qui avait été pratiquée dans les arbres. Quelques rares étoiles qui commençaient à poindre à travers un coin du ciel devenu moins obscur lui permirent de distinguer les traits de Nouna. Elle était pâle et glacée ; pourtant ses yeux étaient ouverts, mais ils avaient quelque chose de hagard et semblaient près de sortir de leurs orbites. Abdallah prêta l'oreille et ne recueillit d'autres bruit que le frémissement des feuilles des arbres agitées par le vent de la nuit. — Rassure-toi, — dit-il, — ma bien aimée, je m'étais trompé ; c'est probablement quelque oiseau de nuit que nous aurons entendu et dont le cri a causé notre effroi. Mais parle-moi donc, que j'entende quelques mots de ta bouche adorée. Dis-moi que tu m'aimes et que tu me pardonnes. En récompense je t'apprendrai une bonne nouvelle. Le bey de Constantine, qui vient d'arriver à Alger pour payer le tribut au pacha, est un maître généreux et puissant auquel j'ai tout raconté. Il nous accorde sa protection ; déjà, sur sa demande, le juif Ismaël a été traîné ce matin en prison, et à cette heure sans doute il a payé de sa tête tous ses artifices. Quant à Hussein, quelque puissants que soient les janissaires, il y a un pouvoir auquel ils ne sauraient se soustraire, c'est celui du glorieux padischah le sultan de Stamboul. Le bey a écrit de sa propre main à Sa Hautesse pour lui rendre compte de toute cette affaire. Il lui demande de briser, en vertu du pouvoir qu'il tient du Prophète, les liens qui t'attachent à Hussein, et de faire arracher la page sur laquelle on a osé inscrire le nom de ma bien-aimée au livre du mezouar. Patience et courage, ô ma Nouna ; j'attends par le premier navire la réponse du sultan, elle ne saurait tarder maintenant ; je sais que le grand vizir est pour nous, et tout porte à croire qu'elle sera favorable...

— Elle viendra trop tard ! — s'écria une voix terrible qui retentit à peu de distance et qui fut accompagnée d'un coup de pistolet.

A ce bruit, des flambeaux brillèrent à travers les arbres, et plusieurs esclaves armés se précipitèrent en tumulte sur le lieu où s'accomplissait cette scène. Nouna, tremblante, s'arracha des bras de son amant et courut se jeter aux pieds de Hussein.

— Je t'ai obéi, — lui dit-elle, — tue-moi si tu veux maintenant, mais fais grâce pour lui !

Le janissaire promena quelque temps sur les deux coupables un regard plein d'un froid dédain, puis il s'écria :

— Qui te dit que je veuille du sang de ce More ? Il a prétendu lutter avec un janissaire, et le janissaire a été plus fort que lui, voilà tout ; mais le janissaire est comme le lion, il n'écrase que les ennemis qu'il estime à sa taille, et il repousse les autres du pied comme indignes de lui. Ainsi donc, More, va-t'en à Alger attendre le firman de Sa Hautesse. Tu es libre, et mes esclaves vont te montrer ton chemin. Quant à toi, femme, rentre dans ton appartement ; je te ferai connaître plus tard ma volonté.

Nouna jeta sur son amant un regard de désespoir, puis elle se laissa entraîner par ses femmes.

Dès qu'elle fut partie, Abdallah, qui dans sa stupeur était d'abord resté muet, s'avança fièrement vers Hussein :

— Je me suis introduit dans ta maison par la fraude, — lui dit-il, — ma vie est entre tes mains, et tu refuses de la prendre ! Qu'il soit fait comme il plaît à Dieu ! mais ne crois pas pour cela que ma haine contre toi soit éteinte ; non, elle existe toujours, tu peux la lire dans mes yeux. Tu m'as ravi cette jeune femme par une odieuse trahison ; il faudra tôt ou tard que tu me la rendes, bien que tu sois un janissaire et que je ne sois qu'un More. Songes-y bien, Hussein, avant de me laisser sortir, tant que j'aurai un souffle de vie, je chercherai à t'arracher cette femme.

— Et moi je te dis que, malgré ton bey, malgré le pacha, malgré le sultan lui-même, je saurai bien empêcher que Nouna t'appartienne.

— Oserais-tu bien attenter à ses jours ?

— More, j'ai respecté les tiens, mais, crois-moi, sors de ma maison à l'instant même, car, si tu mets ma patience à bout, je puis te faire chasser à coups de fouet par mes esclaves. Va-t'en ! va-t'en !

— Adieu, Hussein, je te hais.

— Adieu, Abdallah, je te méprise. — Quelques minutes après le départ du jeune More, Hussein, ayant fait signe à l'un de ses esclaves de s'approcher, lui dit à voix basse :

— Prends un cheval, pars pour Alger et va me querir le mezouar !

IV

Dans la nuit qui suivit l'entrevue de sidi Abdallah et de la belle Moresque, un homme enveloppé d'un burnous noir dont le capuchon était rabattu sur son visage, fut introduit auprès d'Hussein. Le chef turc ne s'était pas couché. Etendu sur des carreaux, il fumait tranquillement son chibouque, la figure calme et impassible comme de coutume. On eût dit que tous les événements qui venaient de se passer sous ses yeux lui étaient complétement étrangers, tant cette habitude, qui semble un raffinement de l'extrême civilisation, de dissimuler une torture sous un sourire, se retrouve dans les natures les plus cultivées comme dans les natures les plus rudes et les plus sauvages.

— Tu m'as fait appeler, seigneur, — dit l'étranger en ôtant le capuchon qui lui couvrait la tête, — me voici : quel est ton bon plaisir ?

— Sois le bienvenu dans ma maison, mezouar, — répondit le janissaire ; — tu t'es rendu sans délai à mon appel, et je t'en remercie. — Ayant ainsi parlé, il ordonna à un esclave d'apporter des carreaux et du café ; puis il fit signe à son hôte de s'asseoir auprès de lui. Comme celui-ci, stupéfait de l'accueil qu'il recevait de la part d'un Turc, d'un des chefs des janissaires, lui façonnné dès longtemps à tous les affronts et à toutes les insultes, semblait hésiter à déférer à cette invitation, Hussein ajouta : — N'es-tu pas mon hôte, et plus encore puisque c'est toi qui m'as donné mon épouse ? — Il y avait dans l'accent avec lequel furent prononcées ces paroles je ne sais quelle ironie sauvage qui fit frémir celui auquel elles s'adressaient. Cet homme, d'ailleurs, était lui-même sous l'empire d'une préoccupation visible. Lorsqu'il fut assis, Hussein lui dit : — Treize lunes ont passé sur cette maison depuis que tu as livré à mon envoyé le jeune Moresque qui habitait jadis près de Bab-el-Oued. Une nouvelle année est commencée : d'où vient que tu n'es pas venu réclamer ton dû, les vingt-quatre douros d'Alger, montant de la taxe ?

— Seigneur, — répondit le mezouar, — j'attendais que ton envoyé vînt m'apporter cette somme, ou du moins qu'il m'invitât en ton nom à venir la chercher.

— J'avais pourtant ordonné à ce juif de t'inviter à me venir voir.

— Seigneur, le juif Ismaël ne m'en a point parlé et je ne dois plus attendre qu'il le fasse.

— Que veux-tu dire, mezouar?

— Seigneur, en sortant de la ville pour me rendre auprès de toi, j'ai vu, à la clarté de la lune qui commençait à monter sur l'horizon, la tête du juif Ismaël qui me regardait du haut des créneaux de Bab-Azoun.

— On l'a tué, — dit le janissaire du ton le plus indifférent et comme s'il eût ignoré la cause de ce supplice, — c'est un mécréant de moins dans Alger.

— Peut-être, — répondit le mezouar; — mais la mort de ce juif me fait perdre beaucoup, à moi! C'était un de mes agents les plus actifs et les plus impitoyables. Il avait un tact merveilleux pour découvrir les actions les plus secrètes des jeunes filles et des femmes d'Alger, et, grâce à lui, le produit de la taxe du mezouar, auquel je l'avais associé, était devenu assez satisfaisant. Pauvre, pauvre Ismaël!

— Mezouar, — s'écria Hussein en lui jetant une bourse, — voici les vingt-quatre douros; mais c'est probablement la dernière fois que je te les payerai.

— Eh quoi! seigneur, la jeune femme que tu as épousée est-elle donc en danger de mort? ou bien serait-elle menacée de perdre sa beauté?

— Nouna n'est pas en danger de mort et elle est toujours merveilleusement belle; mais apprends, mezouar, qu'on veut me l'enlever.

— L'enlever à toi, seigneur, le chef de la première orta des janissaires! c'est impossible! Qui serait assez puissant pour cela dans Alger?

— Aussi n'est pas d'Alger que vient la tempête: c'est de Stamboul. On m'a parlé d'un firman de Sa Hautesse qui aurait pour objet d'annuler mon mariage et les droits que le cadi t'a conférés, au profit du More sidi Abdallah, celui qui fut mon rival avant que Nouna eût été inscrite sur ton livre, et qui ose encore me la disputer aujourd'hui. Ce firman est attendu à Alger par le prochain navire. Voilà une fâcheuse nouvelle, n'est-ce pas, mezouar, pour toi qui perds un revenu de vingt-quatre douros, pour moi qui perds une épouse dont les talents et la vertu surtout égalent peut-être la beauté? C'est pour te faire part de cette nouvelle et pour aviser de concert avec toi aux moyens de parer le coup qui nous menace que je t'ai mandé devant moi, car on m'a dit que tu étais homme de bon conseil. Parle, mezouar, que faut-il faire?

— Seigneur, — répondit le mezouar en baissant la tête et en croisant ses bras sur sa poitrine, — Dieu est grand et le sultan de Stamboul est puissant; c'est pourquoi il faut adorer Dieu et respecter les décrets du sultan.

— Qui en doute, mezouar? — reprit le janissaire changeant soudainement de ton; — mais, si je suis bien informé, avant d'embrasser la foi de l'islam, tu as été chrétien, car tu es Grec et renégat; tes pareils sont passés maîtres en fourberie, et il est impossible que tu n'aies pas retenu quelque chose des leçons qu'ils t'ont données. Je te le déclare donc, mezouar, il faut qu'avant de sortir de ma maison tu aies trouvé quelque expédient pour que le firman de Sa Hautesse reste sans effet et pour que ma belle Nouna ne passe pas au pouvoir de mon rival.

— Aie pitié de moi, seigneur, et ne me rends pas complice d'un acte de rébellion inutile. Il me semble que je vois toujours devant moi la tête du juif Ismaël qui me regarde du haut des créneaux de Bab-Azoun. O mon Dieu! c'était sans doute un avertissement.

— Peut-être, mezouar; mais il n'importe, cherche dans ta tête: j'attends.

Ici le janissaire, qui avait abandonné momentanément son chibouque, se remit à fumer avec la plus austère gravité, pendant que le mezouar, en proie aux plus vives angoisses, se maudissait intérieurement d'être venu trouver Hussein.

— Seigneur, — s'écria-t-il enfin, — si tu veux seulement te débarrasser de ton rival, que ne le fais-tu mettre à mort par tes janissaires? Tu en seras quitte pour payer au pacha l'amende qui est exigée de chaque Turc qui a tué un More, et peut-être, comme tu es le chef d'une orta, on n'osera même exiger cette amende de toi.

Hussein regarda fixement son interlocuteur, puis, haussant les épaules:

— Tout à l'heure, — dit-il, — mon rival était entre mes mains et je l'ai laissé aller, bien que j'eusse à mes côtés dix esclaves dévoués et armés qui n'attendaient qu'un signe de moi pour frapper. Mezouar, on voit bien que tu n'es qu'un vil Grec et qu'un renégat; tu ne sais pas lire dans l'âme d'un janissaire. Mais tu n'as donc pas compris que si je t'ai fait appeler, c'est que j'ai pensé que la mort serait pour mon rival un châtiment trop doux! tu n'as donc pas compris que j'avais deux offenses à venger en une seule, celle d'un homme et celle d'une femme!

— Pardonne-moi, seigneur; si tu m'avais regardé comme tu me regardes maintenant, je t'aurais compris, mais ton visage était calme.

— Le lion s'endort en tenant sa proie entre ses griffes, puis il la déchire au réveil.

— Seigneur, fais venir le More, et rends-le témoin du supplice que tu infligeras à la femme qu'il aime et qui t'a trahi.

— A la bonne heure, mezouar, nous commençons à nous entendre. Tu as parlé comme un janissaire cette fois, et non pas comme un renégat grec. Mais cette femme est si belle, pourtant, que je ne saurais me décider à lui ôter la vie. Et puis son cœur seul est coupable, car j'ai su prévenir sa trahison. Oh! crois-moi, mezouar, j'y ai bien réfléchi cette nuit: ce serait un sacrilège d'anéantir une des plus belles œuvres de la création. — A ces derniers mots le mezouar entr'ouvrit les plis de son burnous, puis sans dire un seul mot, il montra du doigt au janissaire les deux attributs de sa charge, qu'aux termes de la loi il était tenu de porter en tout temps, en tout lieu, appendus à sa ceinture: le livre et le fouet garni de longues lanières de cuir. — Le châtiment des femmes perdues!—murmura Hussein, qui devint tout à coup pensif.

—Non!—s'écria-t-il avec un brusque tressaillement.—Où le corps n'a point failli il ne faut pas punir le corps. C'est le cœur seul que je veux briser.

— Le sien et celui de... l'autre?

— Oui, tous les deux à la fois! Mezouar, mezouar, j'attends!

— Seigneur, — dit le renégat grec, — cette femme est inscrite sur mon livre, cette femme est fière, dit-on: veux-tu que je l'emmène dans ma maison?

— Horreur! horreur! — balbutia le janissaire; puis il retomba dans une profonde rêverie. Quelque temps après il reprit: — Quand bien même je consentirais à cette profanation, ma vengeance pourrait encore être trompée, car le bey de Constantine est à Alger, il protége mon rival, il peut intervenir auprès du pacha. Et d'ailleurs le firman de Sa Hautesse ne saurait tarder maintenant.

— Seigneur, — s'écria vivement le mezouar, — j'ai trouvé un moyen de réaliser ton but et de prévenir l'effet du firman de Sa Hautesse; un moyen qui, en sauvant les jours de Nouna, t'affranchit en même temps de la crainte de la voir passer au pouvoir de ton rival.

— Explique-toi, mezouar, et tout l'or que te fait perdre la mort du juif Ismaël, je te le rendrai au centuple.

— Ecoute, seigneur. Demain le pacha doit donner une grande fête dans son palais à l'occasion de l'arrivée du bey de Constantine, et il m'a chargé de choisir la plus belle entre les créatures inscrites sur mon livre pour danser dans cette fête. Si celle qui sera appelée à cet honneur parvient par ses attraits et par le charme de sa danse à captiver notre glorieux maître, il proposera de me l'acheter, et alors elle sera reçue dans son harem au nombre de ses femmes; et alors s'ouvrira pour elle un asile inviolable où le sultan lui-même ne saurait l'atteindre, car les femmes du harem du dey sont sacrées et leur nom doit s'effacer à tout jamais de la mémoire des hommes. Veux-tu que je désigne au sublime pacha la Moresque

Nouna comme la plus belle de mes sujettes et la plus habile dans l'art de la danse ?

— Je le veux, je le veux !

— Seigneur... Et tu me réponds d'elle ?

— J'en réponds !

— Mais si elle allait se refuser à danser devant le pacha ?

— Oh ! je sais le moyen de l'y forcer, et je veux qu'en sortant d'ici tu n'emportes à cet égard aucun doute.

En même temps le janissaire frappa dans ses deux mains. Un esclave parut, il lui fit un signe incompris du mezouar, et l'esclave sortit.

— Mais, seigneur, si, au moment de passer le marché avec le pacha, tu allais refuser d'y mettre ton sceau, je serais perdu, et ma tête irait bientôt rejoindre sur les créneaux de Bab-Azoun celle du juif Ismaël.

— Rassure-toi, — reprit Hussein, — je te dis que je suis prêt à livrer cette femme au pacha, au premier de ses officiers comme au dernier de ses esclaves, à toi-même, mezouar, pourvu qu'elle ne soit pas au jeune More. — A cet instant la portière de tapisserie se souleva sous le bras d'un nègre; Hussein fit signe à son hôte de se retirer dans le fond de la chambre, et Nouna parut. Elle était toujours belle, mais horiblement pâle, et tout autre que les deux hommes en présence desquels elle se trouvait en aurait eu compassion. Elle s'agenouilla en silence devant le janissaire, sans apercevoir l'homme qui était avec lui. Hussein lui dit : — Il y a grande fête ce soir dans le palais du dey, et Son Altesse te fait l'honneur de t'admettre à danser devant elle, en présence de toute sa cour. Prépare-toi !

— Ah ! seigneur, — s'écria la jeune femme en fondant en larmes, — tue-moi plutôt que de m'infliger une telle punition, et je te bénirai.

— Tu refuses? — répondit froidement le janissaire ; — dispose-toi donc à suivre l'homme que voici.

Et il lui montra du doigt, dans un angle obscur de la chambre le personnage de haute taille et au visage cynique que déjà elle avait aperçu une fois dans sa vie, et dont les traits étaient rendus plus hideux en ce moment par la lueur blafarde qu'y projetaient les premiers rayons du jour luttant avec les dernières clartés d'une lampe près de s'éteindre. La malheureuse jeune femme le reconnut et poussa un cri d'horreur, puis, embrassant les genoux du janissaire, elle s'écria d'une voix étouffée :

— J'obéirai.

— C'est bien, — répondit l'époux. — Mezouar, tu peux partir : à ce soir !

Ce fut une belle fête que celle donnée, il y a un peu plus de cinquante ans, par le dey d'Alger au bey de Constantine, et le souvenir en vit encore dans la mémoire de quelques vieux ulémas de la ville, jadis conviés à en être témoins. Une foule nombreuse de gens de tous les pays du monde assistait à cette solennité qui, malgré l'absence complète de femmes, offrait le coup d'œil le plus riche et le plus animé, tant chacun avait déployé de luxe et de magnificence dans ses vêtements pour faire honneur au pays ou à la ville même qu'il représentait.

Les trois nationalités de l'Algérie étaient là en présence et se trouvaient confondues. Les cheiks arabes et les khodjas mores conversaient familièrement avec leurs fiers oppresseurs ; les marchands d'Asie coudoyaient les jeunes francs en habit à paillette et coiffés à l'oiseau royal. Au centre de la salle et non loin du pacha était assis le bey de Constantine.

Sidi Abdallah, couvert de ses plus riches vêtements, se tenait à ses côtés, semblant écouter les observations que lui communiquait ce maître puissant, mais en réalité vivement préoccupé par je ne sais quel ordre de pensées qui lui faisaient à chaque instant fixer ses regards sur la porte d'entrée.

Lorsque Hussein parut à cette porte, accompagné de ses deux lieutenants, on vit le jeune More porter convulsivement la main sur la poignée de son yatagan.

A un signal du dey, une musique guerrière se fit entendre. Chacun devint attentif et la fête commença.

D'abord des jongleurs arabes firent admirer leur souplesse et leur habileté dans divers exercices du corps; puis on annonça que le spectacle le plus impatiemment attendu allait avoir lieu, que le mezouar arrivait amenant une belle jeune femme renommée dans l'art de la danse. Il se fit un grand tumulte accompagné même de quelques acclamations, et en effet on vit bientôt paraître une femme entièrement recouverte d'un grand voile blanc parsemée d'étoiles d'or, et marchant entre deux esclaves nègres qui semblaient la soutenir. Au milieu de la confusion inévitable qui résulta de cette apparition, un homme entra précipitamment dans la salle, et, ayant fait un signe à sidi Abdallah, celui-ci se leva immédiatement et sortit.

A ce moment les deux esclaves venaient d'enlever le voile qui recouvrait la jeune femme, et un long murmure d'admiration retentissait dans la salle, car la créature sur laquelle tous les regards s'étaient concentrés résumait réellement en elle toutes les grâces et tous les charmes du sexe qu'elle était appelée seule à représenter dans cette fête, dont on eût dit qu'elle était la reine. Seulement, par un contraste bizarre avec l'immodestie du rôle qu'elle allait remplir, cette jeune femme avait les yeux baissés, et la rougeur qui un instant avait coloré ses joues, alors qu'elle s'était vue pour la seconde fois de sa vie offerte ainsi en spectacle, avait bientôt fait place à une pâleur mortelle. Le pacha, s'en étant aperçu, ordonna de lui apporter un cordial; puis la jeune femme reçut des mains d'un esclave un tambour de basque; et alors, les instruments ayant commencé à retentir, elle se mit à danser.

Il y eut d'abord dans ses pas un caractère de mollesse et d'indécision qui parut indisposer l'assemblée, mais tout à coup elle sembla s'animer, car elle venait de rencontrer le regard de Hussein, qui, adossé à une colonne et presque invisible pour le reste de l'assemblée, lui montrait du doigt le terrible mezouar debout sur le seuil. Toutefois ce n'était point cette danse lascive, effrénée et presque sauvage qui tient du vertige et dont les bayadères dans l'Inde sont la plus vivante personnification. C'était quelque chose de grave et passionné, et si on peut se servir de cette expression, comme une représentation mimique de l'état de son cœur. Il y avait dans ses attitudes et dans tous ses mouvements je ne sais quel sentiment de douleur recueillie et de pudeur blessée qui n'excluait nullement la grâce.

Tous les assistants, quelque habitués qu'ils pussent être à ne saisir dans l'art de la danse que la partie brutale et matérielle qui parle le plus vivement aux sens, étaient subjugués par un spectacle si nouveau pour eux et en suivaient haletants toutes les phases, sans se rendre compte de l'émotion qu'ils éprouvaient. A la fin, le pacha transporté d'admiration donna le signal des applaudissements, et il lui fut permis à la danseuse de se reposer.

Il y eut alors dans ses beaux yeux noirs et dans le geste qu'elle fit en posant sa main sur son cœur, comme pour remercier le souverain de ce qu'il daignait mettre un terme à son supplice, une expression si profonde et si suave à la fois de gratitude et de mélancolie, que toute la salle parut près de crouler sous le bruit des acclamations.

Presque au même instant, vingt personnages des plus riches et des plus influents se levèrent par un mouvement spontané, et, courant au mezouar, lui crièrent tous d'une voix.

— Mezouar, combien veux-tu de cette femme ?

— Seigneur, — répondit l'homme, — cette femme est inscrite sur mon livre; mais le noble Hussein, chef de l'orta des janissaires, peut seul en disposer.

A ce moment, Hussein, qui n'avait pas perdu de vue un seul instant son maître ni la danseuse, accourut, et se prosternant aux pieds du trône :

— Seigneur, — dit-il, — permets à ton serviteur d'offrir cette femme à Ton Altesse, si elle a eu le bonheur de te plaire. Je m'estime heureux de pouvoir te prouver ainsi mon dévouement absolu.

Le pacha donna sa main à baiser au janissaire et dit :
— Hussein, ton offre est acceptée. — Puis se tournant vers un de ses khodjas: — Fais demander le nom de cette femme, — lui dit-il, — et inscris la sur le livre du harem.

— Vienne le firman de Sa Hautesse maintenant,—murmura Hussein en se relevant, — cette femme ne sera jamais à sidi Abdallah.

———

Tout ce qui vient de se passer avait été inaperçu en quelque sorte pour la belle Moresque, qui, placée au centre de la salle, ne pouvait, au milieu d'un bourdonnement confus de cent conversations diverses, distinguer celles dont elle était le principal objet, et qui d'ailleurs était exclusivement occupée à éviter tout ces regards qui s'attachaient sur elle et la glaçaient de terreur.

Cependant il y eut un moment où elle entendit distinctement la voix de Hussein retentir à son oreille. Le chef des janissaires s'était approché d'elle et lui disait d'une voix émue :

— Avant que nous ne nous séparions, je désire t'entendre chanter encore une fois la romance moresque que tu chantais si bien dans le palais de ton père; j'ai fait apporter ta mandoline : on va te la remettre. Nouna, c'est la dernière de mes volontés que tu auras à exécuter.

La jeune femme leva sur celui qu'elle considérait encore comme son époux un œil plein de surprise, puis elle prit languissamment la mandoline des mains d'un esclave et se mit à préluder. Il se fit un grand silence et elle entonna d'une voix faible mais toujours pure et harmonieuse le refrain :

« Jeunes Moresques, quand vous allez au bain, baissez bien votre voile; jeunes Moresques, baissez bien votre voile quand vous passez près d'un janissaire ! »

A cet instant, un homme pâle et hors d'haleine se précipita dans la salle ; il tenait à la main un parchemin attaché par un fil de soie au bout duquel était appendu le sceau du Grand Seigneur. C'était Abdallah. Ses yeux rencontrèrent ceux de la jeune femme; ce fut un éclair, mais cet éclair la foudroya. Brisée par tant d'émotions, la Moresque tomba évanouie; et dans sa chute la mandoline se brisa.

— Arrêtez ! — s'écria Abdallah. — Altesse, ordonne de cesser une telle profanation. Cette femme m'appartient maintenant, et je la réclame. Le navire ottoman est arrivé. Voici le firman de Sa Hautesse.

Tous les fronts s'inclinèrent et l'on vit en même temps paraître sur les pas d'Abdallah l'un des eunuques noirs du sérail.

Une seule voix s'éleva et répondit avec un ricanement presque sauvage :
— La danseuse appartient au dey maintenant.

C'était la voix de Hussein le janissaire.

— Est-il vrai, seigneur? — reprit le jeune More d'une voix éteinte.

— Cela est vrai, — dit le dey; — Hussein me l'a donnée.

— Abdallah fondit en larmes et ne put que se jeter aux pieds du trône en tendant le firman au dey et sans avoir la force d'articuler un seul mot. Alors le dey se leva, baisa le précieux parchemin, puis se mit à le lire à voix basse. Lorsqu'il eut terminé sa lecture, il s'écria: — Il convient d'exécuter les volontés de Sa Hautesse le sultan de Stamboul, notre maître et seigneur à tous. Voici ce que dit le firman : « Le juif sera puni de mort et son corps sera privé de sépulture. »

— C'est fait! — dit une voix.

« Le mariage de Hussein et de Nouna sera déclaré nul. A cet effet, le janissaire et le mezouar seront appelés tous deux devant le pacha, et là, en présence du peuple assemblé, le mezouar arrachera la page de son livre sur laquelle a été inscrit le nom de la jeune fille, et il en frappera le janissaire au visage. Puis cette page sera brûlée et jetée au vent. »

— Le janissaire et le mezouar sont-ils présents?—reprit la même voix?

— Nous voici, — répondirent les deux hommes.

— Que tout le monde se prosterne, — s'écria le pacha,— et qu'on exécute la sentence ! — La sentence ayant été exécutée, le pacha reprit, en s'adressant à Abdallah : — Et maintenant j'ai pitié de ta douleur, jeune More, mais j je ne puis rien pour toi, car je ne saurais disposer d'un présent que j'ai reçu d'un des chefs de mes janissaires sans l'agrément de ce chef. C'est à toi de le lui demander. — Puis, faisant signe à Hussein d'approcher : — Ami,—lui dit-il,—veux-tu donner cette jeune femme au More sidi Abdallah? Je me charge de te dédommager.

— Seigneur, — répondit le janissaire, —point de dédommagement. Je te rends grâce. — Puis, guidé par un funeste pressentiment, il s'approcha de la Moresque, qui était restée étendue sur le plancher de la salle, la contempla attentivement, se pencha et lui mit la main sur le cœur. Lorsqu'il eut fait toutes ces choses, il se releva et dit d'une voix forte :—Abdallah, puisque Son Altesse me rend la faculté de disposer de cette jeune femme, je te la donne!

— Elle est morte ! — murmurèrent plusieurs voix.

Abdallah se jeta en sanglotant sur le corps de la victime. Hussein demeura muet et impassible. Un silence funèbre avait succédé au bruit joyeux de la fête.

— Morte ! — s'écria Abdallah.

— Morte ! — répétèrent tous les assistants.

— Dieu est grand, et Mahomet est son prophète, — interrompit le pacha d'un air grave; —cela était écrit. Que la fête continue.

FIN DU LIVRE DU MEZOUAR.

Alexandre de Lavergue

LA
COURSE AU CLOCHER

I

LES DEUX VOYAGEURS.

Il y a environ vingt-cinq ans, vers le commencement du mois de septembre, l'une de ces diligences qui desservent les environs de Paris dans un rayon de quinze à vingt lieues, et qu'on nommait les messageries Touchard, entra au grand trot de cinq forts chevaux dans l'une des petites villes de la Brie dont la situation est le plus agréable, et s'arrêta, non loin des bords de la Marne, devant l'auberge consacrée de temps immémorial au débarquement des voyageurs. La soirée était déjà avancée et il pouvait bien être de dix à onze heures. A la clarté que projetèrent tout à coup les lanternes des garçons d'écurie accourus pour dételer les chevaux, on ne tarda pas à voir descendre du coupé, avec des airs de mousquetaire, un jeune blondin d'environ vingt-cinq ans, vêtu avec une certaine recherche. Dès qu'il eut mis pied à terre, cet élégant cavalier prit son lorgnon d'une main et son foulard de l'autre, et, après une inspection moitié complaisante, moitié sévère, de ses vêtements quelque peu endommagés par la poussière de la route, il porta ses regards autour de lui comme s'il eût cherché quelqu'un, qu'il ne trouva pas apparemment, car, tout en rajustant ses gants de couleur jaune paille obligée, il se mit à lancer vers cette partie de la diligence vulgairement connue sous le nom d'impériale, et depuis peu baptisée du nom de galerie, l'apostrophe suivante :

— Eh bien ! Joseph, est-ce que vous dormez ? Que faites-vous donc là-haut ? Ne devriez-vous pas être descendu avant moi ? Vous voyez bien que j'attends.

Le domestique auquel s'adressait cette interpellation répondit avec empressement du haut de la diligence :

— Voilà, voilà, monsieur le vicomte! ce n'est pas ma faute... — A cet instant un jeune homme descendait les degrés de l'échelle dont on se sert à la fois pour déballer les paquets et pour offrir aux voyageurs timides des régions supérieures une voie d'ascension en même temps que de descente un peu plus sûre que celle des crampons de fer et la courroie de cuir si prestement mise en usage par les conducteurs. — Monsieur, — dit le jeune homme au blondin qui venait d'être salué du titre pompeux de vicomte, — je vous prie d'excuser votre domestique : c'est moi qui suis cause de son retard. Il fait nuit; un accident est bientôt arrivé, et je lui ai conseillé d'attendre l'échelle, comme je l'ai fait moi-même.

— Il suffit, monsieur, — répliqua froidement le blondin en jetant sur son interlocuteur un de ces regards qui ne sont point assez méprisants pour qu'on croie devoir en prendre acte afin d'entamer une querelle, mais qui pourraient se traduire par ces mots :

« Monsieur, un homme comme moi, nippé, vêtu, chaussé, coiffé et ganté dans le dernier goût, un homme qui descend du coupé et qui est pourvu d'un valet, n'a point affaire à un homme comme vous, dont la mise est fort médiocre ; à un homme qui ne paraît jouir d'aucune espèce de valet et qui descend de l'impériale. »

Après cette boutade présumée et au surplus toute mentale, le petit jeune homme aux cheveux blonds se tourna vers son domestique, qui avait eu le temps de franchir à son tour les degrés de l'échelle, et, lui ayant commandé de rester près de la diligence pour recevoir les nombreux paquets dont il avait cru devoir se munir, il entra dans l'auberge et demanda à haute voix si le général Saint-Romain n'avait pas envoyé une de ses voitures au-devant de lui. Un vieux domestique en livrée, qui se tenait sur le seuil, se retourna vivement à ces mots :

— Faites excuse, monsieur, — s'écria cet homme en s'approchant de lui et en se découvrant respectueusement. — Monsieur est sans doute le neveu de mon général ? Veuillez prendre patience, monsieur ; j'ai mis les chevaux à l'écurie en vous attendant, pour les faire reposer un peu, car nous avons trois bonnes lieues d'ici au château ; mais, puisque voilà monsieur arrivé, je vais atteler, et dans cinq minutes nous serons en route.

Ayant ainsi parlé, le cocher du général Saint-Romain s'empressa de courir à l'écurie. Comme il venait de sortir, un autre personnage avec lequel nous avons fait une demi-connaissance sur les degrés de l'échelle de la diligence entrait dans la salle, tenant dans sa main une valise et suivi d'un des garçons de l'auberge, qui portait une petite malle de voyage. Ce personnage, qui était aussi un jeune homme, paraissait pourtant un peu plus âgé que l'élégant blondin du coupé, ce qu'il fallait attribuer sans doute à son teint quelque peu basané et à une barbe qui, bien que soigneusement abattue de tous côtés, avait laissé sous le tranchant du rasoir une teinte bleuâtre sur une bonne partie de son visage. Il était d'assez haute taille, avait les cheveux noirs et plats, le front large et presque carré, les yeux bruns et assez grands ; ses traits, bien qu'un peu trop arrondis vers les joues, ne manquaient pas d'une certaine régularité. Il régnait sur cette physionomie quelque chose de grave, tempéré par un caractère de douceur qu'on trouve rarement dans les têtes brunes et fortement accentuées. Enfin, pour achever ce portrait, le personnage dont il s'agit présentait, dans toute sa personne et jusque dans sa mise, une sorte de compromis entre la timidité d'un écolier à son début dans le monde, et la gravité d'un magistrat en vacance.

Il commença par s'enquérir si l'on pourrait lui donner dans l'auberge un gîte pour la nuit, et, sur la réponse négative qui lui fut faite, il s'écria, en homme qui prend résolûment son parti.

— Le temps est magnifique ; voici la lune qui vient de se lever, et, autant qu'il m'en souvient, il y a dans la vallée un sentier qui abrége d'un bon tiers le chemin à parcourir pour arriver au château du général Saint-Romain. J'irai à pied, et je pars à l'instant même ; seulement, je laisse ici ma valise et ma malle, que j'enverrai prendre demain matin.

Ces paroles, prononcées d'une voix parfaitement claire et sonore, n'échappèrent point à coup sûr au neveu du général Saint-Romain, qui, malgré tout le soin avec lequel il paraissait occupé à épousseter ses vêtements à l'aide de son foulard, ne put s'empêcher de s'arrêter un instant en entendant prononcer le nom de l'hôte chez lequel il se rendait ; mais, soit qu'il ne se crût point autorisé à disposer d'une place dans la voiture de son oncle, soit plutôt que le compagnon de voyage ne fût pas de son goût, il se donna bien de garde de s'opposer à son dessein et le laissa sortir de l'auberge sans paraître seulement s'apercevoir qu'il y était entré. Ce dernier se disposait donc à entreprendre son pèlerinage nocturne, lorsqu'en sortant de l'auberge il fut arrêté par le cocher du général, qui venait de prendre les chevaux à l'écurie pour les atteler à la voiture.

— Eh, mon Dieu ! — s'écria cet homme, je ne me trompe pas, — c'est monsieur Charles !... Comme vous êtes grand et fort maintenant, monsieur ! C'est à tel point que je ne vous reconnaissais pas dans le premier moment. Mais l'on ne vous attendait au château que dans huit jours au plus tôt.

— Il est vrai, mon cher Jean ; mais j'ai terminé les affaires qui me retenaient, et j'ai mieux aimé venir sans plus tarder. Ah çà ! tout le monde est en bonne santé au château ? Mon oncle ?...

— Le général ? il rajeunit tous les jours depuis que le gouvernement l'a mis à la retraite.

— Madame de Saint-Romain ?...

— Vous la trouverez bien vieillie, madame la baronne.

— Et... ma cousine ?

— Oh ! mademoiselle ? c'est bien différent ; elle embellit tous les jours, monsieur Charles, seront bien contents de vous revoir.

— Tous trois !

Et cette exclamation fut accompagnée d'un demi-sourire et d'un demi-soupir.

— Mais voyez donc comme cela se rencontre, monsieur Charles ! au lieu d'un neveu je vais en ramener deux ce soir au château, car il faut que vous sachiez que je suis venu à la ville avec la voiture pour chercher l'autre... Eh, pardine ! vous devez le connaître, cet autre neveu, puisque vous venez de faire route avec lui.

— En aucune façon ; je suis venu sur l'impériale, comme c'est assez mon habitude, parce que j'aime à prendre l'air, et je n'y ai vu personne qui ressemblât à un... cousin. Mais, en effet, j'y pense ; est-ce que ce serait par hasard ce jeune blondin du coupé ?

Justement, monsieur, c'est celui qui est là dans la salle et qui est si bien mis ; un jeune homme qui n'a pas l'air timide du tout, et qui est vicomte, à ce qu'il paraît... rien que cela ?

A ce moment le jeune homme en question parut sur le seuil de l'auberge.

— Eh bien ! — s'écria-t-il avec un léger accent d'impatience, — les chevaux sont-ils bientôt prêts ? Mon valet de chambre va vous aider.

— C'est inutile, monsieur, — dit le cocher, — mes chevaux me connaissent et ils n'aiment pas avoir affaire à d'autres. Ne vous impatientez pas. Voici monsieur Charles qui vient aussi avec vous chez mon général et qui va vous tenir compagnie.

— Ah ! — murmura entre ses dents le vicomte, — monsieur Charles vient avec moi !—Et, s'armant immédiatement de son lorgnon, il ajouta, en s'inclinant avec cette politesse ultra-obséquieuse qui doit toujours caractériser ce qu'on nommerait maintenant le *lion* parfait, — Enchanté, monsieur, d'avoir l'honneur... — Le reste de la phrase se perdit dans les anfractuosités de sa cravate. Puis, après avoir pirouetté sur lui-même avec une merveilleuse prestesse : — Monsieur, — s'écria-t-il, — vous n'ignorez pas sans doute que nous avons encore trois grandes lieues à faire. Moi, tel que vous me voyez, je meurs de soif, et, si vous voulez bien le permettre, j'aurai l'honneur de vous offrir le coup de l'étrier. Holà ! deux bouteilles de champagne !

— Monsieur, — répondit gravement le voyageur de l'impériale, — je vous rends mille grâces, je ne prends jamais rien entre mes repas.

— Comme il vous plaira, monsieur : chacun pour soi, Dieu pour tous !

Et, en parlant ainsi, le blondin avala lestement trois ou quatre verres du vin que l'hôtelier en personne venait de lui apporter ; puis, tirant de sa poche, non sans quelque affectation, une bourse convenablement garnie de pièces d'or, il en jeta une à son échanson. Et comme celui-ci le priait d'attendre qu'on allât chercher la monnaie de sa pièce :

— C'est inutile, — s'écria-t-il d'un ton de Lauzun ou de Fronsac, — je ne veux pas faire attendre monsieur. Buvez à ma santé avec le reste.— Alors, se tournant vers son compagnon de voyage toujours calme et impassible : — Maintenant, monsieur, — dit-il, — je suis complétement à vos ordres.— Ces préliminaires achevés, mes deux voyageurs montèrent dans la voiture du général Saint-Romain, au milieu des marques de stupéfaction de l'assistance, qui crut voir dans l'un un abbé et dans l'autre un fils de roi voyageant incognito. Les chevaux lancés au grand trot laissèrent bientôt la Marne derrière eux et prirent une route de traverse frayée dans des bois et des vallées de l'aspect le plus pittoresque. La voiture roulait déjà depuis plus d'un quart d'heure que pas une parole n'avait été échangée entre les deux jeunes gens qui s'y trouvaient côte à côte. A cet instant, les chevaux ayant changé d'allure parce qu'il y avait une colline à monter, le jeune blondin tira de sa poche un charmant cigarero, et offrit à son compagnon d'y puiser. Le cigarero est une ressource précieuse en matière de conversation, et qui a remplacé à cet égard la fameuse tabatière dont parle Sganarelle. En même temps, et pour assurer sans doute le succès de son offre, le blondin ajouta avec une certaine fatuité : — C'est du tabac de contrebande, monsieur, du pur Havane, car je vous prie de croire que je ne fume pas du tabac de la régie.

— J'en suis persuadé, monsieur, — répondit l'autre ; — mais je vous remercie, je ne fume jamais.

Cela dit, notre homme se renfonça encore davantage dans l'angle de la voiture, pendant que son compagnon allumait tranquillement son cigare en murmurant tout bas :

— Il ne boit pas, il ne fume pas, il ne parle pas qu'est-ce qu'il fait donc ce monsieur ? — Un nouveau quart d'heure s'écoula, un quart d'heure non moins silencieux que le précédent. — Monsieur, — reprit soudain le fumeur, qui paraissait beaucoup plus communicatif que son compagnon, — la fumée du tabac vous incommode peut-être ? Veuillez me le dire, je me ferai un devoir de cesser.

— Nullement, monsieur ; il y a une glace ouverte, cela suffit.

— A la bonne heure ! car j'aurais été désolé... Ici le jeune homme aspira vivement quelques bouffées de tabac, puis, jetant son cigare par la portière : —Monsieur, — ajouta-t-il, — vous êtes déjà venu chez monsieur de Saint-Romain ?

— Oui, monsieur.

— Souvent ?

— Une seule fois.

— Alors vous connaissez sans doute mademoiselle de Saint-Romain ?

— Monsieur, j'ai cet honneur.

— On la dit jolie.

— Elle m'a semblé fort bien.

— Elle est brune ou blonde ?

— Elle est brune.

— Ah ! tant mieux ! j'aime beaucoup les brunes. N'allez pas croire pour cela que je sois exclusif, au moins.

— Et quelle est sa taille à peu près ?

— Ma foi ! monsieur, je n'en sais rien.

— Pourtant, si vous la connaissez, vous avez dû remarquer si elle est petite ou grande, ou de taille moyenne. Mon Dieu ! c'est tout ce que je vous demande.

— Monsieur, depuis que j'ai eu le plaisir de voir mademoiselle Laure...

— Ah ! elle se nomme Laure ? J'aime assez ce nom ; il me rappelle une charmante femme que j'ai adorée.

—..... Il s'est écoulé quelques années pendant lesquelles elle a eu le temps de grandir.

— Je comprends parfaitement. Que ne me le disiez-vous plus tôt, monsieur ? Il y a donc longtemps que vous êtes venu au château du général Saint-Romain ?

— Mais... assez longtemps.

— A quelle époque ?

— Il y a neuf ou dix ans, pendant les vacances, du temps que j'étais au collége.

— Ah ! vous avez été au collége ?

— Oui, monsieur, et vous ?

Ici le jeune blondin se mordit les lèvres et regarda fixement son compagnon de route, comme s'il eût cherché dans ses yeux la trace d'une intention offensante ; mais, en voyant ce visage doucement illuminé par les rayons de la lune et toujours empreint d'une gravité calme qui ne s'était point démentie un instant, il ne put s'empêcher de sourire, et ajouta négligemment en se renversant dans le fond de la voiture :

— C'est que, tel que vous me voyez, monsieur, on veut me faire épouser mademoiselle Laure de Saint-Romain, que je ne connais pas du tout, bien que j'aie l'honneur d'être son cousin du côté maternel. Madame la baronne de Saint-Romain est ma tante. En pareille occurrence, vous concevez qu'on ne saurait prendre trop de renseignements ; car, à vingt-cinq ans, c'est une chaîne bien lourde que celle du mariage. Vous en savez peut-être quelque chose, vous, monsieur ?

— Moi, monsieur ? nullement ; je ne suis pas marié.

— C'est étrange ! A vous voir, je l'aurais pensé. Bref, si le mariage ne me convient pas sous tous les rapports, j'abandonnerai la place à mon rival.

— Ah ! vous avez un rival ?

A cet endroit du dialogue, les chevaux s'arrêtèrent brusquement, et le cocher frappa à la glace de devant de la voiture en s'écriant :

— Messieurs, quelqu'un de vous a-t-il des armes ?

— Certainement, — dit le vicomte en se levant brusquement ; — je ne voyage jamais sans ma boîte à pistolets ; qu'est-ce donc ?

— Mes chevaux se sont arrêtés tout court, — reprit le cocher : — voyez comme ils tremblent ! Je suis bien trompé si ce n'est cette maudite louve qu'ils auront aperçue dans l'épaisseur du bois. On dit qu'elle est enragée et je crains qu'elle ne se jette sur eux.

— Est-ce que tu as peur ? — s'écria le jeune blondin d'un ton plein d'ironie ; — descends de ton siége et monte à ma place dans la voiture, si monsieur le permet. Je vais conduire.

— Peur ! moi ! — dit le cocher profondément blessé, — un ancien cuirassier de la garde impériale ! Pour qui me prenez-vous ? Je n'ai peur que pour mes chevaux.

— A la bonne heure ! — repartit le vicomte, — il y a moyen de s'arranger. Joseph, — dit-il à son domestique, qui était monté sur le siége, — descends vite et dégage ma boîte à pistolets. Ils sont chargés. Tu m'en donneras un et tu garderas l'autre pour toi. Le cocher va mettre ses chevaux au pas, et nous marcherons de chaque côté de la voiture. De cette façon, si la louve se montre, nous ne la manquerons pas.

Et, en parlant ainsi, il ouvrit lui-même la portière de la voiture et s'élança lestement en dehors.

— Monsieur, — s'écria son compagnon de voyage, qui jusque-là n'avait point bougé, — il me semble qu'il serait prudent, puisque vous tenez à essayer vos pistolets sur cette louve, de ne point mettre pied à terre ; car si cet animal est enragé, comme on le dit, il peut se jeter sur vous sans que vous ayez le temps de l'ajuster ; vous pouvez même le manquer.

— Le manquer ! — répondit le jeune homme avec un dédaigneux sourire ; — monsieur, ce serait la première fois que cela m'arriverait. — Et il ajouta tout bas, en armant son pistolet : — Décidément, ce monsieur ne me fait pas l'effet d'un grand guerrier non plus qu'un grand parleur. Je voudrais bien savoir quelle est sa spécialité et ce qu'il vient faire au château de ma tante. Qui sait ! c'est peut-être le notaire qui vient pour mon contrat de mariage. Il y a du plumitif dans cet homme-là. — Là-dessus le cocher ayant mis ses chevaux au pas, la voiture recommença à rouler fort tranquillement, sous l'escorte du blondin et de son domestique, tous les deux le pistolet au poing et prêts à faire feu. Certes, pour quiconque se serait trouvé la nuit dans cette route pittoresque et quelque peu sauvage qui s'en va serpentant à travers bois et montagnes sur les confins de la Brie, c'eût été un singulier spectacle que celui de ce carrosse s'avançant solennellement aux rayons de la lune dans cet appareil quasi militaire. Au bout d'un quart d'heure le vicomte s'écria : — Holà ! monsieur mon compagnon de route, est-ce que vous dormez, par hasard ? Ma foi ! c'est bien de l'honneur pour moi d'être votre garde de corps ; mais vous auriez dû au moins me fournir le cheval : les chaussures que je porte n'ont point été faites pour les chemins vicinaux de la Brie. Je donne ma démission et je remonte. Aussi bien je suis sûr que nous avons fait peur à la louve et qu'elle ne se montrera plus.

— A la bonne heure ! — répondit le voyageur de la voiture.

— Ah ! ah ! vous êtes éveillé ? — reprit l'autre en s'asseyant à ses côtés ; — tant mieux ! nous allons pouvoir causer. Car cette route est longue en diable, et les chevaux du général me font l'effet d'avoir comme leur maître beaucoup de service. Reprenons le fil de notre narration, si malencontreusement interrompue par cette louve. Je vous disais que j'avais un rival auprès de mademoiselle de Saint-Romain. C'est un neveu du général ; mais j'ai si bien pris mes mesures que je suis sûr d'avoir au moins huit jours d'avance sur lui. En huit jours on avance bien ses affaires auprès d'une femme, à la campagne surtout. Vous comprenez.

— A merveille ! mais peut-être eût-il été de bonne guerre d'attendre votre rival. Dans un procès, il faut que les deux parties soient en présence.

— Allons donc ! est-ce que pour s'emparer d'une place

forte un général attend que l'ennemi vienne la défendre ? — En même temps le jeune vicomte se disait à lui-même : — Décidément ce n'est pas un notaire. Il parle de procès, c'est un avoué ou un avocat.

— Au moins, — répondit l'autre voyageur, — vous auriez pu prévenir ce rival de votre intention.

— C'est cela ! — murmura le vicomte entre ses dents, — lui faire une signification ! Ah çà ! est-ce que ce monsieur serait huissier ?—Puis il ajouta tout haut : — Monsieur, c'eût été fort difficile, attendu que mon rival est en Afrique, où il se bat peut-être à cette heure contre les Arabes de la Mitidja. C'est un officier d'artillerie, et à ce titre vous concevez sans peine que j'avais fort à cœur de le devancer, car enfin un militaire a toujours de grands avantages auprès du beau sexe, c'est connu. Vous souriez ?... Est-ce que vous connaîtriez mon rival !

— Mais... un peu, monsieur.

— Achevez ! O ciel ! est-il possible ? Vous seriez ?...

— Charles de Saint-Romain, lieutenant au 10ᵉ régiment d'artillerie.

— Ah ! bon Dieu ! monsieur, excusez-moi ; c'est qu'en vérité je n'aurais jamais pensé...

— Trouver en moi votre rival ? Ma foi ! monsieur, sur ce point, nous sommes quitte à quitte, car, à mon tour, je vous avouerai franchement que j'ai besoin, pour le croire, de vous entendre dire de votre propre bouche que vous êtes bien...

— Le vicomte de Sartiges, substitut du procureur du roi. Êtes-vous satisfait, monsieur le lieutenant ?

— Parfaitement, monsieur le substitut.

A ce moment la voiture s'arrêta, et le cocher du général Saint-Romain cria du haut de son siège :

— La porte, s'il vous plaît !

On venait d'arriver devant le château, il était environ minuit.

II

L'INTÉRIEUR D'UN CHATEAU.

Il y aurait peut-être une fort belle description à faire à propos du château du général Saint-Romain, mais comme on a beaucoup abusé dans ces derniers temps du style architectonique et des merveilleuses relations qui peuvent exister entre un arc-boutant, une voûte surbaissée, une poutre plus ou moins évidée, que sais-je ? et le caractère des hôtes d'une demeure, je demande au lecteur de passer outre et de lui faire faire immédiatement connaissance avec de nouveaux personnages. Commençons par le maître du logis.

Le seigneur châtelain, vulgairement le général baron de Saint-Romain, était un homme d'environ soixante-huit ans, encore assez vert, bien qu'il eût servi à peu près sous tous les régimes, et que tous lui eussent laissé leur legs, qui une blessure, qui un membre gelé, qui la goutte, qui un rhumatisme. Par une analogie assez étrange entre le monde physique et le monde moral, chacun de ces régimes avait laissé dans l'esprit du général comme une sorte d'alluvion. Successivement page de Louis XVI, chasseur noble de l'armée de Condé, rallié et colonel sous l'empire, maréchal de camp sous la restauration, lieutenant général et retraité sous la révolution de juillet, il avait emprunté à toutes ces phases de notre histoire quelque chose de leurs idées, et s'était fait ainsi une façon d'éclectisme ; mais malgré l'action dissolvante des années de paix dont jouit la France depuis 1815, et en dépit de sa goutte, de ses blessures et de ses rhumatismes, il y avait en lui une opinion, une seule, sur laquelle il n'avait jamais varié d'un instant,

et la prédominance de la carrière militaire sur toutes les autres.

Cadet de noble famille, émigré, par conséquent voué de cœur au principe de la légitimité, il avait pardonné à Napoléon ce qu'il appelait d'abord son usurpation, uniquement parce que l'empereur avait conservé là noblesse de l'épée, et c'est dans cette pensée que, de chevalier de vieille souche qu'il était, il s'était laissé faire baron de l'empire. Il comprenait la révolution de juillet, mais il lui reprochait amèrement l'invasion des avocats. Il eût voulu une chambre législative composée seulement de centurions, et il ne concevait pas qu'un homme osât ouvrir la bouche quand il n'avait pas à son côté un argument tranchant pour la fermer à ses adversaires en leur coupant la gorge.

Par une bizarrerie dont il n'est pas rare de trouver des exemples dans le monde, le général Saint-Romain avait épousé une femme d'une opinion entièrement opposée à la sienne. Fille d'un lieutenant criminel et veuve d'un ancien président au bailliage de Melun, madame de Saint-Romain avait puisé dans ses relations de famille et dans les conversations qui retentissaient journellement à son oreille une si haute estime pour les fonctions de la magistrature que, dans sa pensée, aucune autre carrière ne pouvait être comparée à celle-là. Si un moment elle avait faibli et abandonnant son cœur et sa main au général, c'est qu'il y a un âge dans la vie de toutes les femmes où les préjugés les plus invétérés s'effacent devant un sentiment irrésistible ; c'est que monsieur de Saint-Romain avait été dans son temps le plus séduisant cavalier qu'il soit possible d'imaginer ; c'est enfin que le défunt dont il avait osé réclamer l'héritage était l'un des plus laids, des plus vieux et des plus quinteux présidents de l'ancien royaume de France et de Navarre. Et malgré tout cela, l'enivrement de madame de Saint-Romain avait été de bien courte durée. Une fois la lune de miel passée, elle s'était repentie amèrement d'un choix si contraire à tous ses principes et dont le volage général n'avait pas tardé à lui faire apercevoir les fâcheuses conséquences. Elle avait pris l'uniforme et les épaulettes en aversion, et elle s'était promise, par mille serments des plus solennels, que ses fils, si le ciel lui faisait la grâce d'en avoir, ne porteraient jamais ni l'épée ni la moustache, dussent-ils être tous élevés comme Achille à Scyros. Ce fut sans doute pour couper court aux querelles qui éclatèrent dès l'abord à ce sujet entre les deux époux que le ciel, dans son inépuisable et prévoyante bonté, crut devoir se borner à leur accorder une fille.

Les rayons du soleil ne nous semblent jamais si doux qu'à l'automne. Est-ce donc pour cela qu'en général les enfants venus tardivement sont si richement dotés par la nature ? Lorsque mademoiselle Laure de Saint-Romain vint au monde, son père avait cinquante ans et sa mère quarante. Dès le berceau, elle promit d'être ce qu'elle devint depuis, une charmante fille. A l'époque où se passe cette histoire, elle venait d'accomplir sa dix-huitième année. C'était une brune fort piquante, toute pétrie de grâces et d'adorables caprices, car elle était fort gâtée par son père. En revanche, sa mère, qui était d'une grande sévérité, opposait à ce débordement de la tendresse paternelle de puissants correctifs. Fille et veuve de robe comme on l'a vu, madame de Saint-Romain avait conservé dans ses manières quelque peu de l'austérité janséniste des anciens parlements. Aussi elle imposait beaucoup à sa fille, tout au contraire du général, qui, à force de se faire redouter de ses aides de camp, en était venu par compensation à n'être redouté de personne dans sa propre maison, et à y jouer à peu près le rôle du soliveau de la fable.

Dix-huit ans ! c'est un bel âge pour une jeune fille. Que d'hommages, que de doux propos elle est appelée à recueillir alors ! mais aussi de combien de soucis cette douce époque de l'existence féminine n'est-elle pas la source pour les malheureux parents ? Le général Saint-

Romain ne vit pas venir cette époque sans terreur, car il pensa que cette funeste bataille déjà engagée avec tant d'acharnement près du berceau d'un enfant à naître, et si merveilleusement interrompue par la naissance d'une fille, allait se renouveler plus furieuse et plus décisive que jamais alors qu'il s'agirait du choix d'un époux pour mademoiselle Laure. Cependant, par une manœuvre stratégique digne d'un guerrier consommé, il eut un moment l'espérance de tourner la place qu'il ne pouvait songer à emporter d'assaut.

— Ma chère amie, — dit-il un jour à sa tendre moitié, — Laure a dix-huit ans, la voilà en âge d'être mariée. J'ai pensé qu'à votre âge et au mien il serait trop pénible de nous séparer d'elle pour ne pas chercher à concilier à la fois son bonheur et le nôtre, et je crois avoir trouvé un moyen d'obtenir ce résultat. La vie commune avec un gendre a des inconvénients, je le sais ; mais ces inconvénients sont de nature à disparaître entièrement si dans le gendre qu'on choisit on trouve des garanties déjà préexistantes de soumission et de respect, telles, par exemple, que celles que peut offrir un neveu.

— Je suis parfaitement de votre avis, — répondit madame de Saint-Romain.

— Oh ! — s'écria le vieux général en baisant avec une respectueuse galanterie la main de sa femme, — il y a toujours eu tant sympathie entre nous ! — Puis il ajouta négligemment en apparence : — Vous savez que j'ai un neveu, un fils de mon frère, un brave garçon parfaitement élevé, qui sans être riche aura un jour à venir quelque fortune…

Et il s'arrêta là, sans oser compléter son exorde par l'exposé indispensable de la position sociale de ce neveu, lequel avait l'honneur d'être premier lieutenant au corps royal d'artillerie.

Madame de Saint-Romain montra moins de réserve.

— Général, — répondit-elle avec beaucoup d'aplomb, — j'ai un neveu qui sera, je pense, un parti très-sortable pour Laure D'abord il offre toutes les garanties désirables, puisqu'il est déjà dans la magistrature. Il n'est encore que substitut du procureur du roi, à ce que m'écrit ma sœur, mais, avec votre crédit, les protections dont vous disposez, vous le ferez bien vite passer procureur du roi à Meaux ou à Coulommiers ; ce sera charmant.

— Mais, — objecta timidement le général, — je ne doute pas que mon neveu qui est en Afrique ne revienne bientôt capitaine et décoré. Alors il me sera facile de le faire attacher au ministère de la guerre ou à l'état-major particulier du roi ou des princes.

— Un militaire ! — s'écria vivement madame de Saint-Romain, — c'est-à-dire un joueur, un libertin, un débauché, un véritable panier percé ! je n'en veux pas entendre parler pour ma fille.

— Un robin ! — dit à son tour le général impatienté, — c'est-à-dire, un pédant, un cafard, un crasseux ! il ne sera jamais mon gendre.

Ainsi les hostilités venaient de s'engager, et Dieu seul sait quel en eût été le terme, si le général ne se fût avisé d'un expédient plus digne d'un diplomate que d'un homme de guerre : il proposa la médiation de sa fille, au choix de laquelle il déclara s'en rapporter entièrement. Madame de Saint-Romain fit quelques difficultés, mais, comme elle se proposait d'influencer sa fille par tous les moyens dont une mère dispose en pareil cas, elle finit par accepter le *mezzo termine* qui lui était offert.

La paix semblait donc rétablie dans le ménage ; mais quand on en vint aux moyens d'exécution du traité, peu s'en fallut qu'une nouvelle rupture n'éclatât. Le général ayant fait observer fort judicieusement que mademoiselle Laure, qui bien entendu n'était point présente au débat, ne pouvait prendre une détermination sans avoir au moins vu ses deux cousins, l'ex-présidente éleva l'exorbitante prétention de faire venir le substitut du procureur du roi le premier, sauf, en cas d'échec de celui-ci, à appeler l'officier. La bonne dame en cela ne raisonnait

pas trop mal, car elle se souvenait sans doute que, auprès d'une jeune fille encore innocente et naïve, il est assez ordinaire que le premier jeune homme tant soit peu bien tourné qui vient à parler d'amour soit aussi le premier écouté.

Mais le général jeta les hauts cris et réclama la libre concurrence, qui fut enfin accordée. Chacune des parties contractantes se mit donc en devoir d'écrire à son neveu pour le prévenir que, s'il était disposé à devenir l'époux d'une cousine jeune, riche et jolie, il n'avait qu'à se mettre en route le plus promptement possible et à venir passer l'automne dans un bon et beau château de la Brie, où il recevrait une cordiale hospitalité avec toutes les licences nécessaires pour faire sa cour à mademoiselle Laure de Saint-Romain. Dans cette tâche agréable, chaque conjoint promettait à son allié naturel l'assistance la plus efficace. Le même courrier emporta les deux messages, dont l'un, traversant la Méditerranée, s'en alla trouver en Afrique le lieutenant d'artillerie au milieu d'une escarmouche contre les Arabes, et dont l'autre, beaucoup plus tôt arrivé à sa destination, fut remis au jeune substitut, au chef-lieu de son département, dans le moment où il aiguisait la foudre d'un réquisitoire contre je ne sais plus quel gros délit plus ou moins prévu par le code.

La réponse ne se fit pas attendre. Le lieutenant d'artillerie, qui sous les feux du soleil d'Afrique s'était senti tout à coup tourmenté de la fièvre conjugale, écrivit à son oncle que, bien que sa cousine fût fort jeune la dernière fois qu'il avait eu le bonheur de la voir, il en avait conservé le plus tendre et le plus doux souvenir ; que maintenant il échangeait avec transport ce souvenir contre une espérance, et, dès qu'il aurait obtenu un congé, il accourrait déposer aux pieds de mademoiselle Laure ses trophées algériens, son épaulette et sa contre-épaulette.

Le substitut, en homme encore plus habitué au maniement de la phrase, répondit à sa tante que, pour être franc avec elle, il devait lui avouer son peu de penchant jusqu'alors pour l'état conjugal, mais qu'il ne doutait pas que la vue de sa charmante cousine, qu'il n'avait pas l'honneur de connaître, ne déterminât un changement soudain dans ses idées, surtout si elle ressemblait à celle qui avait bien voulu lui écrire, et dont il avait entendu vanter si souvent les aimables qualités. Les vacances étant proches, il ne voulait pas manquer d'en profiter pour venir s'assurer s'il en était réellement ainsi, et il osait à peine y croire.

Madame de Saint-Romain, après avoir lu ce dernier message, se sentit subjuguée par avance, et elle se promit bien que monsieur le premier lieutenant d'artillerie en serait pour ses frais de voyage. Elle crut même devoir récrire immédiatement à son neveu pour lui en témoigner sa satisfaction et l'engager à se hâter, pensant que la Méditerranée et deux cents lieues du beau pays de France à traverser pourraient retarder quelque peu l'apprenti maréchal de France.

On pense bien que toutes ces négociations avaient été tenues secrètes pour la personne qu'elles intéressaient le plus directement. Ce n'était pas que l'un et l'autre conjoint n'eussent le plus grand intérêt à disposer leur fille à entrer dans leurs vues respectives ; mais madame de Saint-Romain, qui, comme tout ce qui appartient de près ou de loin à la carrière judiciaire, était d'une souveraine méfiance, avait préféré s'interdire à elle-même toute chance de ce côté plutôt que de laisser le champ libre au général. Elle lui avait fait jurer sur son épée qu'il ne ferait aucune ouverture directe ou indirecte à sa fille sans qu'elle-même fût présente, et elle s'était solennellement engagée, de son côté, par ce qu'il y avait de plus sacré pour elle, le souvenir de ses aïeux les lieutenants-criminels, les présidents à mortier, les conseillers et autres dont les poudreuses effigies garnissaient sa chambre, à tenir la même ligne de conduite. Il y avait alliance offensive et défensive entre l'épée et la robe jusqu'à nouvel ordre. Quelquefois, le général, impatient du frein qu'il s'était laissé mettre, s'échappait, au milieu d'un repas ou d'une promenade, à évoquer quelque souvenir de gloire militaire, et Dieu sait si madame de Saint-Romain était prompte à la riposte. Au récit chaleureux d'une bataille elle opposait bien vite le narré triomphant de quelque grand procès ; à l'éclat chatoyant des uniformes, la pompeuse gravité des robes rouges et noires; aux coquetteries de la moustache, la majesté des perruques à marteaux. C'était un véritable duel en champ clos, dans lequel chacun des adversaires, haletant mais infatigable, donnait et recevait de nombreuses blessures, mais sans pouvoir être vaincu ni terrassé.

Mademoiselle de Saint-Romain, témoin et juge de ces combats incessants et acharnés dont elle ne comprenait pas la cause, y assistait avec une surprise naïve. Mais le moment vint enfin où il ne fut plus possible de lui laisser ignorer ce qui se passait, et voici à quelle occasion.

Sous l'épaisse couche de jansénisme qu'elle présentait à la surface, la baronne ne laissait pas d'avoir en réalité une dose assez raisonnable de jésuitisme; d'ailleurs elle savait de bonne part combien le général était entreprenant; pour peu que son neveu lui ressemblât, et il y avait tout à parier qu'il en était ainsi, c'en était fait du pauvre substitut. Dans cette perplexité, elle agit secrètement et en dessous auprès de ce dernier, si bien qu'un beau matin elle entra dans le billard avec une lettre de lui, par laquelle il annonçait son arrivée pour le soir même. A cette nouvelle, on peut juger quelle fut la fureur du général. C'était une infraction flagrante au traité. Son neveu à lui ne devait arriver que dans huit jours au plus tôt ; aussi tous les jurons de l'ancien régime, de la révolution, de l'empire, passèrent-ils tour à tour par sa bouche; il cassa même sa queue de billard, et le curé du village avec qui il était en train de faire sa partie, s'enfuit épouvanté. Madame de Saint-Romain subit cet orage avec une fermeté pleine de noblesse, et se contenta de dire :

— Monsieur, j'espère que, ne fût-ce que par égard pour moi, vous ferez bon accueil à mon neveu, et que vous ne me forcerez pas de vous rappeler qu'après tout la fortune réservée à ma fille vient uniquement de moi. Vous serez satisfait d'ailleurs, j'en suis sûre, de mon cher Anatole. Il était si doux et si timide étant enfant ! La douceur, la timidité, cela sied bien à un jeune homme. — Et comme le général haussait les épaules, madame de Saint-Romain ne crut pas devoir prolonger plus longtemps l'entretien.

— Je vais, — dit-elle, — faire tout disposer pour l'arrivée de mon neveu. Ce soir, après le dîner, nous préviendrons Laure.

. . . .

En effet, dès que le soir fut venu, mademoiselle Laure fut appelée à comparaître en présence des auteurs de ses jours avec une solennité peu accoutumée. Les portes et les fenêtres furent soigneusement fermées malgré la situation de l'atmosphère, qui commençait à peine à fraîchir après une journée des plus chaudes, et madame de Saint-Romain s'étant assise dans un fauteuil, près duquel monsieur le lieutenant général se tint debout comme un appariteur, elle fit signe à sa fille de prendre place sur une chaise devant elle. Ce préliminaire achevé, elle la regarda pendant quelques instants avec une gravité digne absolument comme eut pu le faire son premier mari, feu monsieur le président du bailliage de Melun, alors qu'il se disposait à procéder à l'interrogatoire d'un accusé ; puis, avec un accent approprié à la circonstance,

— Ma fille, — lui dit-elle, — s'il était question pour vous de mariage (c'est une simple supposition, entendez-vous!) lequel préféreriez-vous pour mari d'un homme de robe ou d'un homme d'épée, d'un magistrat ou d'un officier ?

Cela dit, elle se tourna fièrement vers le général, comme pour le prendre à témoin de son impartialité, bien qu'à la manière seulement dont elle avait articulé les deux dénominations, il fût facile de voir combien l'une avait son estime, et combien l'autre son aversion pour ne pas dire son mépris. Monsieur de Saint-Romain demeura immobile, ainsi qu'un homme qui est dans l'attente d'un grand événement. Quant à mademoiselle Laure, elle baissa les yeux, rougit d'une charmante pudeur et se tut également ; mais comme sa mère venait de réitérer sa question d'un ton qui demandait évidemment une réponse, elle balbutia avec un peu d'embarras :

— Ni l'un ni l'autre.

Monsieur le baron de Saint-Romain respira, mais madame la baronne, tant soit peu décontenancée, jugea dans sa sagesse qu'il était temps de frapper un grand coup.

— Qu'est-ce à dire, Laure? — s'écria-t-elle. — Eh, quoi ! ne seriez-vous pas bien aise d'être appelée, un jour à venir, madame la présidente?

— Ou bien, — articula à mi-voix monsieur de Saint-Romain, — madame la générale?

— Maman, — répondit timidement la jeune fille quelque peu effarouchée de la solennité de la conversation, — si cela vous est indifférent, j'aime mieux qu'on m'appelle mademoiselle Laure.

— Mais enfin, — interrompit le général, — tu dois comprendre, ma chère enfant, qu'il n'en saurait être toujours ainsi, que tu as dix-huit ans, et que tôt ou tard...

— Laure, — interrompit la baronne, qui se montait peu à peu, — il est temps de mettre un terme à des enfantillages ; vous n'êtes plus d'âge à jouer à la poupée. Nous avons, puisqu'il faut vous le dire, résolu, votre père et moi, de vous marier. Il se présente pour vous deux partis fort sortables dans votre propre famille. Sous peu de jours ces prétendants vous seront connus, et nous désirons que votre choix se fixe sur l'un des deux. Préparez-vous à recevoir votre cousin le substitut, qui arrive ce soir même.

Le tonnerre tombant au milieu de la chambre n'eût pas fait plus d'effet, à coup sûr, que cette brusque conclusion n'en fit sur mademoiselle Laure de Saint-Romain. De rouge qu'elle était elle devint tout à coup d'une extrême pâleur ; ses beaux yeux se voilèrent, et peu s'en fallut qu'elle ne tombât en défaillance.

— Qu'est-ce donc ? qu'as-tu, Laure, ma pauvre enfant ? — s'écria monsieur de Saint-Romain épouvanté.

— Moi ! rien; je t'assure, papa, que je n'ai rien, — répondit la jeune fille en essayant de paraître calme. — C'est la surprise sans doute... mais je me sens déjà beaucoup mieux.

— A la bonne heure ! — dit le général en la baisant tendrement au front ; — c'est un peu votre faute, ma bonne amie, — ajouta-t-il à mi-voix en se tournant vers madame de Saint-Romain, — vous y mettez si peu de ménagements ! Que diable ! on n'apprend pas de pareilles nouvelles à une jeune fille comme si on venait lui dire que le dîner est servi.

— Taisez-vous donc ! — reprit de même la baronne, — est-ce que vous vous connaissez à cela, vous autres hommes ? Vous voudriez peut-être que ma fille eût le sourire sur les lèvres en entendant parler de mariage ! Fi donc ! monsieur, cela peut se passer ainsi dans vos familles d'épée, mais dans les familles de robe il en est autrement, et ma fille tient de moi. Lorsqu'on m'annonça que monsieur le président, mon premier mari, avait demandé ma main, je perdis tout à fait connaissance.

— Pardieu ! — grommela entre ses dents le général, mais pourtant sans être entendu de sa femme, — vous aviez peut-être vos raisons pour cela. Au surplus, cela ne me regarde pas, ce n'était pas sous mon règne. Pourtant je suis bien sûr que ma fille... Il faudra que j'en aie le cœur net.

Sur ces entrefaites, mademoiselle Laure de Saint-Romain ayant demandé la permission de se retirer dans sa chambre, la baronne s'écria fort sèchement :

— Mademoiselle, il n'est pas encore l'heure. D'ailleurs votre cousin ne va pas tarder à arriver, et il serait inconvenant que vous ne fussiez pas là pour le recevoir, alors que votre père et votre mère s'y trouveront. Je vous engage même à faire un peu de toilette, afin de paraître avec tous vos avantages. Une première entrevue c'est fort important. Allez !

Laure ne se le fit pas dire deux fois. Elle se dirigea à pas précipités vers sa chambre, où elle ne fut pas plus tôt entrée qu'elle se laissa tomber dans un fauteuil, en pleurant à chaudes larmes.

III

CONFIDENCES.

— Qu'est-ce donc, mademoiselle ? qu'avez-vous ? — s'écria une jeune fille qui, au moment où mademoiselle Laure était entrée dans sa chambre, s'occupait à ranger quelques effets de toilette.

D'abord mademoiselle Laure ne répondit pas, mais, la question ayant été réitérée, elle dégagea un instant son charmant visage, qu'elle avait caché dans ses deux mains, et s'écria d'une voix entre coupée :

— Ce que j'ai ? Justine, ce que j'ai ? Ah ! je suis bien malheureuse !

Et elle recommença à pleurer, et Justine en fit autant, sans trop savoir pourquoi. Car, entre jeunes femmes, il n'y a rien de si communicatif que le rire ou les larmes.

Pendant que ces larmes descendent limpides et brillantes ainsi que des perles le long de ces deux frais visages, il faut que je vous apprenne ce que c'était que Justine.

. . . .

Justine n'était point une vulgaire cameriste, bien qu'elle en exerçât à peu près les fonctions vis-à-vis de mademoiselle Laure. C'était quelque chose d'approchant à la fois et de fort éloigné, une de ces Suzannes au petit pied qu'on retrouve aujourd'hui dans un grand nombre de maisons et qui ont tout à fait détrôné les Martons, les Dorines et les Lisettes à l'endroit des confidences ; une de ces charmantes créatures amphibies que le sol de Paris peut produire ; qui, sorties de quelque loge de portier, comme Vénus de l'écume de la mer, n'appartiennent plus à seize ans à aucune classe de la société, parce qu'elles sont fêtées, courtisées, revendiquées par toutes, et qu'on retrouve à dix-huit danseuses de l'Opéra, grandes dames ou toujours simples couturières. Cette dernière profession était à proprement parler celle de Justine.

Justine passait ordinairement l'été au château, parce que mademoiselle Laure l'avait prise en amitié et que la femme de chambre de madame de Saint-Romain, déjà d'un certain âge elle-même ainsi que sa maîtresse, n'était point en état de servir à la fois la mère et la fille. La chronique racontait que si la jeune et jolie Suzanne n'avait point trouvé de Figaro au château, elle y rencontrait du moins un Almaviva émérite dans la personne du général Saint-Romain ; mais c'était là une pure calomnie, et d'ailleurs il faut se hâter de dire que monsieur le comte Almaviva, avec ses soixante-six ans, sa goutte et ses rhumatismes, eût fort risqué d'être éconduit s'il avait eu cette amoureuse fantaisie. Pour compléter ce portrait, j'ajouterai que Justine avait les cheveux d'un joli blond cendré, la peau d'une éclatante blancheur, qu'elle était grande et svelte, une vraie taille de nymphe, comme on eût dit au temps de Louis XIV, et que ses yeux bleus étaient les plus engageants du monde.

Voyant que mademoiselle Laure s'abandonnait sans relâche à sa douleur, Justine se mit à genoux devant elle et, lui prenant les mains, les lui baisa avec effusion. Mademoiselle de Saint-Romain, touchée de ces marques naïves de sympathie et d'attachement, lui pressa tendrement la main, et, levant au ciel ses beaux yeux noirs tout noyés de larmes, lui dit d'un ton à émouvoir un rocher,

— Ma pauvre Justine, on veut me marier !

— Eh bien ! mademoiselle, — dit Justine en se relevant avec quelque surprise, — cela vous semble donc un si grand malheur ? Est-ce que le prétendu qu'on vous propose n'est pas de votre goût ?

— Je ne *les* connais pas. — répondit Laure en poussant un gros soupir, — mais j'en suis sûre d'avance.

— Vous ne *les* connaissez pas ? Ah çà ! mademoiselle, il y en a donc plusieurs ?

— Oui, Justine ; il y en a deux.

— Tant mieux ! vous choisirez ; il y en aura bien un qui...

— Mais, Justine, je ne veux ni l'un ni l'autre.

Justine resta quelques instants rêveuse, puis elle s'écria timidement et comme prête à rétracter chacune de ses paroles à mesure qu'elles s'échappaient de sa bouche :

— Mademoiselle... est-ce que... vous en auriez voulu... un... troisième ? — Mademoiselle Laure devint toute rouge et se cacha de nouveau le visage dans ses mains.

— Ah ! mademoiselle, — dit Justine en soupirant profondément à son tour, — je vous plains si vous avez une inclination ! je sais ce que c'est, moi, hélas !

— Vous, Justine ! — dit Laure ; — mais vous n'avez pas encore dix-sept ans.

— Et vous croyez, mademoiselle, qu'à cet âge-là le cœur ne parle pas déjà depuis longtemps ?

— Depuis longtemps ?

— Oh oui ! allez, mademoiselle, j'ai été bien malheureuse ! Mais enfin je ne veux plus y penser. Celui que j'aimais est bien loin ! bien loin !

— Ah ! mon Dieu ! il vous a abandonnée, ma pauvre Justine ? Mais c'est affreux !

— Il est vrai, mademoiselle, qu'il ne m'avait rien promis.

— Comment cela se fait-il ?

— Oh ! mais comme il me regardait toutes les fois qu'il passait devant moi ! Et puis il était si bien ! mais si bien ! D'abord il était brun. C'est si joli des cheveux noirs ! et puis des moustaches superbes... Il m'a parlé une fois que j'étais seule, en l'absence de mes parents, à garder la loge, il y a quinze mois de cela. Dans ce temps-là, vous n'habitiez pas la maison ; vous demeuriez encore en province, là où monsieur le baron était général.

— Et que... vous a dit ce jeune homme ?

— Il m'a dit... oh ! ce mot-là ne sortira jamais de ma mémoire, il m'a dit : « Mademoiselle, monsieur le comte d'Escorailles est-il chez lui ? »

— Et après, que vous a-t-il dit ?

— Après ? c'est tout. Moi je suis restée toute tremblante et je n'ai su que lui répondre. Il a souri, puis il est monté chez ce monsieur le comte d'Escorailles, qui était un de ses amis, un officier comme lui aussi, je pense, et qui demeurait alors dans la maison. Ensuite, ils sont sortis ensemble, et je ne l'ai plus revu depuis, car ce monsieur d'Escorailles a quitté la maison au bout de quelques jours pour rejoindre son régiment. Ah ! mademoiselle, je vous plains bien, allez, si c'est une passion comme la mienne que vous avez !

Laure ne put s'empêcher de sourire à un pareil dénoûment, puis elle s'écria d'un ton mélancolique :

— Hélas ! ma pauvre Justine, il y a quelque analogie dans nos situations, et c'est enfantillage ou folie de ma part de penser encore à quelqu'un qui m'a sans doute oubliée et que je ne reverrai probablement jamais.

— Oh ! mademoiselle, — s'écria Justine, — racontez moi comment c'est arrivé. Je suis sûre que cela doit être bien intéressant.

— Je le veux bien, — dit Laure, — mais fermez la

porte au verrou, que nul ne puisse nous surprendre. Oh ! si maman venait jamais à découvrir !... Je tremble.

— La formalité du verrou ayant été remplie, Justine, sur l'invitation de sa jeune maîtresse, prit place à ses côtés, et celle-ci commença à voix basse et avec un grand trouble le récit suivant : — Vous souvient-il, Justine, qu'il y a trois mois, quelques jours avant le départ pour la campagne, je m'en allai une fois au bal, seule avec mon père et une dame de nos amies, parce que maman était un peu indisposée ? C'était un bien beau bal, Justine, un bal au profit des pensionnaires de la liste civile. Il y avait des toilettes superbes et de bien jolies femmes.

— Est-ce tout, mademoiselle ?

— Oh non ! il y avait aussi... un jeune homme... un jeune homme fort élégant, qui valsait à ravir et qui me regardait toujours. Il s'approcha de moi pour m'inviter, et, comme je lui répondis que je ne valsais pas, il se retira et j'en eus presque du regret, pensant que je ne le reverrais plus ; mais je me trompais, car un quart d'heure après il revint m'inviter à danser cette fois. J'en fus bien joyeuse, Justine ; c'était la première fois que je dansais dans ce bal. On dit pourtant que je suis jolie ; mais jusque-là nul, excepté ce jeune homme, ne semblait s'en être aperçu. J'avoue que je lui en sus gré. Pendant tout le temps que dura la contredanse, il fut avec moi plein de prévenance et d'amabilité, et, en me reconduisant à ma place, il me dit : « Mademoiselle, serai-je assez heureux pour obtenir de vous une seconde contredanse dans la soirée ? » Moi je lui répondis, « Ce sera avec plaisir. » Je crois maintenant que je n'aurais pas dû lui dire ce dernier mot. Décidément, Justine, je vis que ce jeune homme m'avait porté bonheur, car, à partir du moment où j'avais dansé avec lui, je fus accablée d'invitations. Quant à lui, je ne le revis guère qu'une demi-heure après. Il revint me rappeler ma promesse. Durant cette seconde contredanse, à toutes les questions qu'il m'adressa sur ma famille, sur mes plaisirs, sur mes promenades, que sais-je ? je ne répondis que par monosyllabes, pour mieux cacher mon émotion. Enfin le chassez-croisez vint, et jugez de mon trouble lorsqu'en ce moment je sentis glisser entre mon bras et le haut de mon gant quelque chose comme un papier plié. Oh ! quelle sensation j'éprouvai en ce moment ! je ne l'oublierai jamais. C'est que vous ne savez pas, vous, Justine, l'effet que cela produit, un billet !

— Oh ! si fait, mademoiselle, — interrompit naïvement Justine.

— J'étais confuse, interdite, — reprit Laure sans faire attention peut-être à cette interruption ; — mon cœur battait avec violence ; mais mon embarras redoubla encore lorsque j'aperçus près de moi mon père. Le jeune homme s'inclina respectueusement, et mon père prit mon bras en disant qu'il était déjà tard et qu'il fallait songer à se retirer.

— Mademoiselle, — s'écria Justine, — qu'y avait-il donc dans ce billet ? Oh ! dites-le-moi.

— Bien volontiers, — dit Laure avec un gros soupir ; — donnez-moi mon coffret à gants.

Justine ayant rempli ce désir, mademoiselle de Saint-Romain ouvrit le coffret d'une main tremblante, et déjà ses doigts touchaient le précieux papier soigneusement enseveli au fond d'un gant de bal, lorsque des voix confuses retentirent de tous côtés à l'intérieur et à l'extérieur du château. Les deux jeunes filles tressaillirent, et Laure referma précipitamment le coffret, que par un mouvement instinctif elle rejeta loin d'elle ; presqu'au même instant on frappa à la porte de la chambre avec violence, et une voix connue, celle du général, s'écria :

— Eh bien ! Laure, est-ce que tu n'es pas encore prête ? Dépêche-toi donc ! Si tu savais ! Je suis au comble de la joie. Ah ! quel bon tour ! Mais ouvre-moi donc, que je te raconte tout cela. Pardieu ! ma fille, tu as eu le temps de faire dix toilettes au moins.

Laure essuya vivement ses yeux et s'efforça de balbutier quelques mots, mais la voix lui manqua. Heureusement pour elle Justine vint à son secours.

— Ne vous impatientez pas, monsieur, — dit-elle en s'approchant de la porte ; — mademoiselle est prête tout à l'heure.

— C'est heureux, — dit le général ; — au surplus, je suis trop joyeux pour gronder : dites-lui seulement qu'au lieu d'un cousin qu'on lui avait annoncé pour ce soir, elle va en avoir deux, et que mon neveu l'officier d'artillerie est arrivé aussi. Je cours le recevoir et l'embrasser.

Rien n'égale l'emphase avec laquelle le digne général prononça ces mots : « Mon neveu l'officier d'artillerie. » Un nouveau riche ne parle pas avec une satisfaction plus triomphante de ses chevaux, de ses carrosses et de son château, un jeune homme à peine échappé des bancs du collége, de sa première passion.

La voix du général se perdait dans les corridors que déjà une autre voix s'élevait sous les fenêtres de la chambre de mademoiselle Laure ; c'était celle du valet de chambre de monsieur de Saint-Romain.

— Eh ! mademoiselle Justine, — s'écria cet homme, — mademoiselle Justine, venez donc !

— Qu'est-ce encore ? —dit Justine en ouvrant la fenêtre.

— Ah ! — répondit l'autre, — si vous ne venez de suite, ces messieurs vont mettre le château sens dessus dessous. Voilà-t-il pas qu'il y en a un qui demande à souper maintenant ? Et tout le monde est absent, la cuisinière, la femme de chambre ; il faut absolument que vous alliez trouver madame et que vous lui demandiez les clefs de l'office.

— Ma foi ! — répondit Justine en refermant la fenêtre, — je n'ai pas le temps maintenant, j'habille mademoiselle ! ces messieurs attendront.

— M'habiller ! — s'écria Laure qui crut devoir s'insurger à son tour, — non certes, je ne m'habillerai pas ! Je veux qu'ils me trouvent laide à faire peur ! cela leur ôtera peut-être l'envie de m'épouser.

— Mais, mademoiselle, — objecta timidement Justine, — vos cheveux sont en désordre.

— Tant mieux !

— Vous avez les yeux rouges.

— Je voudrais qu'ils le fussent plus encore. Ah ! Justine, Justine, dites-moi donc ce que je dois faire pour me rendre insupportable à leurs yeux.

— Mademoiselle, vous aurez bien de la peine.

— Oh ! ne me dites pas cela, car je vous prendrai comme eux en aversion.

— Mademoiselle, je vous jure que je les ai déjà en horreur tous les deux, ni plus ni moins que si j'étais à votre place.

— Ma bonne Justine ! — Et Laure ne put s'empêcher de presser la main de sa jeune cameriste ; puis, prenant tout à coup son parti, elle se leva : —allons, —ajouta-t-elle, — il faut bien que j'aille les recevoir puisqu'on m'y force ; mais je serai d'une maussaderie !... Vous verrez, Justine, vous verrez !

— Bon courage, mademoiselle !

Moins d'une minute après, mademoiselle de Saint-Romain faisait son entrée dans le salon où se trouvaient déjà réunis son père et sa mère et ses deux cousins. Le général, en robe de chambre, se tenait debout devant la cheminée, ainsi que son neveu, sur lequel il arrêtait un regard moitié complaisant, moitié solennel, comme s'il eût voulu passer une revue d'inspection.

— Allons ! — s'écria-t-il au moment où la porte du salon s'ouvrit, — je suis satisfait : bonne tournure, les épaules bien dégagées ; seulement pourquoi diable a-t-il coupé ses moustaches ? — Plus loin et dans un angle obscur du salon, madame de Saint-Romain, majestueusement assise dans une bergère, affectait de tourner le dos au couple de la cheminée et s'entretenait à voix basse avec son neveu le jeune blondin, qui avait pris une chaise à ses côtés. Dès que Laure entra, le général se précipita à sa rencontre en tenant son neveu par la main. — Ma fille, — s'écria-t-il, — voici ton cousin Charles de Saint-Romain, qui t'a vue bien petite, ne t'en souvient-il pas ?

— Monsieur... — dit Laure, et elle s'inclina froidement.

— Allons donc ! — ajouta le général à voix basse en se penchant à l'oreille de son neveu ; — on embrasse, nigaud !

Mais madame de Saint-Romain avait déjà élevé la voix, et, sans bouger de sa bergère, appelant sa fille à ses côtés :

— Laure, — avait-elle dit d'un ton aigre-doux, — voici mon neveu, monsieur de Sartiges, substitut du procureur du roi...

— Mademoiselle, — interrompit vivement le magistrat en se levant avec fracas de son siége, — voulez-vous bien permettre qu'à titre de cousin ?...

Cette voix la troubla jusqu'au fond du cœur ; mais ce fut bien pis lorsque, ayant levé les yeux, elle reconnut dans ce monsieur de Sartiges qu'on lui présentait le jeune homme du bal de la liste civile, l'audacieux auteur du billet doux si précieusement gardé. Elle ne put retenir une exclamation de surprise dans laquelle, il faut bien le dire, il y avait aussi une part pour la joie.

— Qu'est-ce donc ? — dit la baronne.

Mais au même moment la porte du salon s'ouvrit et Justine s'approcha d'elle en lui demandant à voix basse les clefs de l'office. Comme elle recherchait dans les profondeurs d'une robe à poches, empruntée selon toute apparence à quelque conseillère de ses aïeules, ce qu'on lui demandait, Charles de Saint-Romain, auquel son oncle venait de reprocher son air de tristesse, s'écria:

— Ne m'en veuillez pas, mon oncle ; j'ai vu tomber dernièrement à mes côtés, dans une affaire avec les Arabes, un ami qui m'était bien cher, le jeune comte d'Escorailles...

Ce fut au tour de Justine à tressaillir ; elle se retourna avec vivacité, devint rouge jusqu'au blanc des yeux et laissa tomber sur le parquet le trousseau de clefs qui lui tendait madame de Saint-Romain.

IV

UNE SURPRISE.

— Pardieu ! — disait le général en se promenant le lendemain matin dans le parc de son château, en compagnie de son neveu l'officier d'artillerie, — pardieu ! mon cher Charles, il faut convenir que tu es venu là fort à propos pour supplanter le robin ; tu te doutais donc du tour qu'on voulait nous jouer ? Ah ! l'on a beau dire, l'audace, la pénétration, voilà des qualités qu'on ne trouve que chez nous autres militaires.

— Pardonnez-moi, mon oncle, je ne saurais accepter vos éloges dans cette circonstance : c'est un pur hasard, joint au désir que j'avais de vous voir après une séparation de bien des années, qui m'a fait arriver ici en même temps que monsieur de Sartiges. On vient d'abréger la quarantaine imposée aux passagers venant d'Afrique.

— Ah ! c'est différent ! alors c'est au gouvernement qu'il faut rendre grâce. Ah çà ! quand serons-nous capitaine ?

— Mais bientôt, mon oncle, je l'espère. Je suis proposé dans le rapport sur la dernière affaire, où j'ai reçu une légère blessure...

— Tu t'es battu, tu es blessé ! tu seras capitaine ! Capitaine à vingt-cinq ans, sous le régime constitutionnel, c'est beau ! Et tu ne nous disais pas cela !

— J'attendais pour cela ma nomination officielle, qui ne saurait tarder à m'être adressée.

— Ah çà ! dis moi, pourquoi diable avoir coupé tes moustaches ?

— Eh ! mon oncle, tout le monde en porte à présent. Il faut bien que les militaires se distinguent... à n'en pas porter.

— C'est égal, tu as eu tort : les femmes aiment toujours cela. Tiens, mon neveu, je suis si heureux que je n'en ai pas dormi de la nuit. Il est vrai qu'il y a bien un peu de ta faute ; quel vacarme ! il paraît que le souper impromptu qu'on vous avait fait préparer n'a pas été triste, car c'était à chaque instant des rires, des éclats de voix, des bruits de bouteilles cassées, qui me faisaient tressaillir dans mon lit. J'aurais donné... ah bah ! j'aurais donné deux années de ma vie pour pouvoir être à tes côtés. C'est si gai un repas de garçons, de militaires ! mais ta tante s'est opposée, et, ma foi ! pour avoir la paix, il a bien fallu lui céder. Tu verras cela quand tu seras marié : on cède quelquefois. Mais je veux me dédommager un de ces jours avec toi sans que ta tante en sache rien, et le robin n'en sera pas ; cette fois-là, il n'y aura que des gens d'épée, pas un pékin, et nous nous griserons. Ah çà ! à propos de pékin, je ne vois pas paraître le substitut. Ce pauvre substitut ! est-ce que tu l'aurais...? tu m'entends. Il faut prendre garde, mon neveu, parce que, vois-tu, ces gens-là n'ont pas la tête forte comme nous.

— Oh ! rassurez-vous, mon oncle, monsieur le substitut me paraît avoir la tête très forte.

— Tu crois ?

— Et je ne voudrais pas être chargé du soin de pourvoir à l'entretien de sa cave.

— Ah bah ! tu m'étonnes ! mais c'est assez nous occuper de lui. Dis-moi, comment trouves-tu ta cousine ? Là... sans flatterie...

— Ah ! mon oncle, charmante, adorable !

— Ainsi, tu la veux bien pour femme ?

— Oh ! quelle question ? Demandez-lui plutôt si elle voudra bien m'accepter pour mari ?

— Eh ! mais elle serait bien dégoûtée ! Un capitaine d'artillerie à vingt-cinq ans. Mais, à propos, mon drôle, il faut que je vous interroge, et vous allez m'expliquer sans doute le mystère de certaines œillades que j'ai surprises entre vous et une jeune personne qui n'est nullement votre cousine, que je sache ; la petite n'est pas mal, j'en conviendrai volontiers entre nous ; n'en parle pas à ta tante au moins. Mais la morale avant tout, entendez-vous, monsieur mon neveu, et, quand on est sur le point de se marier, il ne faut pas courir deux lièvres à la fois. Plus tard, je ne dis pas... sans conséquence...

— Mais, mon oncle, je vous jure...

— Laisse donc, je m'y connais. Ce n'est pas à un vieux routier comme moi qu'on en fait accroire. L'émotion de Justine à ta vue, ce trousseau de clefs qu'elle a laissé tomber sur le plancher... D'où diable connais-tu cette petite ? Moi qui la croyais la vertu même !

— Mon oncle, de grâce, écoutez-moi. Lorsque j'obtins, grâce à votre appui au ministère, d'être incorporé dans l'une des batteries de guerre envoyées en Afrique, je passai par Paris, et mademoiselle Justine, puisque tel est son nom, que j'ignorais même, était la fille du concierge de la maison où demeurait ce pauvre d'Escorailles dont je vous parlais hier. J'ai aperçu trois ou quatre fois cette jeune personne, et je l'ai regardée parce qu'elle est jolie, mais voilà tout.

— Voilà tout ! voilà tout ! ceci ne m'est nullement démontré à moi ; les militaires... Enfin, mon cher, il faut couper court à cette intrigue, parce que, vois-tu, ta tante ne badine pas sur ce chapitre, et si jamais elle venait à découvrir... tout serait fini. D'abord, je te préviens qu'elle a de grandes préventions contre toi, mais nous en triompherons, j'en suis sûr ; nous allons mener cette affaire-là rondement, à la hussarde, morbleu ! D'ailleurs c'est en bon train, j'ai déjà vu ta cousine ce matin, elle était levée de fort bonne heure, contre son habitude, et fort gaie. C'est toujours bon signe quand les jeunes filles sont gaies. et j'en suis d'autant plus ravi dans cette circonstance que depuis quelque temps Laure était d'une tristesse qui m'inquiétait. Hier encore, en apprenant que monsieur de Sartiges allait arriver, elle avait paru très médiocrement aise de cette nouvelle ; mais, grâce au ciel, c'est à tort que je m'alarmais, puisqu'aujourd'hui elle me paraît dans l'enchantement. Elle m'a demandé de tes nouvelles... et de celles du substitut aussi, car elle ne pouvait faire autrement. Qui sait si elle n'a pas déjà un faible pour toi ?

— Ah ! mon oncle ! si vous disiez vrai ?...

— Sois tranquille. Je suis ton allié d'abord, ton complice, tout ce que tu voudras : nous conspirerons ensemble. Or il s'agit de déployer tous nos talents, toutes nos ressources.—A cet instant la cloche du château sonna. Le général consulta sa montre. — C'est le déjeuner, s'écria-t-il, — et il est même en retard de trois quarts d'heure. J'avais pourtant recommandé qu'il fût servi à dix heures, et c'est le seul point sur lequel je sois sûr ici d'être obéi. Comment se fait-il... ? Viens. — Le général et son neveu se dirigèrent vers la salle à manger, où ils trouvèrent madame de Saint-Romain et Laure déjà rendues. Toutes deux avaient le front soucieux. — Qu'est-ce donc ? — dit le général en entrant. — Je ne vois point monsieur de Sartiges. Est-ce qu'il est indisposé ? — Et, lançant à Charles un coup d'œil significatif, il ajouta à voix basse : — Je te le disais bien !

Mais madame de Saint-Romain répondit avec aigreur et en désignant l'officier d'artillerie :

— Je ne sais si la société et les discours de monsieur n'ont pas changé tout à coup les idées de mon pauvre neveu, car je ne vois pas d'autre cause à laquelle je puisse attribuer la fièvre belliqueuse qui s'est emparée de lui. On m'a dit que monsieur de Sartiges était sorti de grand matin avec un fusil pour aller chasser dans nos bois. J'ai envoyé à sa recherche, mais on ne l'a pas trouvé. C'est une grande imprudence, dans un moment où cette louve, qu'on n'a pu encore détruire, répand tant de terreur dans le pays ; et, quand on fait tant que de donner des conseils, on ferait bien de s'associer à leur exécution.

— Ma tante, — répondit humblement le jeune officier tout surpris de cette algarade, — je suis désolé que monsieur de Sartiges ne m'ait point fait part de son projet de chasse. Quoique je n'aie point de goût pour cet exercice, je me serais fait un devoir et un plaisir de l'accompagner, dès lors que cela vous était agréable.

— Ah çà ! — dit le général, — cela ne doit pas nous empêcher de déjeuner. A table ! à table !

— Vous m'en dispenserez, — dit madame de Saint-Romain, — car je suis fort inquiète.

— Comme il vous plaira, ma chère amie, — reprit le général, — mais pour nous, c'est différent, n'est-ce pas, mes enfants ?

Charles se trouva placé auprès de sa cousine, qu'il trouva encore plus jolie que la veille ; car l'agitation d'une nuit pendant laquelle, comme on le pense bien, elle avait fort peu dormi, avait imprimé à ses traits cette animation pleine de charme qui sied si bien aux brunes surtout. Le général étant parvenu, non sans peine, à établir une conversation, elle y prit part avec une grâce parfaite. Soit en effet que par un sentiment de dépit facilement appréciable elle eût à cœur de punir monsieur de Sartiges d'une absence qu'elle avait peine à concevoir le lendemain du jour où ils s'étaient si miraculeusement retrouvés, soit que par un instinct de coquetterie assez ordinaire dans son sexe elle ne fût pas fâchée d'exercer, comme on disait jadis, le pouvoir de ses yeux sur un nouveau venu, elle déploya durant tout le déjeuner le plus aimable enjouement. Charles était ravi ; quant à madame de Saint-Romain, elle ne disait mot et se contentait de porter assez fréquemment ses regards vers

une grande horloge, comptant les minutes, les secondes, et poussant de profonds soupirs.

Le déjeuner terminé, monsieur de Sartiges n'avait pas encore paru. On passa au salon, et le général proposa de faire de la musique.

— Ma cousine chante-t-elle ? — balbutia timidement l'officier d'artillerie.

Ma cousine ! c'était la première fois que l'amoureux jeune homme osait se permettre cette douce appellation, et encore, on le voit, n'était-ce que d'une manière indirecte. Jusque-là, il avait dit : mademoiselle ; une fois seulement il s'était permis de dire : mademoiselle Laure. Aussi il était ému et son cœur battait avec violence pendant que sa bouche laissait échapper ces syllabes magiques : *ma cousine.*

— Certainement, mon cousin, — répondit gaiement la jeune fille, — et j'ai même un magnifique soprano, à ce que dit papa.

— Quel honheur ! — repartit Charles avec naïveté, — nous pourrons chanter des duos ; moi j'ai une voix de basse.

— Mais voyez donc comme cela se rencontre ! — reprit Laure. — Moi qui meurs d'envie de chanter le duo de Lablache et de mademoiselle Grisi à la fin du premier acte des *Puritains !* Venez, venez, mon cousin Charles, j'ai là la partition ; nous allons essayer. — Et en même temps elle se disait en elle-même : — Ah ! monsieur mon cousin le substitut, c'est ainsi que vous me négligez pour aller à la chasse ! Eh bien ! je vais prendre ma revanche. Je ne sais pas ce que je donnerais pour vous voir arriver maintenant.

Il est aisé de s'imaginer tout ce qui se passait dans l'âme du général pendant ce dialogue. Il était triomphant, il s'essuyait le front, il avait besoin d'air, le pauvre homme, il étouffait de joie.

— Courage ! — disait-il à voix basse à son neveu en lui serrant la main de manière à la lui broyer ; — courage ! la place est sur le point de se rendre, ou je suis bien trompé.

Comme il prononçait ces mots étouffés par les bruyants accords du prélude de Bellini, un coup de fusil retentit dans les cours du château ; les chiens aboyèrent, les dames tressaillirent, et l'on vit apparaître à travers les fenêtres du salon, qui étaient ouvertes, un charmant jeune homme, vêtu d'un élégant costume de chasse, poudreux, le teint animé, les yeux brillants, mais beau comme jadis avait dû l'être ce jeune Hippolyte, les amours de Phèdre. Il jeta son fusil avec une nonchalance pleine de grâce à son valet de chambre, qui le suivait, et, escaladant une fenêtre du salon avec non moins d'agilité que le meilleur élève du colonel Amoros, il s'en vint tomber, un genou en terre, devant madame de Saint-Romain, occupée en ce moment à un ouvrage de tapisserie.

Est-il besoin de dire que ce jeune homme était monsieur de Sartiges ?

— Ah ! — s'écria-t-il en joignant les mains, — ma tante, ma bonne tante, je suis un grand coupable, et je ne me relèverai pas que vous et ma cousine vous ne m'ayez pardonné ; mais peut-être suis-je digne de quelque excuse. J'avais entendu parler d'une louve qui vous empêchait d'aller vous promener avec pleine sécurité, j'ai voulu qu'au moins vous puissiez le faire maintenant, en songeant à moi ; et, tenez, cet animal ne vous fera plus peur.

En parlant ainsi, il se retourna et montra du doigt deux paysans arrêtés devant la fenêtre, et portant sur leurs épaules un bâton auquel était appendue, attachée par les pattes, une louve monstrueuse qui venait d'être frappée à mort, et dont la blessure saignait encore.

— Mon neveu, — s'écria l'ex-présidente avec un orgueilleux sourire, — il paraît que vous ne vous contentez pas de requérir des condamnations, vous les exécutez vous-même. C'est trop peut-être, mais il n'importe, vous êtes tout pardonné. Allons, Laure, venez embrasser votre cousin, il l'a bien mérité.

— Ventrebleu ! — dit le général en se tournant vers son infortuné neveu, — cela dérange un peu nos plans de campagne ; cela et la maladresse que tu as faite en coupant tes moustaches !

▼

LE CARTEL.

Un matin, c'était trois jours après l'arrivée des deux jeunes prétendants au château, Charles de Saint-Romain était dans sa chambre occupé à écrire. A la gravité naturelle de ses traits se joignait une légère teinte de mélancolie, et, de temps à autre, il levait les yeux au ciel et semblait comprimer un soupir. Tout à coup on frappa à la porte de sa chambre.

— Entrez ! — dit-il en achevant de tracer les dernières lignes d'une lettre, et sans même détourner la tête.

La porte s'ouvrit, se referma, puis une main se posa rudement sur son épaule, et une voix brusque et sonore, une voix qui trahissait jusque dans ses moindres intonations l'habitude du commandement militaire, s'écria :

— Bonjour, mon neveu ; que diable fais-tu là ?

Charles tressaillit et se levant :

— J'achève un lettre, mon oncle.

— Une lettre ! il paraît que tu passes ton temps ici à écrire des lettres, car on ne te voit plus guère avec nous.

— Il est vrai, mon oncle ; mais c'est que j'ai cru m'apercevoir que ma présence...

— Ta présence ! elle m'est on ne peut plus agréable, à moi, et il me semble que cela doit te suffire.

— Mais, mon oncle.

— Oh ! je sais que tu vas me répondre que ta tante, que ta cousine, ne paraissent pas du même avis, qu'elles ne voient, qu'elles ne jurent que par ce maudit robin, qui les a ensorcelées, je crois ; que Laure l'appelle déjà par son petit nom, tandis qu'elle te dit solennellement monsieur ; qu'elle préfère la méchante voix flûtée de ce monsieur Sartiges, qu'on ose appeler un ténor, à ta superbe basse-taille, et ses traits de femmelette à ton visage mâle. Ah ! pardieu ! je le sais bien ; mais aussi c'est un peu ta faute. Et d'abord, pourquoi diable as-tu coupé tes moustaches ?

— Mon oncle, je vous ai déjà dit...

— Or, il est impossible que cela dure ainsi ! C'est humiliant pour toi comme pour moi. Des gens d'épée céder le pas à un homme de robe ! Allons donc ! je ne veux pas que ce petit monsieur vienne inscrire chez moi la devise : *Cedant arma togæ.* Morbleu ! mon cher, il est temps de mettre ordre à cela : il faut lui donner une leçon, à monsieur le substitut. Un bon cartel ! Je ne connais que cela, moi, pour se défaire d'un rival.

— C'est déjà fait, mon oncle.

— A la bonne heure ! viens que je t'embrasse ! je te reconnais enfin. Car, franchement, je n'ai pas été content de toi ces jours-ci ; tu avais l'air gauche, timide, l'air d'un vrai pékin. Mais tu es mon sang, mon véritable sang, maintenant.

— Écoutez donc, mon oncle...

— Je n'entends rien et je te servirai de témoin, si tu veux, de second même, s'il le faut. Mordieu ! cela me rajeunit rien que d'y penser ! Un duel ! un duel ! Quel dommage que ce ne soit qu'avec un robin ! Oh ! comme nous allons l'humilier !

Et le général parcourait la chambre à grands pas, et il criait et il frappait du pied, tandis que son neveu cher-

chait inutilement à placer une parole. A la fin ce dernier s'écria :

— Mais laissez-moi donc parler, mon oncle ! Cette provocation, elle n'est pas de moi.

— Elle n'est pas de toi ! est-il possible ? Mais de qui donc ?

— De lui.

— De lui ? du robin ?

— Oui, mon oncle. Tenez, lisez plutôt. — Et il lui tendit un petit papier glacé, armorié, parfumé, que le général essaya vainement de déchiffrer, et qu'il rendit à son neveu après l'avoir froissé avec colère entre ses doigts.

— Souffrez que je vous donne lecture de ce message, — dit Charles en souriant.

— Voyons, — balbutia le général qui suffoquait et s'était laissé tomber dans un fauteuil.

Le message était ainsi conçu :

« Monsieur, bien qu'arrivé depuis fort peu de temps, » vous avez dû vous apercevoir que vous avez le malheur » de déplaire à ma cousine, mademoiselle de Saint-» Romain. Je pense que, dans cet état de choses, vous » avez assez le sentiment des convenances pour vous » retirer. Si vous ne le faisiez pas promptement, mon-» sieur, je me verrais dans la nécessité de chercher à » vous inspirer une toute autre détermination par des » voies que vous ne voudriez pas sans doute me forcer à » employer. Je n'en suis pas moins, monsieur, votre très-» humble serviteur.

» Le vicomte de SARTIGES. »

— L'insolent ! — s'écria le vieux général en se levant brusquement de son fauteuil. — Il a osé !... Mais d'abord il n'est pas plus vicomte que je ne suis pape, entends-tu bien ? Je connais sa famille et lui-même ; je suis sûr de l'avoir vu quelque part, mais je ne sais où. Il s'appelle Merloud, Merloud de Sartiges, comme ma femme, pardieu ! et je ne veux plus l'appeler maintenant que monsieur Merloud. C'est que, depuis la révolution de juillet, tout le monde se croit permis de prendre des titres, et, parce qu'il n'y a plus de gentilshommes, chacun veut l'être. Ah ! sous l'ancien régime, morbleu ! on lui aurait fait voir beau jeu à monsieur Merloud se disant vicomte de Sartiges ! Mais voyons un peu de quelle encre tu lui as répondu : lis-moi cela.

Charles se mit en devoir de déférer à l'invitation de son oncle, et lut ce qui suit :

« Monsieur, je n'ai jamais prétendu forcer l'inclination » de mademoiselle de Saint-Romain, et si, comme vous » me faites l'honneur de me le dire, je dois désespérer » d'être jamais agréé par elle... »

— Du tout ! du tout ! je n'en désespère pas, moi ! — s'écria le vieux baron.

« Croyez que je saurai parfaitement ce que j'ai à » faire. »

— Après ?

« Mais je ne suis pas venu seulement pour mademoi-» selle de Saint-Romain... »

— Si fait ! si fait !

« Je suis venu pour voir un oncle que j'aime, un » oncle qui a pris soin de mon enfance, et je ne crois » pas qu'il soit nécessaire de se couper la gorge parce » que je veux passer quelques jours avec mon oncle. »

— C'est tout ?

— C'est tout.

— O ciel ! est-il possible ! C'est toi, Charles de Saint-Romain, premier lieutenant au corps royal d'artillerie, qui as écrit cela ! Mais c'est indigne ! Je ne veux pas que envoies cette lettre, entends-tu ? Je m'y oppose, moi ton oncle, et tu te battras ou tu diras pourquoi. Oh mon Dieu ! mon Dieu ! qui se serait attendu à cela de lui ? un officier ! et sur le point de passer capitaine, encore ! mais cela ne m'étonne pas, et voilà ce que je craignais quand j'ai vu qu'il avait coupé ses moustaches.

Comme le général exhalait ainsi toute son indignation, on vint le prévenir que madame la baronne demandait à lui parler à l'instant même. Habitué comme il l'était à fléchir incessamment devant cette volonté souveraine, il prit congé de son neveu, en grommelant tout bas force jurons accompagnés de menaces, et se rendit chez sa femme, où l'attendait un nouvel assaut. Il trouva madame de Saint-Romain en compagnie de la petite Justine, qui se tenait devant elle dans l'attitude d'une coupable, la tête basse et pleurant à chaudes larmes.

— Monsieur,—lui dit l'ex-présidente du plus loin qu'ell l'aperçut,—jusqu'à présent, par égard pour vous, je me suis tue ; mais je ne saurais tolérer dorénavant un pareil scandale dans ma maison !

— Qu'est-ce donc ? Que se passe-t-il ? — s'écria le général ébahi.

— Il se passe, monsieur, des choses horribles. Demandez à mademoiselle Justine que voilà.

— Eh bien ! Justine, expliquez-vous.

Mais Justine sanglotait si fort qu'il lui était impossible d'articuler une parole.

— Ah ! — reprit madame de Saint-Romain, — j'avais bien raison de ne pas vouloir d'un officier pour mari de ma fille. C'était comme un pressentiment.

— Mais qu'est-ce donc enfin ? morbleu ! Si vous voulez que je dise comme vous, il faut que vous m'appreniez quelque chose.

— C'est donc à moi de parler, — reprit la baronne, — puisque cette fille s'obstine à se taire. N'avez-vous pas entendu du bruit cette nuit dans le château ?

— Non, ma foi ! je n'ai rien entendu.

— Il faut que vous soyez sourd. Apprenez que votre neveu, votre indigne neveu, a cherché à pénétrer par la violence dans la chambre de Justine. Elle vient de me tout raconter.

— Ouais ! — murmura à part lui le général, — est-ce qu'il serait de la famille de sainte Nitouche ! Cela me raccommoderait un peu avec lui.

— Ah ! madame, ah ! monsieur, — s'écria Justine qui recouvrait enfin l'usage de la voix, et en se jetant aux genoux de monsieur et madame de Saint-Romain ; — je vous supplie de ne pas trop lui en vouloir à cause de moi. Je serais désolée de lui nuire dans votre esprit. Le bon Dieu m'est témoin que je n'ai pas pu faire autrement, parce que madame voulait me chasser du château à l'instant même si je ne lui disais pas toute la vérité. Je n'aurais jamais cru cela de lui. Oh ! c'est bien mal ! c'est affreux !

Et la tendre et ingénue couturière recommença à fondre en larmes.

Au plus fort de ses lamentations, la porte de la chambre s'ouvrit avec fracas, et mademoiselle Laure de Saint-Romain parut. Elle était pâle et tremblante.

— Venez ! venez vite, mon père ! — s'écria-t-elle ; — venez prévenir un grand malheur.

— Quoi donc !

— Il vient d'y avoir une explication entre mes deux cousins, je ne sais à quel sujet, et votre neveu veut forcer monsieur de Sartiges à se battre à l'instant même.

— Mon neveu ! — s'écria le général stupéfait.

— Oui, monsieur, vous l'entendez , votre neveu ; votre indigne neveu ! — reprit la baronne avec une exaspération dont il est difficile de se faire une idée ; — mais c'est un monstre que cet homme-là ! Oh ! les militaires ! les militaires ! je les exècre ! je les maudis !

— Allons, — dit tout bas le général, — il aura été sensible à mes reproches ; on peut encore en faire quelque chose. Cela va bien ! cela va bien !

Et, comme il demeurait immobile à sa place ,

— Eh bien ! monsieur, — dit madame de Saint-Romain, — que faites-vous donc ? Vous restez ici ? N'avez-vous pas entendu les paroles de votre fille ? Ils vont se battre, monsieur ! votre neveu, votre misérable neveu veut égorger mon pauvre Anatole ! L'infâme ! oh ! je l'en empêcherai bien. Je veux qu'il sorte à l'instant du château, entendez-vous, monsieur ? qu'il n'y remette jamais les pieds , et si vous ne voulez vous charger vous-même du soin de le congédier, je vous préviens que je le fais chasser par les domestiques.

Il est assez difficile de préjuger le parti auquel le général se serait arrêté dans cette occasion critique ; mais une circonstance plus funeste qu'inattendue vint le tirer d'embarras. Avant de rendre compte de cette circonstance, il est nécessaire de faire quelques pas en arrière pour l'intelligence complète de ce récit, et d'expliquer comment Charles de Saint-Romain, le plus pacifique des hommes, on a pu le reconnaître, avait été amené à prendre à son tour le rôle d'agresseur vis-à-vis de son cousin le substitut et à exiger de lui sur l'heure même une réparation d'ordinaire entourée de certaines formalités qui ont la plupart du temps pour effet d'en ajourner indéfiniment l'issue. Voici ce qui s'était passé :

Le baron de l'empire ne fut pas plus tôt sorti de la chambre de son neveu que monsieur de Sartiges se présenta en personne devant son rival. Il portait un élégant négligé du matin, était coiffé d'une casquette du plus haut goût, qu'il souleva à peine sur sa tête en entrant, et avait à la bouche un cigare allumé qu'il quitta encore moins.

— Monsieur, — s'écria-t-il en s'installant familièrement dans un fauteuil, — pardon si je continue de fumer ; vous savez que cela déplait à ces dames, et je n'ai que la matinée pour me livrer à cet innocent passe-temps. Maintenant parlons d'autre chose , monsieur. J'ai eu l'honneur de vous envoyer hier un mot d'écrit par mon valet de chambre, et j'aurais peut-être dû attendre votre réponse ; mais la nuit porte conseil, comme on dit, et j'ai préféré venir la chercher moi-même ; nous pourrons ainsi régler entre nous à l'amiable certains détails qui ne sont guère du domaine épistolaire. Et d'abord, monsieur, il est une question qui doit être résolue avant toutes autres. Êtes-vous, oui ou non, résolu à me laisser la place libre ?

En toute autre circonstance, Charles se fût peut-être contenté de sourire d'une pareille entrée en matière, mais cette fois il lui sembla que monsieur de Sartiges, encouragé par la douceur et la tranquillité qu'il avait montrées jusqu'alors, commençait à sortir des bornes de la plus simple politesse. Cependant il se contint et répondit avec calme :

— C'est selon, monsieur.

— Écoutez, — reprit le substitut, — entre jeunes gens on peut se faire certaines confidences, et je vous dirai que c'est uniquement par égard pour vous que je viens vous demander de renoncer à une poursuite inutile.

— Que voulez-vous dire ? — balbutia l'officier.

— Eh quoi ! vous ne comprenez pas que le choix que nous recherchions tous les deux est déjà fait en faveur de votre très-humble et très-obéissant serviteur ? — Charles devint horriblement pâle. — J'ajouterai qu'on s'en est expliqué de fort bonne grâce. Que voulez-vous, mon cher ! la petite a suivi la destinée commune. Elle eût été la première femme que j'eusse trouvée indifférente. Cela a l'air de vous contrarier. Allons, du courage ! vous ne me trouverez pas toujours sur votre chemin.—Et comme Charles avait insensiblement tourné le fauteuil sur lequel il était assis et s'était remis à écrire, absolument comme s'il eût été seul, le substitut le considéra quelque temps avec étonnement. — Allons, — s'écria-t-il à la fin en se levant et en écrasant sous son pied le reste de son cigare, — décidez-vous. — Il se passa ainsi environ une demi-minute, au bout de laquelle le jeune blondin dit à mi-voix : — Ah çà! je savais bien qu'il était muet ce monsieur, mais j'ignorais qu'il fût sourd. Monsieur, — ajouta-t-il en élevant la voix, — est-ce que vous n'avez pas entendu ma question ?

— Si fait, monsieur, parfaitement.

— Eh bien ?

— Eh bien ! voici une réponse.

En même temps, Charles de Saint-Romain tendit à son interlocuteur le papier dont il avait donné lecture au général, et qui était encore tout froissé de l'étreinte furibonde de ce dernier. Le substitut prit son lorgnon, parcourut rapidement le billet et sourit.

— C'est à merveille, monsieur, — s'écria-t-il ; — mais, puisque vous êtes si attaché au général, il me semble qu'il y a un moyen de tout concilier. Ce serait de vous en aller maintenant et de revenir après mon mariage.

— Monsieur, — repartit l'officier avec son flegme habituel, — si je suis muet et sourd, il paraît que vous êtes aveugle, vous.

— Qu'est-ce à dire ?

— Il a un post-scriptum à ma lettre.

— Je n'en vois point.

— Veuillez tourner la page.

— Eh mais ! en effet, voyons ce que chante ce post-scriptum.

Et le jeune blondin lut entre ses dents :

« Je savais bien que monsieur le vicomte Merloud
» était un impertinent, mais j'ignorais qu'il fût aussi un
» fat. »

Le jeune substitut pâlit à son tour, et, regardant fixement son adversaire :

— Allons donc ! monsieur, — dit-il, — vous avez eu bien de la peine à vous décider. Votre jour ?

— Aujourd'hui.

— Le terme est un peu court, mais m'importe ! Votre heure ?

— Tout de suite ! Sortons, monsieur !

Et en même temps l'officier d'artillerie, saisissant son rival par le bras, l'enleva en quelque sorte hors de sa chambre. Celui-ci s'écria avec stupéfaction :

— Hein ! plaît-il ? Vous voulez plaisanter ? Mais où nous battrons-nous ?

— Dans le parc.

— Quels sont nos témoins ?

— Qui vous voudrez, le jardinier, le cocher, les premiers venus.

— Ah ! fi donc ! Mais, monsieur, vous n'y songez pas ! jamais un duel ne se passe ainsi. Ce serait à me faire bafouer partout si l'on venait à savoir... Que diable ! vous qui êtes militaire, vous n'en êtes pas à votre première affaire.

— Si fait, monsieur.

— Ah ! bon Dieu ! Eh bien ! monsieur, moi j'en suis à ma neuvième... Croyez-en ma vieille expérience, il nous faut des témoins... présentables. Demain matin nous irons à Meaux sous un prétexte quelconque ; nous prierons les officiers de la garnison de nous rendre ce service. Songez que nous ne trouverions même pas ici d'épées de combat.

— Eh bien ! monsieur, nous nous battrons au pistolet.

— Ah ! monsieur, que dites-vous là ? Mais c'est du plus mauvais genre ; il n'y a que les clercs d'huissier qui se battent au pistolet maintenant. Et puis, en conscience, il aurait peu de générosité de ma part, car je crois vous avoir dit que j'étais de première force à cet exercice.

— Tant mieux pour vous, monsieur, et finissons-en ; autrement vous me feriez croire que vous avez peur.

— Peur ! moi ! Allons donc ! Puisque vous m'y forcez, je suis à vos ordres.

Au moment où les deux adversaires échangeaient ces derniers mots, ils ne s'aperçurent pas dans leur préoccupation qu'ils avaient été entendus par une personne qui passait près d'eux. Cette personne était mademoiselle Laure de Saint-Romain. On a vu plus haut comment, saisie de terreur, elle s'était précipitée dans la chambre où se trouvaient son père et sa mère, et comment elle les avait suppliés l'un et l'autre de prévenir les conséquences d'une telle lutte. Malheureusement le général n'était guère disposé [dans cette [circonstance à déférer au vœu de sa fille. Aussi, pour triompher de son inertie, celle-ci s'était vue dans la nécessité, conjointement avec sa mère, de saisir le vieux baron par le pan de son habit, et toutes deux se mettaient en devoir de l'entraîner sur le théâtre présumé du combat, lorsqu'une double détonation se fit entendre. Les trois femmes poussèrent simultanément un grand cri suivi d'un silence solennel et plein d'angoisses. Bientôt les voix confuses des gens du château se firent entendre à l'extérieur.

— Au secours ! au secours ! — disait-on ; — du linge, un médecin ! Il y a un blessé !

— Un blessé ! — s'écria le général que ce mot fit sortir soudain de son apathie. — Ah ! courons !

— Un blessé ! — dit madame de Saint-Romain. — Ah ! je traduirai l'assassin devant les tribunaux et il en sera fait justice !

— Qui est blessé ? qui est blessé ? — cria Laure en ouvrant précipitamment une fenêtre.

Mais le doute ne fut pas de longue durée.

VI

LES SUITES D'UNE BLESSURE.

Laure aperçut bientôt Charles de Saint-Romain, pâle et sanglant, soutenu par le jardinier et un domestique, et accompagné de monsieur de Sartiges, qui la salua de loin avec une expression de triomphe et d'orgueil mal dissimulée. Le blessé la vit aussi, et il fixa sur elle un regard plein d'une ineffable mélancolie et dans lequel il lui sembla lire comme un reproche ; puis il détourna les yeux. En ce moment le général arrivait auprès de lui.

— Pauvre garçon ! — murmura-t-il, — comment a-t-il fait son compte pour se faire blesser par un... ? Il ne lui manquait plus que cela ! Oh ! j'en suis toujours pour ce que j'en ai dit : c'était un mauvais augure qu'il eût coupé ses moustaches.

Le médecin qui fut appelé pour visiter la blessure de Charles de Saint-Romain déclara qu'elle n'était pas dangereuse, mais qu'il lui faudrait quelques jours de repos absolu. Le malencontreux officier d'artillerie fut en conséquence transporté dans sa chambre, et pansé selon les prescriptions de l'Hippocrate de l'endroit. Comme il avait perdu beaucoup de sang, ce qui l'avait affaibli, il ne tarda pas à s'endormir d'un profond sommeil. Lorsqu'il se réveilla, la nuit commençait à venir, et sa chambre était déjà fort sombre. D'abord il eut quelque peine à s'expliquer comment il se trouvait ainsi couché à pareille heure, car il venait d'entendre sonner l'*Angelus* à l'église du village. Puis tout à coup, rappelé par la douleur que lui faisait éprouver sa blessure au sentiment de la réalité, il poussa un profond soupir. A ce soupir en répondit un autre à côté de lui. Étonné, il tourna les yeux, et, à la lueur blafarde que projetait encore dans sa chambre le crépuscule du soir, il vit distinctement à son chevet une forme féminine. La personne dont il s'agit avait la tête penchée à contre-jour, ce qui fit que dans le premier moment il ne la reconnut pas, et pourtant il se sentit pris tout à coup d'un trouble profond. C'est que cette personne, dont les formes sveltes et harmonieuses se dessinaient vaguement devant lui, ne pouvait être qu'une jeune femme ; c'est qu'il entendait son souffle léger bruire doucement à son oreille ; c'est qu'il pouvait compter jusqu'aux battements de ce cœur qui était si près de lui ; c'est qu'enfin, il faut bien le dire, dans ce charmant fantôme debout à son chevet, le blessé se plaisait à évoquer je ne sais quelle enivrante réalité qui remplissait son âme de bonheur et de joie. Déjà, nouveau Wilfrid d'Ivanhoë, il saluait d'un regard d'amour une poétique Rebecca prête à panser sa blessure. Et pourtant il craignait tellement de voir s'évanouir la douce chimère qu'il avait rêvée, qu'il n'osait ni prononcer une parole ni faire un mouvement, heureux de cette seule pensée : « C'est elle... peut-être ! » En vain l'impitoyable raison venait-elle par intervalles murmurer à son oreille que Laure de Saint-Romain l'avait repoussé, qu'elle en aimait un autre et qu'il n'y avait nulle apparence qu'elle eût changé de sentiments à son égard par l'intérêt seul qu'avait pu lui inspirer la blessure qu'il avait reçue à cause d'elle, il est des moments dans la vie, qui ne l'a pas éprouvé? où les choses les plus invraisemblables sont celles que l'esprit adopte le plus aisément. Au surplus, le jeune officier ne tarda pas à reconnaître son erreur, car une voix qui, quelque douce qu'elle pût être, n'était point celle de Laure, s'écria timidement :

— Comment vous trouvez-vous, monsieur Charles ?

C'était tout simplement la sensible Justine qui parlait ainsi. Rebecca n'était déjà plus qu'une couturière.

— Merci, — balbutia tristement le blessé, — mieux ; je viens de me réveiller... Mais comment êtes vous ici ?

— Ah ! monsieur, — repartit la jeune couturière avec un peu d'embarras, — c'est que... je passais devant votre chambre et... quoique vous avez été bien coupable envers moi, je n'ai pu résister au désir de vous voir pour savoir de vos nouvelles, parce que je n'ai pas de rancune, moi, voyez-vous, monsieur Charles ; et d'ailleurs, dans l'état où vous êtes, vous avez bien expié vos torts.

— Mes torts ? - s'écria l'officier, — de quels torts suis-je coupable envers vous ! Qu'est-ce que cela signifie ? je ne vous comprends pas, ma chère enfant, expliquez-vous.

— Ah ! monsieur, on voit bien que vous êtes officier. Madame a raison, et je me repens bien de ne pas l'avoir crue jusqu'à présent. Parce qu'on est officier on se croit tout permis ! Une pauvre fille qui n'a que sa réputation... son honneur... on cherche à les lui enlever ; moi qui avais si bonne opinion de vous, monsieur ! Ah ! les officiers ! les officiers ! il ne m'arrivera plus maintenant d'en regarder un seul. C'est égal, je vous pardonne.

— Vous me pardonnez ! Mais enfin qu'avez-vous à me reprocher ?

— Vous ne le savez que trop bien. Ah, monsieur !

— Justine, je veux être pendu si je m'en doute.

— O ciel ! est-il possible ? Est-ce que votre blessure vous aurait fait perdre la mémoire ? Eh bien ! monsieur...

Charles allait enfin connaître son crime lorsqu'un nouveau personnage entra à pas de loup dans la chambre, craignant sans doute de réveiller le malade ; et, à la clarté de la bougie qu'il tenait dans sa main, on reconnut le général. Celui-ci, qui ne s'attendait nullement à trouver son neveu en tête à tête, ne put retenir une exclamation des plus énergiques et faillit laisser tomber son flambeau sur le plancher. Justine, fort décontenancée de cette brusque apparition, rougit et, se cachant le visage entre ses mains, s'enfuit précipitamment.

— Morbleu! — dit le général en se laissant tomber dans un fauteuil, — tu n'essayeras pas de nier, cette fois.

— Par ma foi ! — reprit Charles, — vous arrivez à propos, mon oncle, et vous allez enfin m'apprendre...

— Eh ! mon pauvre garçon, — interrompit le baron de l'empire en tendant la main à son neveu, — je te plains et je te pardonne, voilà tout.

— Allons, — s'écria l'officier en se retournant convulsivement dans son lit, — encore un qui me pardonne !... Mais c'est une contagion ici ! tout le monde a cette parole à la bouche. Qu'est-ce que j'ai donc fait, bon Dieu ! qu'est-ce que j'ai donc fait ?

— Allons ! voyons, ne t'anime pas ainsi et ne parle pas, surtout ; le médecin l'a défendu. Je t'assure que je ne t'en veux pas du tout.

— Je le crois, parbleu ! bien, mon oncle.

— Si tu parles encore, je t'avertis que je quitte la place ! — Charles prit sa couverture entre ses dents et la mordit pour mieux résister à l'envie de parler. Le général continua : — Mon pauvre ami, voilà deux aventures qui compliquent furieusement les affaires.

— Deux aventures ! — balbutia Charles en mâchonnant sa couverture.

— Ta tante, — reprit le général, — ne veut plus entendre parler de mariage avec toi. Il faut se résigner, mon bon Charles ; aussi bien ce que j'ai appris aujourd'hui ne nous laissait pas grand espoir. Je t'avais dit que je croyais avoir vu ce robin quelque part, je ne m'étais pas trompé, mon cher ; Laure m'a tout avoué. Ils se connaissent... Ah ! une simple rencontre au bal de la liste civile ; ce jeune homme avait fait cent cinquante lieues pour assister à ce bal et pour passer trois ou quatre jours à Paris. Quelle folie ! si c'était un militaire, cela serait concevable, mais un substitut, voilà qui est prodigieux. C'est le monde renversé.

— Ils se connaissaient ! — murmura Charles tout pensif, — et ils s'aiment sans doute. Oh ! mon oncle, ne me cachez rien !

— Laure ne me l'a pas dit précisément, mais une jeune fille ne dit ces choses-là qu'à la dernière extrémité. D'après tout cela, mon ami, ce que tu auras de mieux à faire, vois-tu, dès que tu seras rétabli, ce sera de nous dire adieu. J'en gémis, car je l'aime, tu le sais, et j'aurais donné une bonne année de celles qui me restent à vivre pour te voir devenir mon gendre ; mais aussi est-ce un peu de ta faute..... Allons ! calme-toi, je te répète que je ne t'en fais pas de reproches. Vois-tu, ces gens-là ne sont pas à notre hauteur. Ils ne comprennent rien au militaire. Parce qu'il arrivera à un bon et brave officier de boire à son souper quelques bouteilles de vin, de courtiser une fillette, de se battre en duel, les voilà qui jettent de hauts cris, comme si cela n'était pas tout naturel. J'espérais que Laure, qui est plus sensée que sa mère, entendrait raison là-dessus ! Mais, baste ! il n'y a pas eu moyen. Console-toi, mon garçon, tu retrouveras d'autres héritières tout aussi jolies que ta cousine et qui t'aimeront, surtout si tu laisses pousser tes moustaches, parce que un officier sans moustaches, vois-tu, c'est comme un corps sans âme. Avec des moustaches, on boit, on se bat, on embrasse une petite fille, on tâche même de se tromper de chambre la nuit ; cela se conçoit, cela va tout seul ; mais sans moustaches...

— Mais, mon oncle, je vous en supplie, quand ai-je bu ? quand ai-je... ?

— Assez causé, mon neveu ; je me retire, car je t'ai déjà fait trop parler. Adieu, mon garçon, adieu ; tâche de passer une bonne nuit : cela te calmera et te fera du bien.

— Deux mots seulement.

— Pas un. A demain. Dors bien !

Et en parlant ainsi le général s'était levé brusquement et avait pris son flambeau ; puis, se dirigeant précipitamment vers la porte, il l'avait, pour plus de sûreté, fermée à double tour en emportant la clef.

On conçoit sans peine dans quelle fâcheuse situation d'esprit il laissa son neveu. Le malheureux ne put fermer l'œil de la nuit, car il se sentait à la fois plein de colère et de tristesse : de colère pour toutes ces imputations qu'il avait peine à comprendre et dont il ne pouvait se justifier ; de tristesse parce qu'il se voyait peut-être, à cause de ces mêmes imputations, frustré de celle qu'il eût tant aimée.

Le lendemain, le général revint, mais, comme il était en compagnie du médecin, Charles ne put le questionner ; le surlendemain, le blessé était en proie aux plus sombres réflexions, dans sa chambre solitaire, accusant tous les

membres de sa famille et surtout sa cousine, qui l'abandonnait à des soins mercenaires sans daigner le visiter,
et regrettant même les hôpitaux d'Afrique, où l'on est
mal soigné peut-être, mais où l'on trouve du moins, à
défaut de Rebecca, des visages amis. Dans ces circonstances, il reçut une visite à laquelle il ne s'attendait pas :
c'était celle de Jean, le vieux cocher du général, celui-là
même qui l'avait amené au château. Cet homme s'introduisit presque mystérieusement danssa chambre, et comme
le blessé lui tendait la main pour reconnaître une attention dont il était touché, il sentit glisser entre ses doigts
un billet.

— Tenez, — s'écria ce vieux Mercure galant, — voilà,
monsieur Charles, ce qu'*elle* m'a chargé de vous remettre ;
je n'ai pas eu le courage de lui refuser.

— *Elle ?* qui donc ? — balbutia Charles surpris.

— Vous le savez bien, pardine ! Ah ! mon Dieu ! c'est
donc écrit là haut que les militaires tromperont toujours
les jeunesses. C'est égal, cela me rappelle mon bun
temps. Ah ! quand j'étais cuirassier !... mais les artilleurs
valent bien les cuirassiers, n'est-ce pas ? bonne chance,
monsieur Charles !

Cela dit Jean s'esquiva. Charles ouvrit le billet qu'on
venait de lui remettre, et il ne put s'empêcher de sourire
en voyant l'orthographe.

— Allons ! — dit-il, — ce billet m'expliquera peut-être
tout ce que j'ai intérêt à savoir et tout ce qu'on me reproche

Voici ce billet textuel, que le jeune officier eut toutes
les peines du monde à déchiffrer, étant peu familier avec
le style hiéroglyphique. Ce billet est de l'histoire.

« Monsieur Charl, il fô que vous éyé u bien movaise
» opinion de moi pour vouxloire antré dans ma chambre,
» et je n'ôrais pas dû raipondre à votre lettre. »

Ici Charles ne put empêcher de s'interrompre.

— Comment ! — s'écria-t-il fort ébahi, — sa chambre !
ma lettre ! qu'est-ce qu'elle veut dire ? La tête lui tourne
apparemment. Voyons la suite.

« Non, monsieur, je ne puis aitre votre métresse. Ne
» croié pas quand vous parlant insi je vous retire cette
» amitié que j'é pour vous ; non, loin de sa, elle ne fera
» que d'ogmanté tous les jours, et je modis le jour que
» vous m'avé prouvéz votre amoure pour moi, car depuis
» ce jour mon cœur soufre auriblement. Il m'est impos-
» sible de vous en écrire davantage, car je craints que
» long me surpre ne. Adieux, votre toute dévoé,

» JUSTINE. »

« P. S. Brûlé cette lettre, je vous en suplitz. »

— Oh ! pour le coup, — s'écria Charles en froissant
convulsivement entre ses doigts le billet doux de la naïve
couturière, — voilà qui est trop fort, et une pareille
situation devient intolérable ! Eh quoi ! parce que j'ai
le malheur de porter l'épaulette, la morale ou les
convenances ne pourront pas devenir dans cette maison
l'objet de la moindre infraction sans que je sois aussitôt
accusé ! Il ne se boira pas une bouteille de vin, il ne se
cassera pas un verre dans le château, sans que je sois
à l'unanimité déclaré coupable ! Une grisette ne pourra
pas recevoir un billet amoureux sans que ce billet me
soit attribué ! Et je suis au lit encore ! Mais que serait-ce
donc, bon Dieu, si j'étais debout ? j'en frémis rien que
d'y penser. Pardieu ! il faut que cela cesse ; je veux bien
qu'on dise encore que je suis doux comme l'agneau, mais
je ne veux point comme lui porter sur mon dos le fardeau
des iniquités de tout le monde. Le Christ pouvait se permettre cela, lui, parce qu'il était Dieu ; mais moi je ne suis
qu'officier d'artillerie : c'est bien différent.—Et, se suspen-
dant à la sonnette de son lit, il se mit à l'agiter avec

violence ; un valet accourut en toute hâte. — Où est mon
oncle ? — s'écria Charles, — je veux voir mon oncle !

— Monsieur le baron est sorti de grand matin avec
monsieur de Sartiges, — répondit le valet avec empressement.—Ces messieurs ont prévenu qu'ils ne rentreraient
que ce soir. Ainsi, monsieur est parfaitement libre de
faire pendant son absence tout ce qui lui conviendra.
Monsieur désirerait peut-être avoir dans sa chambre quelques bouteilles de rhum ou de kirsch ? Oh ! les militaires,
nous connaissons cela ; monsieur n'a qu'à parler.

— Encore ! — s'écria Charles, qui eut bien de la peine
à retenir quelque horrible juron ; — mais c'est donc une
conspiration ! Allez au diable avec votre kirsch et votre
rhum !

— Ah ! je comprends, — reprit le valet d'un air fin,
— monsieur s'ennuie, et monsieur voudrait avoir de la
compagnie, causer, entendre quelque lecture. Soit ! je puis,
sans que madame en sache rien, prévenir mademoiselle
Justine.

— On pourrait vous couper la langue à vous ! —
repartit l'officier en lâchant cette fois le juron. — Laissez-
moi tranquille. Madame de Saint-Romain est-elle ici ?

— Oui, monsieur.

— C'est bien. Je ne vous en demande pas davantage.
Maintenant aidez-moi à m'habiller.

— Vous habiller, monsieur ? Mais monsieur n'y songe
pas : le médecin a expressément défendu...

— Et moi je vous l'ordonne, morbleu !

— Mais la blessure de monsieur ?

— Elle se guérira. Allons, vite mes habits !

Tout en rendant au jeune homme le service qu'il avait
réclamé de lui, le valet murmurait entre ses dents :

— Quel homme ! mon Dieu, quel homme ! Ah ! madame
a bien raison : les militaires, ça ne vaut pas le diable !

Dès que Charles fut habillé, il se dirigea d'un pas
assez ferme vers le salon, où on lui avait dit qu'il
trouverait sa tante. En approchant de la porte, les sons
du piano vinrent frapper son oreille. C'était Laure qui
jouait ; et ses doigts, qui semblaient se promener avec
distraction sur les touches, faisaient entendre le prélude
de ce duo du premier acte des *Puritains*, interrompu
peu de jours auparavant d'une manière si fâcheuse par
l'arrivée du substitut vainqueur de la louve. Involontairement ému pas ce souvenir, Charles s'arrêta à la porte
du salon et il sentit faiblir dans son cœur la résolution
qui lui avait dicté la démarche qu'il allait accomplir.
A la fin, rappelant tout son courage, il tourna le bouton
de la porte et entra. Son apparition fut un coup de
théâtre ; madame de Saint-Romain laissa tomber sa
tapisserie ; mademoiselle Laure s'arrêta tout à coup au
milieu d'une gamme, et il se fit dans le salon un grand
silence. L'officier le rompit le premier.

— Madame, mademoiselle, — s'écria-t-il d'un ton
timide, — pardonnez-moi de vous avoir dérangées, mais
je me sens beaucoup mieux. — Il mentait, car il était
d'une pâleur mortelle. — Maintenant, — ajouta-t-il, —
rien ne saurait donc plus me retenir dans une maison
où, en échange de l'hospitalité que j'ai reçue, j'ai
apporté... (bien involontairement, je vous jure, et je
pourrais même ajouter, sans le savoir) le trouble, la
discorde et le scandale. Je me fais justice, mesdames,
en venant vous demander la permission de prendre
congé de vous aujourd'hui même.

— Aujourd'hui ! — s'écria madame de Saint-Romain
qui eut toutes les peines du monde à dissimuler sa joie ;
— veuillez donc vous asseoir, vous paraissez encore
un peu faible.

— Oh ! ce ne sera rien, — reprit Charles en déférant
à l'invitation de madame de Saint-Romain, — et si vous
voulez bien, en l'absence de mon oncle, faire mettre une
voiture à ma disposition pour aller jusqu'à la ville, je ne
doute pas que le voyage ne me fasse grand bien.

— C'est possible, — répondit avec empressement la
baronne ; — quand je suis indisposée, les voyages me

font grand bien, à moi ; n'est-ce pas, Laure ? — En même temps elle jugea ne pouvoir se dispenser d'ajouter quelques mots de politesse. — Mais pourquoi donc vous en aller sitôt ? — dit-elle ; — n'êtes vous pas satisfait des soins que l'on vous donne ici ?

— Moi, madame ! Oh ! pouvez-vous le penser ? Mais je sens que j'ai joué ici le rôle d'un trouble-fête, et je ne veux pas le continuer, heureux si mon départ me donne quelque titre à votre indulgence, et si vous pardonnez à l'absent les torts dont le présent s'est rendu coupable.

— Mais comment donc, — murmura l'ex-présidente en se penchant à l'oreille de sa fille, qui avait quitté son piano et était venue prendre place à ses côtés, — savez-vous, Laure, qu'il ne s'exprime réellement pas trop mal... pour un officier. — Un moment après elle reprit à haute voix : — Puisque vous le voulez absolument, je ne saurais vous contrarier dans votre projet, et je me charge de vos adieux auprès de votre oncle.

En même temps, apercevant le jardinier qui passait dans le jardin, elle l'appela par la fenêtre, et lui donna l'ordre de faire atteler le cabriolet.

— C'est impossible, madame, — répondit cet homme, — il n'y a pas un seul cheval à l'écurie. Monsieur de Sartiges les a fait atteler tous les quatre ce matin à la calèche, pour conduire lui-même monsieur le baron à grandes guides. Oh ! il faut voir comme il conduit, monsieur votre neveu ! Il s'en acquitte bien mieux que Jean, allez ! Madame la baronne, on dirait qu'il n'a fait que cela toute sa vie.

— C'est bien, — répondit sèchement madame de Saint-Romain ; — je ne vous en demande pas tant. Allez arroser vos légumes. — Puis, se tournant vers Charles : — Il faut vous résigner, — dit-elle, — à rester avec nous jusqu'à demain, car votre oncle ne rentrera que tard et les chevaux seront fatigués.

— Ah ! — répondit Charles avec un sourire mélancolique, — on se résigne aisément à de tels contre-temps.

En parlant ainsi il se leva.

— Vous nous quittez déjà ? — dit madame de Saint-Romain.

— Je craindrais de me rendre importun, — balbutia Charles, — si je prolongeais ma visite.

— Oh ! — s'écria Laure avec un ton de malicieux reproche, — ne voyez-vous pas, ma mère, que monsieur veut se faire regretter ?

— Hélas ! mademoiselle, — répondit tristement le jeune officier, — soyez franche avec moi : que je sorte ou que je reste, ne suis-je pas bien sûr du contraire ?

Laure baissa les yeux, car il y avait dans le regard dont ces derniers mots furent accompagnés une expression qu'elle n'y avait encore vue qu'une seule fois, et qui la troubla. Il y eut un instant de silence et d'embarras général ; tout à coup on sonna à la porte du château et les chiens aboyèrent avec violence.

— Laure, — s'écria madame de Saint-Romain, — à quoi songez-vous donc ? on vient ; c'est sans doute votre père et monsieur le substitut. Allez donc au-devant d'eux.

Elle n'avait pas achevé ces derniers mots que la porte du salon s'ouvrit.

VII

LE BOSTON.

Celui qui entra dans le salon ne ressemblait nullement à l'élégant substitut du procureur du roi. C'était tout simplement le médecin du village.

— En vérité, mesdames ! — s'écria l'Esculape campagnard en prenant son blessé par le bras, — il faut convenir que vous faites des prodiges, et je voudrais pouvoir vous envoyer tous mes malades ; j'acquerrais ainsi bien vite à peu de frais une grande réputation. Pourtant, monsieur a fait une imprudence en se levant. Allons ! le pouls est fort bon, bien qu'un peu plein. Encore deux ou trois jours de repos, cela ira bien.

— Monsieur veut nous quitter demain, — reprit la baronne.

— Demain ! — repartit vivement le médecin. — Diable ! je m'oppose, je m'oppose formellement, entendez-vous ? Aussi bien nous sommes ici en famille, car le médecin est toujours de la famille, et je puis sans indiscrétion dire à monsieur que le moment serait on ne peut plus mal choisi pour quitter le château ; n'est-ce pas, madame la baronne ? — Madame de Saint-Romain ne put s'empêcher de baisser la tête en signe d'assentiment, et le médecin ajouta en se penchant du côté de mademoiselle Laure : — Mademoiselle, permettez-moi, à titre de médecin et de vieille connaissance, de vous faire mon compliment. J'y suis autorisé par vos parents. Je vous souhaite tout le bonheur que vous méritez et que vous ne sauriez manquer de rencontrer dans votre union avec monsieur le vicomte de Sartiges.

— Ah ! — balbutia l'officier avec une vive émotion, — mademoiselle Laure épouse... monsieur de Sartiges ? Mademoiselle... — ajouta-t-il en s'inclinant, mais sans pouvoir trouver une parole.

— Oui, c'est chose convenue, — dit la baronne, — et vous en seriez déjà informé sans l'accident qui vient de vous retenir éloigné de nous. L'affaire a été conclue un peu vite, mais en pareille matière on ne saurait trop se hâter. Sous l'ancien régime, le contrat se signait le jour même où une demoiselle sortait du couvent, et la plupart du temps sans qu'elle connût même son prétendu ; aussi l'on était bien plus heureux en ménage, parce qu'on avait le plaisir de faire connaissance. Feu monsieur le président, mon premier mari, avait coutume de dire qu'il faut prolonger les procès et brusquer les mariages. Au surplus, si quelqu'un a à se plaindre dans cette circonstance, je dois ajouter que ce n'est pas ma fille.

— Mais, maman... — murmura Laure, qui devint rouge et baissa les yeux.

— Oui-da ! — interrompit la baronne, — voudriez-vous pas faire croire à ces messieurs que l'on vous fait violence pour ce mariage ? Allons ! je sais ce que je sais. Qu'avez-vous ce soir, ma fille ? Il me semble que vous n'êtes plus du tout la même que ce matin. Mais, je devine, vous êtes contrariée de ne pas voir revenir votre cousin. Ma fille, il ne faut pas être trop exigeante ; il faut donner le temps à ces messieurs. Vous savez qu'ils avaient bien des choses à faire ; d'abord monsieur le président du tribunal de *** à voir pour notre procès qui se juge demain. J'espère que votre cousin lui fera entendre raison, car il nous est contraire ; mais il a de l'orgueil, la visite de monsieur de Sartiges le flattera. Ensuite le notaire à consulter, des voisins de campagne à engager. A propos, docteur, c'est demain soir que nous faisons la présentation d'usage, et, si vous voulez être des nôtres...

Pendant que madame de Saint-Romain s'exprimait ainsi, Charles faisait un douloureux retour sur le passé. Son oncle n'était pas venu le voir depuis la veille au matin. Tout s'expliquait maintenant ; lui aussi il l'abandonnait, il passait à l'ennemi. C'était le dernier auxiliaire sur lequel il pût compter, et cet auxiliaire lui échappait ; et comme si cette cruelle révélation n'eût pas encore été assez évidente pour lui, comme si elle lui eût été faite encore avec trop de ménagements, voilà qu'au moment même on sonna de nouveau à la porte du château.

— Cette fois, — s'écria la baronne, — ce sont eux certainement. — Mais, au lieu du général et du substitut, on vit paraître un exprès porteur d'un message. — Qu'est-ce donc ? — dit madame de Saint-Romain avec inquiétude : — est-ce qu'il est arrivé quelque chose à ces messieurs ?

— Non, madame la baronne — répondit l'exprès ; —

mais ces messieurs ne reviendront que demain, et, si madame veut bien prendre connaissance de la lettre, elle verra pourquoi.

Dès que l'exprès fut sorti, la baronne tendit le message à sa fille, en l'invitant à en faire lecture à haute voix. Ce message, de la main du général, était ainsi conçu :

« Ne soyez pas inquiète, ma bonne amie, de ne point
» nous revoir ce soir. Il y a demain matin grande course
» au clocher à S..., dans les environs de Meaux, et notre
» gendre futur est invité à y prendre part. Il a voulu
» être présenté au colonel B..., qui commande le régi-
» ment de hussards, ainsi qu'à plusieurs officiers de son
» état-major, et je dois vous dire qu'il a eu le plus grand
» succès. Nous avons assisté ensemble à la manœuvre,
» et votre neveu a fait dans cette occasion des observa-
» tions fort judicieuses qui prouvent des connaissances
» que j'étais loin de lui soupçonner. Tout le monde le
» prenait pour un officier de cavalerie en bourgeois, et
« je vous laisse à penser si j'en étais satisfait. Après la
» manœuvre, il a fait assaut avec le major du régiment,
» qui passe pour une des meilleures lames de l'armée, et
» l'a touché deux fois... Après l'assaut... »

Ici il y avait une ligne entière soigneusement effacée.

« Bref, s'il n'était pas substitut du procureur du roi, je
» crois que j'en raffolerais. Cela viendra peut-être avec
» le temps. A demain. Nous ferons en sorte d'être arrivés
» pour l'heure du déjeuner, la course devant avoir lieu
» de très grand matin, en raison de la chaleur et de la
» parade qui est commandée pour onze heures. Jusque-
» là nous vous embrassons tous deux toutes deux, si
» mademoiselle Laure veut bien le permettre. »

De Charles pas un mot, comme on voit. Qu'on juge de la situation du malheureux pendant la lecture de ce message. Laure, qui le vit pâlir, lui dit d'un ton plein de la plus douce compassion :

— Vous avez tort de rester si longtemps debout, mon cousin ; votre blessure vous fait mal, n'est-ce pas ?

— En aucune façon, — répondit l'officier ; — je me sens fort bien.

Et, comme l'enfant de Sparte pendant que la bête fauve cachée sous sa tunique dévorait ses entrailles, il essaya de sourire ; je ne sais même s'il n'y parvint pas. Laure ne l'avait-elle pas appelé son cousin ? C'était la seconde fois que cela lui arrivait depuis qu'il avait mis le pied dans ce château de malheur.

— Ce qu'il y a de plus clair dans tout ceci, — dit madame de Saint-Romain, — c'est que nous serons privées de la présence de ces messieurs pendant le reste de la soirée. Et, ils ne me disent seulement pas s'ils ont vu monsieur le président et ce qu'il a dit de notre procès. Heureusement, — ajouta-t-elle en se tournant vers Charles et le médecin, — que vous voulez bien nous dédommager de leur absence. Ah ! par exemple, j'espère que, une fois devenu mon gendre, monsieur le substitut prendra d'autres allures. Il est encore bien jeune, mais je commence à craindre qu'il n'ait plus de goût qu'il ne convient pour des mœurs et des habitudes peu compatibles avec sa profession. Patience ! nous y mettrons bon ordre. Ah ! c'est chose bien fâcheuse que la contagion des mauvais exemples. — Il serait assez difficile de décider à qui s'appliquaient ces derniers mots : était-ce au général ou bien à l'officier d'artillerie présent ? Peut-être bien à tous deux à la fois. Il y eut quelques instants de silence ; puis madame de Saint-Romain s'écria : — Qu'allons-nous faire de cette soirée ? Il y a bien longtemps que je n'ai fait mon boston, et si monsieur le curé était ici, nous aurions pu nous dédommager.

— Monsieur le curé est malade, — dit le médecin.

— Qu'à cela ne tienne ! — reprit Charles, — si vous voulez bien m'accepter pour partner, je suis prêt à remplacer monsieur le curé.

— Vous ? est-il possible ! — s'écria madame de Saint-Romain ; — vous jouez le boston, vous, un lieutenant d'artillerie !

— Pourquoi pas ? le boston et le whist sont en très grand honneur à l'armée d'Afrique.

— Monsieur le substitut me disait pourtant que les jeunes gens ne savaient plus d'autre jeu que la bouillotte.

— Oui, dans la magistrature peut-être, mais dans l'armée nous cumulons.

— C'est charmant ! Laure, faites vite préparer une table de jeu. Ah ! je suis curieuse de jouer le boston avec un lieutenant d'artillerie.

Peu s'en fallut en ce moment que la baronne ne sautât au cou de Charles de Saint-Romain, qui jouait le boston ; mais elle se souvint, heureusement pour lui, qu'il était homme d'épée et qu'elle était fille et veuve de robe ; elle se contenta de lui tendre sa main, qu'il baisa fort respectueusement.

— Ah ! madame, — s'écria Charles, encouragé par cette marque d'amitié, — s'il m'avait été donné de passer plus de temps auprès de vous, j'aurais cherché à déraciner dans votre esprit les préjugés injustes, pardonnez-moi d'oser m'exprimer ainsi, que vous sembliez nourrir contre une profession à laquelle je m'honore d'appartenir. Vous qui, sous l'influence d'un passé déjà bien loin de nous, nous accusez sans cesse, si vous étiez mieux instruite de notre sort, vous nous plaindriez, j'en suis sûr. Savez-vous, madame, ce que c'est qu'un militaire, à présent que, banni la plupart du temps de la société par les vices brillants de ses devanciers, il n'a plus pour les faire oublier l'or dont disposaient nos aïeux, la gloire dont marchaient environnés nos pères ! Un militaire, madame, maintenant qu'on a métamorphosé les anciens couvents en casernes, c'est tout simplement un moine armé d'un fusil ou d'une épée au lieu d'un missel ou d'une discipline. Les hôtes que nous avons remplacés dans ces sombres demeures priaient pour nous ; nous veillons, nous, et nous combattons au besoin. Seulement c'était au son de la cloche que leurs pieux bataillons s'ébranlaient ; nous, c'est la diane ou le roulement du tambour qui nous appelle. Voilà toute la différence. Mais la règle n'est-elle pas la même pour nous comme pour eux ? L'obéissance absolue, le silence, les veilles, les privations, ne sont-ils pas les premiers devoirs de l'officier comme du soldat ? Les autres hommes ont des intérêts, des affections ; un militaire n'en doit point avoir d'autre que le drapeau. C'est son dieu ! dieu puissant, dieu jaloux, auquel il faut tout sacrifier ; dieu plein de gloire et de majesté, mais pauvre aussi comme le Dieu de l'Évangile, car il n'a pas de plus belle récompense à offrir à ceux qui le servent que la mort sur une terre étrangère. — Pendant que Charles parlait ainsi, je ne sais quelle exaltation répandue sur tous ses traits y imprimait un caractère de beauté poétique. Cet homme, aux dehors simples et modestes, si complétement annihilé auprès de son élégant cousin, était monté tout à coup à une si grande hauteur que les trois personnes en présence desquelles il se trouvait, subjuguées par ce pouvoir magique qu'exerce toujours l'éloquence, le contemplaient avec émotion et ne trouvaient pas une parole à lui répondre. A la fin, étonné lui-même de leur attitude :

— Pardon, — dit-il, — je fais de la poésie ; je crois qu'il est temps de redescendre à la prose. Le boston est prêt. Vous plaît-il, mesdames, que nous commencions ?

Le lecteur sera sans doute fort aise qu'on lui fasse grâce des *misères*, des *indépendances* et des *picollissimo* qui signalèrent cette mémorable soirée, achevée à près de minuit, contre l'usage ordinaire du château. Charles conquit tant de terrain pendant cette partie de cartes, que madame de Saint-Romain s'échappa à lui rendre le nom de neveu dont elle l'avait deshérité, et voulut même qu'il l'appelât sa tante.

Le boston terminé, chacun se retira. Lorsque l'officier

d'artillerie s'approcha de madame de Saint-Romain pour prendre congé d'elle, la baronne lui dit, avec un de ces rares sourires qui venaient, à de longs intervalles, illuminer son visage sec et flétri :

— Allons, mauvais sujet, je vous permets de m'embrasser. Vous jouez si bien le boston que je commence à vous pardonner tous vos défauts. Ah ! ma fille, — ajouta-t-elle en se tournant vers Laure, qui se tenait pensive auprès d'elle, — les militaires sont bien dangereux ; il faut vous défier toute votre vie des militaires.— Un sourire mélancolique vint errer sur les lèvres de Charles, qui, après avoir embrassé sa tante, se contenta de s'incliner devant sa cousine et en reçut une froide révérence. — Quant à Laure, — dit la baronne, — mon beau monsieur, vous ne l'embrasserez, s'il vous plaît, qu'en présence de son futur, car je prétends bien que vous demeuriez avec nous quelques jours encore ; nous ferons le boston. Ah çà ! — ajouta-t-elle en se penchant à son oreille, — le tribunal est indulgent, vous le voyez, montrez-vous digne de cette indulgence et dorénavant soyez sage. A demain !

Charles baissa la tête sans mot dire, et ce fut avec une exemplaire résignation qu'il avala ces dernières gouttes de son calice ; puis il se dirigea vers la partie du château où était située sa chambre. Ce ne fut point sans avoir attaché furtivement sur sa belle cousine un regard plein de tristesse, regard auquel en répondit un autre plein d'un tendre intérêt, pendant que la jeune fille murmurait aussi d'une voix émue :

— A demain !

Mais sa cousine n'eut pas plus tôt disparu qu'il s'écria avec amertume :

— Demain ! Oh ! non, jamais! Adieu, adieu, Laure, vous que j'eusse tant aimée, vous qui allez appartenir à un autre, je ne vous verrai plus ! — En même temps il entra dans sa chambre ; un domestique l'y attendait pour panser sa blessure et le déshabiller. Le premier de ces soins étant rempli : — Vous pouvez aller vous coucher, — dit-il à ce valet, — j'ai une lettre à écrire et je me passerai fort bien de votre aide. Veuillez seulement prévenir votre camarade Jean, le cocher de mon oncle, afin qu'il entre dans ma chambre aussitôt qu'il sera levé. J'ai à lui parler.

Le domestique se retira en bâtissant mille commentaires sur cette résolution bizarre de monsieur Charles de ne point se coucher à minuit et d'avoir un entretien particulier avec monsieur Jean, l'ancien cuirassier de la garde. Cette résolution cachait à coup sûr quelque nouveau méfait plus ou moins militaire. Lorsque le domestique fut parti, Charles se mit en effet à écrire ; puis, ayant plié et cacheté sa lettre, il se jeta tout habillé sur son lit, et, brisé par les émotions de la journée, il ne tarda pas à s'endormir. Vers cinq heures du matin, Jean, docile à l'invitation qu'il avait reçue, entra dans sa chambre et ne fut pas peu surpris de le trouver couché dans un tel accoutrement.

— Bonjour, mon lieutenant, — lui dit-il, — me voilà à vos ordres ; qu'est-ce que vous désirez de moi ?

— Mon cher Jean, —répondit l'officier en se réveillant, — il faut que vous me rendiez un grand service.

— Deux plutôt qu'un, monsieur Charles.

— C'est vous qui m'avez amené ici, il faut que vous m'aidiez à en sortir ce matin sans que personne s'en doute.

— Rien de plus facile, monsieur Charles.

— Ce n'est pas tout ; il faut que vous me trouviez des chevaux et une voiture de poste ; car, dans l'état où je suis, je ne ferais pas un quart de lieue à pied.

— Fiez-vous à moi pour cela, monsieur Charles ; allez! e comprends tout, quoique vous ne me disiez rien. Vous vous ennuyez ici, ce n'est pas votre genre ; puis vous êtes obligé de vous contraindre sans cesse. Ne pas boire ! ne pas jurer ! ne pas... Ah ! je vous plains bien, allez ! — Et comme Charles faisait un geste d'impatience : — Ne vous

fâchez pas, — ajouta-t-il, — dans deux heures au plus je serai à la petite porte du parc avec une bonne chaise de poste ; vous pouvez compter sur moi. Vous avez encore le temps de dormir.

Et le vieux cuirassier sortit en toute hâte ; mais Charles ne se rendormit pas.

. . . .

Un peu avant le coup de sept heures, Jean était de retour.

— La chaise de poste est là, — dit-il, — à la porte du parc.

— C'est bien, — répondit Charles, — vous êtes sûr que personne ne peut nous voir ?

— Ah baste ! on s'est couché tard, à ce qu'il paraît, et ils dorment tous dans le château comme de vrais sabots. Donnez-moi votre valise, mon lieutenant ; je vais ouvrir la marche.

— Vous ferez en sorte que, dans la matinée, cette lettre soit remise à ma tante.

— C'est comme si c'était fait. Dépêchons, voilà qu'on se lève.

Charles descendit sur les pas de son guide, et tous deux atteignirent bientôt le mur d'enceinte du parc sans avoir rencontré sur leur chemin âme qui vive. Après avoir côtoyé ce mur pendant quelques instants, ils arrivèrent à la petite porte, que Jean ouvrit avec précaution et franchit le premier. Avant de le suivre, le jeune officier, plein d'une émotion profonde, se retourna afin de saluer d'un dernier regard ce manoir, tombeau de toutes ses espérances, dont on apercevait quelques fenêtres à travers une éclaircie des arbres. L'une de ces fenêtres était justement celle de la chambre à coucher de Laure, et elle était ouverte, sans doute afin de laisser pénétrer l'air frais et pur du matin. On voyait à l'intérieur les rideaux blancs soigneusement baissés s'agiter par intervalles sous le souffle de cette brise légère qui s'éveille souvent aux premiers rayons du soleil. Charles resta un instant les yeux fixés sur cette fenêtre, comme attiré vers elle par une vertu magnétique ; puis, comprimant avec peine au fond de sa poitrine un profond soupir, il s'arracha brusquement de cette place et s'élança sur les pas de son guide.

VIII

LA COURSE AU CLOCHER.

Avant de suivre plus loin Charles de Saint-Romain dans sa fuite, il est nécessaire de remonter en arrière de quelques heures et de se reporter au moment où, après leur partie de boston, les habitants du château s'étaient retirés dans leur chambre respective. Pendant que Charles de Saint-Romain s'occupait à écrire à sa tante pour s'excuser de la quitter si brusquement et sans lui faire ses adieux, mademoiselle Laure veillait également, et si elle n'écrivait pas elle parlait, si bien qu'aux deux extrémités opposées du château il y eut pendant une bonne partie de la nuit deux fenêtres éclairées, ce qui dut fort étonner les braconniers des environs, habitués à voir le château plongé dès dix heures du soir dans une obscurité profonde.

J'ai dit que mademoiselle Laure parlait, et, comme les soliloques ne sont guère en usage qu'au théâtre, on a dû en inférer naturellement qu'elle n'était pas seule dans sa chambre. La blonde et naïve Justine était en effet avec elle, en train de la déshabiller, opération qui se prolongea au moins une bonne heure en raison des temps d'arrêt sans nombre dont elle fut marquée.

— Mademoiselle, — s'écria timidement la sensible couturière, à qui sa jeune maîtresse n'avait pas adressé la parole depuis qu'elle était rentrée dans sa chambre, — est-il vrai que monsieur Charles de Saint-Romain part demain ?

Laure regarda la jeune fille avec étonnement, et elle eut presque un froncement de sourcils en lui répondant :

— Il me semble que vous devez le savoir tout aussi bien, si ce n'est mieux qu'une autre.

— Comme vous me dites cela, mademoiselle ! — balbutia Justine ; — on dirait que vous êtes fâchée contre moi. Qu'est-ce que vous avez à me reprocher ?

— Rien, mon Dieu ! rien du tout. C'est qu'aussi vous me faites là une question bien extraordinaire. Qu'est-ce que cela me fait, à moi, que monsieur Charles parte ou qu'il reste ? Est-ce que j'en sais quelque chose seulement ?

— Oh ! mademoiselle, c'est que vous ne l'aimez pas, vous, c'est que vous en aimez un autre ; mais si l'on vous disait que monsieur le substitut va vous quitter, vous seriez bien triste, j'en suis sûre, oh ! bien triste !

Laure ne répondit pas d'abord, puis elle s'écria comme si elle se parlait à elle-même :

— Qui sait !

— Oh ! mademoiselle, — reprit Justine, — vous dites cela ; mais je suis bien sûre du contraire. Il n'y a qu'à vous regarder, on voit bien que vous êtes chagrine de ce que monsieur de Sartiges n'est point venu ce soir.

— Vous vous trompez, Justine, je n'ai aucun sujet de tristesse.

— Au surplus, vous avez raison, mademoiselle ; s'il n'est pas là aujourd'hui, au moins vous le verrez demain, puis après-demain et puis toujours, tandis que moi... Ah ! mon Dieu ! mon Dieu ! mademoiselle, excusez-moi : cela me tient là... c'est comme si j'allais étouffer !

Et elle s'appuya en pleurant sur une chaise, laissant mademoiselle Laure à moitié déshabillée.

— Allons ! — s'écria cette dernière un peu sèchement, — consolez-vous, monsieur Charles de Saint-Romain ne partira pas encore demain.

— Bien vrai, mademoiselle. Oh ! que je suis heureuse !

— Vous l'aimez donc bien ?

— Oh ! oui, mademoiselle ; c'est peut-être parce qu'il ne m'aime pas, lui. C'est toujours ainsi, à ce qu'on dit.

— Ah ! monsieur Charles ne vous aime pas ? — dit Laure d'un ton presque compatissant.—Pourtant cela ne s'accorde guère avec tout le scandale qu'il a fait ici à cause de vous.

— Hélas ! mademoiselle, je le croyais aussi ; mais il m'a bien détrompée. Le jour où je suis allée savoir de ses nouvelles, après sa blessure, il m'a à peine répondu, et aujourd'hui il a passé deux fois devant moi sans même me regarder. Quelle différence avec la lettre qu'il m'a écrite.

— Il vous a écrit ! Oh ! maman avait bien raison, c'est un bien mauvais sujet ! mais vous ne m'aviez pas dit cela.

— Mademoiselle, je n'avais pas osé.

— Et... que vous disait-il dans sa lettre ?

— Oh ! de bien jolies choses, mademoiselle.

— Est-ce que vous l'avez conservée ?... C'est bien mal, Justine. Mais, hélas ! je vous avais donné l'exemple : je m'en repens .. plus que vous ne pouvez penser.

— Mademoiselle, — dit Justine en écartant les plis de son corsage, — vous avez raison ; tenez, prenez cette lettre et brûlez-la, car moi je n'aurais pas ce courage ; mais laissez-moi la lire une dernière fois.

— C'est bien, Justine, c'est bien, — reprit Laure en pressant la main de sa jeune camériste. Puis, après un silence : — Voyons, — dit-elle, — je suis curieuse d'entendre cette lettre ; lisez-la-moi, nous la brûlerons ensuite.

— Volontiers, mademoiselle. Hélas !

Et Justine lut à mi-voix, en s'interrompant de temps à autre, le message suivant :

« Charmante Justine, »

— Hein ! comme c'est joli, cela, mademoiselle ?

« Vous êtes une petite sotte d'avoir fait tant de bruit » pour une bagatelle. »

— Une bagatelle ! vouloir entrer dans ma chambre, il appelle cela une bagatelle ! On voit bien que c'est un militaire, n'est-ce pas, mademoiselle ?

« Je devrais vous en vouloir pour cela, mais vos jolis » yeux ne m'en laissent pas le pouvoir. Si vous m'aimez » comme je vous aime, vous serez moins cruelle une autre » fois, n'est-ce pas ? Un mot de réponse, ou, morbleu ! » je fais quelque coup de tête de ma façon ! »

— Et comme c'est écrit, mademoiselle ! tenez ! quelles jolies petites pattes de mouche ! J'ai eu un peu de peine à lire ce billet la première fois, mais maintenant je le sais par cœur, vous pouvez le brûler.

En parlant ainsi, elle tendit le billet à Laure, qui y jeta les yeux et dit :

— Il n'y a pas de signature.

— Non, mademoiselle ; il paraît que c'est le genre.

A cet instant Laure, qui venait d'approcher le billet de la flamme de la bougie, tressaillit et poussa un léger cri.

— Qu'est-ce donc ? demanda Justine.

— Ce billet... balbutia mademoiselle de Saint-Romain avec une vive émotion ; ce billet, Justine, vous dites que c'est monsieur Charles qui vous l'a remis ?

— Qui voulez-vous donc que ce soit ? — reprit naïvement Justine ; — j'ai trouvé ce billet dans la poche de mon tablier, le soir du jour où ces messieurs se sont battus en duel.

— Mais, Justine, ma bonne Justine, aucun autre que monsieur Charles ne vous fait-il la cour ? répondez-moi franchement.

— Mademoiselle, écoutez, ne vous fâchez pas pour cela, parce que d'abord vous êtes bien plus jolie que moi, et parce qu'ensuite c'était en plaisantant. Et puis cela ne tirait pas à conséquence, parce qu'il n'est pas militaire, lui.

— Expliquez-vous.

— Eh bien ! mademoiselle, monsieur le substitut, comme l'appelle madame, m'a rencontrée une fois dans le parc, le lendemain de son arrivée, et il m'a embrassée.

—Merci, Justine, merci de votre franchise !—A la grande surprise de la jeune couturière, Laure était rayonnante en prononçant ces derniers mots, et elle la baisa au front avec effusion, ce qui ne lui était jamais arrivé, bien qu'elle fût assez familière avec elle ; enfin elle s'écria :

— Ma chère Justine, donnez-moi mon coffret à gants ; au lieu d'un billet, nous allons en brûler deux ; car je veux suivre votre exemple, et, croyez-moi, oubliez mon cousin Charles.

Moins d'une minute après, il ne restait plus des deux messages qu'un souvenir dans le cœur des deux jeunes filles, mais il faut croire que ce souvenir n'était pas de même nature, car l'une pleurait et l'autre avait presque le sourire sur les lèvres lorsqu'à la fin elles se séparèrent.

. . . .

Laure essaya de dormir, mais ce fut en vain. Lorsqu'il lui arrivait de s'assoupir un instant, mille rêves bizarres venaient l'assaillir, et toujours dans chacun de ses rêves elle revoyait le même personnage, Charles de Saint-Romain, tantôt blessé, tantôt mourant, et toujours le reproche à la bouche. Elle voulait se justifier à ses yeux et il lui semblait qu'une force surhumaine paralysât sa langue. Lasse enfin de lutter contre ces mille visions qui ne lui laissaient point de trêve, elle se leva et ouvrit sa fenêtre. C'était une de ces charmantes matinées comme il y en a à la fin de l'été, alors que le soleil ne brûle plus les pelouses et les feuillages et qu'il se contente de les illuminer de ses plus doux rayons. Laure en ressentit un bien-être infini, et, afin de goûter plus complétement encore le charme de cette matinée, elle se vêtit d'un simple peignoir du matin et, un livre à la main, elle descendit dans le parc, pensant bien n'y rencontrer personne à pareille heure.

Elle se trompait, car il y avait peine un quart d'heure qu'elle s'y promenait lorsqu'elle aperçut avec surprise un homme portant une va ise sur le dos et entr'ouvrant avec mystère la petite porte du parc, par laquelle il disparut. Sa première pensée fut que cet homme était sans doute un voleur; mais, en digne fille qu'elle était d'un brave lieutenant général, elle ne s'effraya point pour cela et s'avança même avec beaucoup de résolution jusqu'à la porte. Ce fut à ce moment qu'elle reconnut distinctement Charles de Saint-Romain, qui franchissait le seuil à son tour. En un clin d'œil elle devina tout ce qui se passait, mais elle jugea devoir n'en rien laisser paraître, et se contenta de rappeler son cousin. Au son de cette voix bien connue, Charles tressaillit et revint sur ses pas.

— Bonjour mon cousin, — lui dit-elle de son ton le plus gracieux; — il me semble que vous êtes bien matinal pour un convalescent et bien imprudent pour un blessé. Vous hasarder ainsi dehors ! vous n'y songez pas.

Charles, ainsi pris au piége, n'était pas de force à lutter de ruse et de dissimulation avec sa belle cousine : c'est une science sur laquelle la jeune fi le la plus simple serait capable d'en remontrer à Machiavel lui-même, si le grand politique florentin revenait au monde. Ce fut d'une voix tremblante qu'il répondit :

— Pardon, ma cousine, je suis obligé de partir... de de vous quitter à l'instant même... Une affaire importante...

— Que vous aviez oubliée hier soir, — interrompit Laure malicieusement.

— Oui, — reprit Charles, — c'est cette affaire qui me rappelle inopinément à Paris; j'en ai prévenu madame votre mère... une lettre qu'on lui remettra à son réveil... veuillez m'excuser auprès d'elle.

— Pourtant, si je vous demandais de rester, moi ?

Il y avait quelque chose de si doux dans l'accent avec lequel Laure prononça ces paroles, que Charles se sentit un instant ébranlé, mais bientôt, reprenant par degrés sa résolution,

— Vous me mettriez au désespoir, — répondit-il, — parce que je serais obligé de... vous refuser.

— Bien vrai ?

— Bien vrai.

— Eh bien ! monsieur, — s'écria la jeune fille en le regardant fixement, — j'ai mis dans ma tête que vous resteriez, et vous resterez.

— Oh ! je vous en supplie, n'insistez pas davantage : il y a un motif plus puissant que vous ne pensez, un motif que je ne saurais vous dire...

— C'est qu'il est mauvais alors, — interrompit l'impitoyable jeune fille.

— Que vous êtes cruelle ! — repartit l'officier poussé à bout. — Eh bien ! puisqu'il en est ainsi, je vais tout vous dire, au risque de vous offenser; c'est vous qui m'y forcez, ne l'oubliez pas ! Vous ne sauriez vouloir mon malheur, n'est-ce pas ? et je serais le plus malheureux des hommes si je demeurais un jour, une heure de plus dans ce château, où je n'aurais jamais dû mettre le pied, où j'ai pu rêver un moment un sort... bien digne d'envie et qui ne sera jamais le mien, tandis qu'un autre... Ah ! laissez-moi écarter cette pensée, c'est un supplice trop terrible pour moi. Laure, ma cousine, ayez pitié de moi, car je sens que cette épreuve serait trop forte; je sens que j'aurais dû fuir dès le premier jour où je vous

connus ; je sens que je vous aime de toutes les forces de mon âme... Pardon ! pardon !... Vous voyez bien qu'il faut que je parte à l'instant même !...

Quelque attendue que pût être pour Laure une pareille conclusion, elle en fut vivement troublée, et je ne sais trop quelle eût été sa réponse, si heureusement, pour la tirer d'embarras, une petite toux sèche mêlée au grincement du sable sous des pas graves et pesants ne se fût fait entendre à peu de distance. Au même instant un nouveau personnage parut au détour d'une allée et se dirigea droit vers Charles et sa cousine, en les saluant fort poliment du plus loin qu'il les aperçut. La jeune fille s'enfuit, légère comme un oiseau, laissant l'officier d'artillerie dans une situation assez embarrassante.

Le nouveau venu était un homme de petite taille, dont il eût été assez difficile de déterminer l'âge, car il avait une de ces figures sur lesquelles une sorte d'embonpoint pléthorique dissimule incessamment les rides. Son teint était jaune comme celui des voyageurs et des hommes d'étude ; il avait toute la partie antérieure de la tête entièrement dégarnie de cheveux ; ses paupières abaissées sur deux yeux gris et ternes annonçaient des habitudes de méditation et de recueillement. Il portait un habit noir assez crasseux, décoré d'un vieux ruban d'un rouge fort douteux qui pouvait bien être la croix d'honneur, et il était resté fidèle au culte de la cravate blanche. Enfin il avait dans son gousset une montre à breloques et à sa main une large tabatière. Il s'avança vers Charles, qu'il salua de nouveau fort cérémonieusement, et lui dit d'un ton psalmodique :

— C'est sans doute au neveu de monsieur et madame de Saint Romain que j'ai l'honneur de parler ?

— Oui, monsieur, — répondit Charles en s'inclinant.

— Je suis enchanté, monsieur, d'avoir l'honneur de faire votre connaissance.

— Et moi aussi, monsieur, — répondit Charles.

— Monsieur, — reprit l'inconnu un peu sèchement, — monsieur votre oncle et madame votre tante, dont je suis le voisin de campagne, m'avaient annoncé votre visite.

— Monsieur... certainement... — balbutia Charles interdit ; — je vous prie de croire que c'était bien en effet mon intention, et je suis désolé que vous m'ayez prévenu. — Puis il se dit en lui-même : — C'est sans doute quelque ami de la famille.

— Aussi, monsieur, — repartit l'inconnu, — ce n'est pas pour vous que je viens, car je suis le plus âgé, et les convenances hiérarchiques...

— Monsieur, — s'écria Charles, qui à ces derniers mots pensa avoir affaire à quelque vieux compagnon d'armes de son oncle, — je vous le répète, je suis au désespoir...

— Allons ! — se dit l'inconnu, — la leçon est suffisante, et ce jeune homme l'a fort bien prise. — Et il reprit d'un ton paterne : — Ne parlons plus de cela, monsieur. Je suis venu ce matin, en retournant à la ville, pour avoir l'honneur de voir madame votre tante, qui a pris la peine de se présenter plusieurs fois à ma maison de campagne sans me rencontrer, et je suis fort aise, en l'attendant, que vous veuilliez bien me faire compagnie. Monsieur, j'ai beaucoup entendu parler de votre dernière affaire ; vous avez eu, à ce qu'il paraît, un beau succès. Il en a été parlé dans plusieurs journaux.

— Monsieur, vous êtes bien honnête et votre suffrage m'est précieux.

— La *Gazette des tribunaux*, notamment, vous a consacré un long article.

— Ah ! la *Gazette des tribunaux* elle-même... J'ignorais complétement... C'est un peu étranger à sa spécialité.

— Si vous continuez, monsieur, à marcher comme vous l'avez fait à vos débuts, je ne doute pas que vous n'ayez un avancement rapide.

— Monsieur, je ferai du moins tous mes efforts pour le mériter.

— Mais, — se dit l'inconnu, — ce jeune homme est plein de modestie, — et cependant il n'était bruit que de son caractère suffisant, évaporé, étourdi ! Je vois qu'il a été calomnié. — Il y eut un nouveau silence, et l'inconnu en profita pour tirer de sa poche un papier qu'il parcourt en souriant ; puis il le tendit à l'officier, en l'invitant à en prendre connaissance. Charles le lut machinalement et le rendit, mais sans paraître en avoir compris le sens.

— Eh bien ! — lui dit son interlocuteur, — qu'en pensez-vous ?

Charles répondit d'un air ébahi :

— Mais... qu'en pensez-vous, vous-même ?

— Eh ! eh ! les arguments sont bien forts dans cette note que l'avoué de la partie adverse a fait distribuer hier au tribunal, car enfin il faut bien que je vous parle du procès que soutient madame votre tante, puisque, par un sentiment de réserve que j'apprécie, vous avez jusqu'à présent évité d'ouvrir la bouche à ce sujet. Quelle est votre opinion, à vous, sur ce procès ?

— J'en ai entendu parler plusieurs fois depuis que je suis ici ; mais, quel que soit mon désir de voir mon oncle et ma tante obtenir gain de cause dans une affaire à laquelle madame de Saint-Romain paraît surtout attacher quelque importance, je n'ai point une connaissance suffisante d'une matière que vous, monsieur, vous paraissez posséder à fond, pour oser vous contredire. Cependant, dans mon ignorance, j'avais cru, je l'avouerai, que le procès pouvait être gagné, car. .

— Ah ! je vous vois venir : vous allez me citer Denisart...

— Moi ! pas du tout.

— Ou plutôt un. . un arrêt de la cour d'appel rapporté par Sirey... Eh mais ! en effet, vous m'y faites songer... Ma foi ! je crois maintenant que vous avez raison. Jeune homme, jeune homme, vous irez loin !

— Ah çà ! — dit Charles de Saint-Romain, — est-ce qu'il se moque de moi ?

A cet instant madame de Saint-Romain, qui venait d'achever sa toilette du matin, parut en compagnie de sa fille, et, s'avançant avec toutes sortes de marques de déférence vers l'inconnu, elle s'écria :

— Ah ! monsieur le président, que d'excuses je vous dois ! vous me voyez confuse de vous avoir fait attendre ! Et le général qui n'y est pas ? Mais vous avez reçu sa visite, sans doute, ainsi que celle de notre neveu, hier, à la ville ?

— En aucune façon, madame la baronne.

— Est-il possible ? — murmura tout bas madame de Saint-Romain ; — oh ! nous sommes perdus !

Le personnage qu'on avait qualifié du titre de président reprit aussitôt en désignant Laure :

— C'est mademoiselle votre fille, je crois, une charmante demoiselle ! J'ai déjà eu le plaisir de l'apercevoir ce matin avec monsieur votre neveu, bien qu'elle se soit sauvée à mon approche. Il ne faut pas rougir de cela, mademoiselle. Puisque monsieur doit être votre mari c'est tout naturel. Je vous fais mon compliment, mademoiselle, ainsi qu'à madame votre mère.—La baronne regarda Laure d'un œil sévère ; celle-ci baissa vivement la tête et devint rouge. Quant à Charles, il était véritablement abasourdi. Tout à coup le président tira sa montre.—Neuf heures et demie ! — s'écria-t-il : — il faut mesdames, que je vous laisse ; je n'ai que bien juste le temps d'arriver pour l'audience.

— Bon Dieu ! — dit la baronne, — vous nous quittez déjà, et je n'ai pu vous dire un seul mot de mon procès.

— C'est inutile, madame.

— En effet, monsieur le président, je sais de bonne part que vous êtes contre nous dans cette affaire. Elle est perdue dès lors, et quand je songe que mon neveu n'aura pu combattre vos préventions...

— Eh mais ! monsieur votre neveu que voici s'en est parfaitement acquitté ; il sait ce que je pense maintenant de votre affaire, et il pourra vous le dire. C'est un charmant jeune homme, dont j'aurai beaucoup de plaisir à cultiver la connaissance quand il sera votre gendre, et qui ira loin, je vous jure. Je me ferai le plaisir autant qu'un devoir de l'appuyer moi-même auprès du garde des sceaux.

Et le président salua et s'esquiva en toute hâte, laissant trois personnages fort stupéfaits.

— Ah çà ! — dit la baronne, qui recouvra la première l'usage de la voix, — vous allez m'expliquer ce que tout cela signifie.

Mais, comme elle parlait ainsi, les portes du château, qui venaient de se refermer sur la gothique demi-fortune de monsieur le président, se rouvrirent avec fracas, et le général parut à cheval, accompagné du substitut en costume de jockey et maniant avec beaucoup de dextérité un pauvre coursier couvert d'écume, et qui paraissait abattu de fatigue. Tous deux firent leur entrée dans la cour en riant à gorge déployée.

— Ah ! ma tante, ah ! ma belle cousine, — s'écria le jeune magistrat en sautant lestement à bas de sa monture et en partant d'un éclat de rire ; — pardon... pardon... je n'en puis plus, et il faut... tout le bonheur... que j'éprouve à vous revoir pour m'empêcher d'étouffer ! Imaginez vous que le vieux juge que nous venons de rencontrer m'a pris pour l'officier d'artillerie, et qu'en revanche il a cru voir dans monsieur Charles... ah ! ah ! j'en rirai longtemps, il a cru voir... Mais, général, racontez donc cela à ces dames.

— J'ai bien mieux à faire, — reprit le baron, qui n'était point descendu de son cheval aussi aisément que le jeune blondin. — Mesdames, je vous présente le vainqueur de cette matinée ; c'est monsieur le vicomte de Sartiges qui a remporté le prix de la course au clocher, et il avait pour concurrents huit officiers : notez cela ! Il s'est couvert de gloire dans cette course ; seulement j'ai bien peur que mon pauvre cheval ne soit plus en état de courir de longtemps. Tudieu ! quel cavalier que notre cher substitut !

— En effet, — répondit froidement la baronne, — et tandis que l'officier gagnait mon procès ici, le magistrat gagnait le prix de la course là-bas ! Je crains bien d'avoir fait, comme monsieur le président, une méprise.

Pendant que ces paroles s'échangeaient, Charles était de son côté en grande conversation avec Jean, le vieux cuirassier.

— Monsieur,—lui disait cet homme qui s'était approché mystérieusement de lui, — venez vite, le postillon perd patience, et j'ai beau employer les promesses et les menaces, il veut partir à l'instant même.

L'officier d'artillerie n'attendait donc que le moment favorable pour s'esquiver sans être aperçu, et dans cette pensée il portait tour à tour, sur son oncle, sur le substitut et sur sa cousine, des regards où se peignaient successivement l'inquiétude, la colère et le désespoir, lorsque le général, qui s'aperçut de ce manége, s'écria :

— Eh bien ! qu'est-ce donc, Charles, et quelle affaire as-tu avec Jean ?

Laure, qui s'était tue jusqu'alors, répondit avec empressement :

— Je vais vous le dire, moi, mon bon père : c'est que mon cousin Charles veut absolument nous quitter aujourd'hui.

— Nous quitter ! – dit la baronne, —et pourquoi cela ?

— Pauvre garçon, — murmura le général, — il fait bien ; c'est sa faute. Et d'abord, pourquoi diable ! venant ici, commence-t-il par couper ses moustaches ? Quant à moi, j'en suis fâché au fond, car enfin c'est mon neveu à moi, tandis que l'autre... Mais, ma foi ! je ne perds pas au change.

— Ah çà !—s'écria le substitut,—c'est une plaisanterie que ce départ ; j'en serais pour ma part au désespoir, ma parole d'honneur ! et monsieur ferait croire que c'est ma présence qui le chasse. N'est-ce pas, belle cousine ?

— Et monsieur aurait tort, — repartit vivement la

jeune fille en se rapprochant de l'officier. Puis elle lui dit tout bas : — Charles, restez, je vous en prie !

A cette douce prière, Charles ne répondit que par un regard ; mais il y avait tout à la fois dans ce regard de la reconnaissance, de la joie et de l'amour.

. . . .

Le soir même, le baron et la baronne présentaient à leurs voisins de campagne leurs gendre futur, monsieur Charles de Saint-Romain, capitaine d'artillerie et chevalier de la Légion d'honneur, car un cavalier d'ordonnance expédié par le général commandant la subdivision de Seine-et-Marne avait apporté au château cette grande nouvelle, et madame Saint-Romain disait :

— Il est officier, c'est vrai, mais il avait tout ce qu'il faut pour ne pas l'être. Demandez plutôt à monsieur le président, qui m'a dit que sans lui nous aurions certainement perdu le procès que nous venons de gagner.

Ce n'était pas sans regret, au contraire, que le général avait consenti à ce revirement dans le choix de son gendre. Le magistrat avait gagné dans son esprit tout ce que l'officier y avait perdu. Il prit la main de Charles et lui dit avec componction :

— Tu vois, mon garçon, que j'y mets de la complai-sance ; mais de ton côté fais preuve aussi de bonne volonté. Je t'en prie, laisse du moins pousser tes moustaches. C'est bien le moins qu'on puisse faire pour son beau-père.

Quant à monsieur Merloud, se disant vicomte de Sartiges, il avait, après une inspection rapide de la situation, jugé convenable d'utiliser pour son compte personnel les chevaux du poste commandés par son cousin. Aujourd'hui il est procureur impérial dans un chef-lieu de département ; il a trente-deux ans, des dettes, et cultive toujours avec succès le réquisitoire, l'équitation, le duel, la chasse et le billet doux. Il n'a pas encore pris femme. Avis aux parents qui ont de filles à marier.

La sensible Justine a quitté le château du général Saint-Romain sans attendre le mariage de Charles. Il y a cent ans que, à la suite de sa passion malheureuse, elle se fût retirée dans un couvent ; de nos jours elle a élevé une boutique de mercière qui est en grande prospérité, et s'est mariée avec un employé des pompes funèbres dont le caractère jovial ne peut manquer de dissiper le reste de mélancolie qu'un premier amour a pu laisser dans son âme.

FIN DE LA COURSE AU CLOCHER

Alexandre de Lavergne

BRANCAS LE RÊVEUR

I

Une année environ après la mort du roi Louis XIII, on vit sortir un beau matin du jeu de paume de messieurs les mousquetaires du roi, tout proche le Louvre, une demi-douzaine de jeunes gens qu'à leurs grands airs évaporés et à leur moustache désespérément frisée et cirée, plus encore peut-être qu'à la profusion de rubans et de dentelles qui couvraient leurs vêtements, il était impossible de ne pas reconnaître pour gentilshommes. Cette petite troupe entra en tumulte et avec de gros éclats de voix dans un cabaret voisin, et, avisant dans un coin de la salle une table occupée en ce moment par deux honnêtes bourgeois, elle leur ordonna, avec force jurons, de déguerpir à l'instant même, ce que les deux bourgeois n'eurent garde de refuser, voyant à qui ils avaient affaire.

— Par la sambleu ! messieurs, — s'écria un de ces étourneaux en se laissant tomber sur un escabeau ; — c'est un merveilleux jeu que la paume, et je ne sais en vérité comment les gentilshommes passaient leur temps, pendant la paix, avant qu'elle fût inventée.

— Mordieu ! — interrompit brusquement un autre en frappant à coups redoublés sur la table avec la poignée de sa longue rapière, — je sais quelque chose de plus merveilleux encore quand on a chaud et soif, c'est un bon cabaret où l'on a crédit, et, vive Dieu ! celui de *la Pomme-d'Or* mérite distinction. Holà ! holà ! du vin, et du meilleur !

— Holà ! holà ! du vin ! — répétèrent en chœur les autres gentilshommes en frappant si bel et si bien sur la table qu'ils l'eussent brisée à coup sûr si elle n'eût été construite en essence de chêne.

Le cabaretier accourut en dissimulant une grimace sous un sourire, car il supputait déjà dans sa tête les verres et les pots cassés que lui promettait sans compensation aucune une semblable visite, ainsi que les énormes bénéfices auxquels il serait obligé de se livrer sur les bourgeois pour se récupérer de ses pertes avec les gentilshommes. Lorsqu'il eut chargé la table d'une quantité assez raisonnable de liquide, l'un des jeunes gens, celui qui avait parlé le premier, le saisit rudement par le bras, et lui dit :

— Or sus, maître voleur, nous n'avons plus besoin pour le moment de tes services, et t'ordonnons seulement de te tenir à ta porte en guise d'enseigne, pour avertir les passants que messieurs les mousquetaires du roi sont céans, et que nul ne doit se permettre d'entrer s'il n'est de bonne maison comme nous, et en état de monter dans les carrosses de Sa Majesté.

L'hôte, quoique assez en peine de la façon dont il s'y prendrait pour reconnaître si ceux qui viendraient à se présenter satisfaisaient à cette double condition, ne se fit pas répéter deux fois le même ordre, et s'en alla prendre position devant la porte, s'estimant du reste heureux de ce qu'il faisait le plus beau temps du monde et de ce qu'il était veuf depuis peu : car de cette façon ni son cerveau, ni son front, comme on disait alors, ne couraient aucun risque. Quant à messieurs les mousquetaires, ils se mirent en devoir de se verser force rasades, et, au train dont ils y allaient, il est hors de doute qu'un quart d'heure ne serait pas écoulé sans que plus d'un eût perdu son centre de gravité ; heureusement il se rencontre parmi eux un homme de sens, le chevalier de Belle-Isle, qui s'écria en brisant son verre sur le plancher ;

— Halte au premier rang, messieurs les mousquetaires ; n'oublions pas qu'il y a ce soir médianoche au Louvre, et que ce serait imposer le deuil à bon nombre de belles dames si nous nous mettions hors d'état de paraître à la fête. Qu'en dites-vous, messieurs ?

— Puissamment raisonné, Belle-Isle ! — murmurèrent tout d'une voix les jeunes gentilshommes. — Halte ! halte !

Et en même temps cinq verres brisés retentirent à la fois sur le plancher de la salle. Ce bruit fatal pénétra jusqu'aux oreilles du cabaretier, qui se promenait de long en large devant la porte de son établissement, comme un soldat aux gardes pendant sa faction. Le malheureux tressaillit douloureusement, et il eut toutes les peines du monde à s'empêcher de violer sa consigne en rentrant dans la salle, mais il réfléchit qu'il valait encore mieux que son mobilier fût endommagé et que son dos et ses épaules restassent intacts ; et, s'armant de résignation, il attendit avec une anxiété fébrile ce qu'il adviendrait de ce sinistre prélude. Tout à coup il s'entendit appeler par son nom, et, docile à l'injonction de ses hôtes, il accourut tout tremblant devant eux.

— Eh bien! —lui dit le chevalier de Belle-Isle, —est-ce qu'il ne s'est présenté personne pour nous tenir compagnie depuis que nous t'avons élevé aux fonctions de suisse?

— Oh! si fait, mon gentilhomme, — répondit le cabaretier en jetant de piteux regards sur les débris de verres qui jonchaient le plancher de la salle, - il est venu une foule de pratiques, mais ce n'était que de simples bourgeois.

— Et tu les as renvoyés, tu as bien fait.—Le cabaretier poussa un long soupir. — Est-ce qu'il ne s'est présenté personne de la cour? — reprit Belle-Isle.

— Excusez-moi, il est venu quelqu'un qui doit être de la cour, car j'ai entendu ses gens l'appeler monsieur le marquis.

— Pourquoi n'est-il pas entré, butor?

— Ne m'avez-vous pas dit de laisser passer ceux-là seulement qui ont droit de monter dans les carrosses du roi?

— Eh bien! belître?

— L'homme dont il s'agit ne saurait avoir ce droit-là.

— Pourquoi donc. maraud?

— Parce qu'il ressemblait plutôt à un fou qu'à un gentilhomme, avec sa rapière sur la hanche droite, son haut-de-chausses tout débraillé et ses bas dont une jambe était rouge et l'autre noire.

— Vous verrez, — dit un des mousquetaires, — que ce sera monsieur de Brancas qu'il aura renvoyé! Ne sais-tu pas, sot animal, que c'est le chevalier d'honneur de madame la régente, et que c'est un rêveur?

— Un rêveur! — fit l'hôte d'un ton ébahi, — Qu'est-ce qu'un rêveur?

— C'est un homme qui dort tout éveillé.

— Justement, — repartit le cabaretier, — j'aurais dû m'en apercevoir; car m'est avis que ce gentilhomme croyait entrer ici tout autre part que dans le cabaret de *la Pomme-d'Or.*

— D'où te vient cette pensée?

— Il était en chaise à porteurs lorsqu'il s'est arrêté à vingt pas de ma porte; il en est descendu, a congédié ses gens; puis il s'est avancé vers moi et m'a demandé si déjà beaucoup de monde était arrivé; je lui ai répondu qu'il n'y avait encore céans que six de messieurs les mousquetaires. Alors il m'a regardé avec surprise et m'a demandé l'heure du sermon; puis, sans attendre ma réponse, il m'a tourné le dos, en ajoutant qu'il reviendrait.

— Plus de doute, — s'écrièrent en riant les mousquetaires, — c'est Brancas.

— Vous verrez, — dit Belle-Isle, — qu'il aura pris la porte d'un cabaret pour la porte d'une église!

— Quel dommage, — ajouta un autre, — qu'il ne soit pas entré! Il nous aurait donné la comédie avec ses rêveries.

— Qu'à cela ne tienne! — s'écria l'un des mousquetaires qui jusqu'alors s'était peu mêlé à la conversation et avait paru beaucoup plus occupé du soin de friser sa moustache que de toute autre chose;— il faut l'envoyer quérir. — En même temps, et sans attendre l'avis de ses camarades, il fit signe au cabaretier d'approcher, et, le saisissant par le bras, — Écoute-moi bien, maraud, — lui dit-il; — tu as pu voir le chemin qu'a pris le gentilhomme en question; il s'agit maintenant de le rattraper et de nous le ramener; tu l'aborderas poliment et tu lui diras que le vicomte de Saint-André lui présente ses devoirs et l'envoie prévenir que tout le monde est arrivé et qu'on n'attend plus que lui pour commencer le sermon.

— Mais s'il refuse de me suivre ou si je ne puis parvenir à l'atteindre?

— Alors tu feras bien de ne pas rentrer ici, car, foi de gentilhomme! je te couperais les deux oreilles.

Ayant ainsi parlé, le mousquetaire se leva, et, prenant le cabaretier par les épaules, il le conduisit jusqu'à la porte, qui était restée ouverte, et le lança dans la rue; puis il revint tranquillement s'attabler auprès de ses camarades.

— Eh! eh! vicomte, — lui dit Belle-Isle en hochant la tête; — sais-tu que c'est pousser un peu loin la plaisanterie, et que Brancas, tout rêveur qu'il peut être, a dans les veines du bon sang de gentilhomme qui pourrait bien s'échauffer d'une telle mystification et te porter à en demander raison?

— J'en serais curieux, par ma foi! —reprit Saint-André en ricanant, — ne fût-ce que pour voir si, quand on lui pousse une tierce, il ne lui arrive pas de parer en quarte. Ce serait là un plaisant duel, qu'en dites-vous, messieurs? et je voudrais désarmer mon adversaire six fois par minute.

— Le fait est, — dit un des jeunes mousquetaires, — que ce pauvre marquis de Brancas a parfois des distractions un peu fortes.

— Un peu!... — interrompit vivement Saint-André.

— Ah! le mot est modeste. Un peu? Mais vous ne savez donc pas encore ce qui lui arriva hier à l'hôtel de Rambouillet?

— Encore une nouvelle rêverie! Ah! tu vas nous conter cela, Saint-André.

— Bien volontiers; mais je vous avertis que celle-là passe toutes les autres. C'est à n'y pas croire, et pourtant c'est authentique, j'y étais.

— Allons, parle, nous t'écoutons.

— Imaginez-vous qu'en descendant de sa chaise, à la tombée de la nuit, il rencontre un pauvre qui lui demande l'aumône; le pauvre était en haillons, de plus il était borgne, bossu même... Il n'importe. Brancas lui saute au cou, l'embrasse, le prend par le bras, et, malgré les cris de toute la livrée et les efforts de cet homme qui se débat, nous l'amène dans la ruelle... Puis, apercevant mademoiselle d'Angennes, il court droit à elle, toujours avec son pauvre, lui criant: Mademoiselle, je vous présente un gentilhomme de mes amis qui meurt d'amour pour vous... Alors, comme bien vous pensez, chacun de rire à gorge déployée; mais lui, sans se déconcerter, met gravement la main dans sa poche, en ajoutant d'une voix solennelle: Tel que vous le voyez, mon ami est auteur d'un recueil de sonnets dont je veux vous régaler et pour lesquels je vous demande une place dans la *Guirlande de Julie.* A ces mots, il tire de sa poche... Devinez quoi? Oh! j'en rirai toute ma vie! Vous ne devinez pas?... Ah! ah! ah! Je vous le donne en cent, je vous le donne en mille... Il tire donc sa pantoufle.

Ici un joyeux chorus d'éclats de rire ébranla les vitres du cabaret de *la Pomme-d'Or,* et chacun des jeunes fous, se tenant les côtes et hors d'état de garder l'équilibre sous l'influence contagieuse qui les dominait, se laissa tomber à qui mieux mieux sur la table ou sur son voisin. Cependant, lorsque le premier moment fut passé, l'un de ceux dont la gaieté avait été la plus expansive et la plus bruyante crut de son devoir de hasarder un léger doute.

— Sa pantoufle, — dit-il en essayant de reprendre haleine;—ah! vicomte, c'est trop fort; tu ajoutes, mon cher, tu ajoutes.

— D'honneur! — reprit Saint-André, tout fier de son triomphe, — je veux être pendu si ce n'est pas ainsi que les choses se sont passées; mais vous n'êtes pas encore au dénoûment, vertudieu! Voilà mon pauvre qui croit que le marquis a voulu se moquer de lui et qui entre en un grand courroux. Il joue des pieds et des poings; Brancas, stupéfait, et sortant enfin de sa rêverie, appelle ses gens pour le châtier. Nous nous précipitons entre les combattants. On crie, on rit, c'est un vacarme à ne plus s'entendre, et ce pauvre Corneille, qui devait ce soir-là nous lire une pièce de comédie, est obligé de remporter son manuscrit. Ha ! ha ! qu'en dites-vous, messieurs ? Pour ma part je n'oublierai jamais la pantoufle de monsieur de Brancas.

— Ni moi non plus, — s'écrièrent tous les membres de l'assemblée avec des éclats de rire vraiment homériques.

— Ni moi non plus, — répéta dans le fond du cabaret une voix forte et parfaitement accentuée.

Les mousquetaires se retournèrent avec étonnement et découvrirent dans un angle obscur de la salle un homme d'environ vingt-huit à trente ans, vêtu assez simplement, mais dont la mise annonçait cependant qu'il appartenait à la noblesse. Cet homme s'étant levé vint droit à eux et leur fit une profonde révérence ; mais avant même que son visage pâle et mélancolique, qui était caché sous un large feutre empanaché de plumes noires, se fût montré à découvert, tous s'étaient écriés avec un tressaillement de stupeur :

— Eh mais ! c'est monsieur de Brancas !

Car le haut-de-chausses débraillé et les bas avec une jambe rouge et l'autre noire étaient les premiers objets qui avaient frappé leur vue.

— Oui, — dit Brancas, — c'est moi-même, messieurs, qui suis votre valet de tout mon cœur, et m'en viens rire avec vous du pauvre rêveur. — Et comme tous les assistants un peu confus gardaient le silence, il ajouta d'un ton de douce raillerie : — Allons donc, vicomte, n'avez-vous pas quelque autre distraction à conter à ces messieurs ? Vous pouvez parler tout à votre aise, vous savez qu'il n'est défendu de médire que des... absents.

— Palsambleu ! — dit le chevalier de Belle-Isle, — voilà qui est bien parler, monsieur le marquis, et à partir de cet instant je vous prie de me croire à vous de toutes les manières, car vous êtes un galant homme et nous autres nous ne sommes que de jeunes fous qu'on devrait renvoyer aux pages, en dépit de notre barbe. Pourtant, si vous voulez être généreux jusqu'au bout, daignez nous faire l'honneur de demeurer quelques instants dans notre société. Il y a dans la cave de ce cabaret certain vieux bourgogne qui ne serait pas indigne d'être offert au roi lui-même, et vous ne refuserez pas, j'espère, de venir en aide aux mousquetaires pour le boire. — Brancas tendit la main avec une légère émotion au chevalier, puis, tous les jeunes gentilshommes s'étant serrés pour lui faire place, il s'attabla au milieu d'eux. A cet instant rentrait l'hôtelier, qui, haletant, le visage renversé et couvert de sueur, annonça que toutes ses recherches avaient été vaines pour découvrir le marquis. — Maraud, — lui cria Belle-Isle en lui faisant signe de se taire, — tu arrives à propos. Du vin et des verres !

L'hôtelier se hâta d'obéir, et ce ne fut que lorsqu'en apportant sur la table ce qu'on lui avait demandé il se trouva face à face avec le nouveau venu, qu'il poussa une exclamation de surprise accompagnée de ces mots :

— Ah ! monsieur le vicomte de Saint-André, vous ne me couperez pas les oreilles, n'est-ce pas, puisque celui que vous demandiez est auprès de vous maintenant ?

Brancas promena autour de lui des regards ébahis.

— Monsieur de Saint-André me demandait ! — s'écria-t-il ; — pourrais-je savoir dans quel but ? — Les mousquetaires gardèrent le silence. — Ah ! je comprends, — ajouta Brancas en souriant avec bonhomie, — monsieur de Saint-André avait peur de n'être pas cru de vous, et il voulait invoquer mon témoignage... contre moi-même. Je vous remercie, vicomte, de la bonne opinion que vous avez de moi, mais vous savez qu'on ne se souvient pas toujours de ses rêves.

— Ah çà ! — dit vivement Belle-Isle pour éviter quelque fâcheuse réponse de la part du vicomte, — monsieur de Brancas va nous faire croire à la magie s'il ne nous explique comment il a pu s'introduire ici à notre insu.

— Eh ! eh ! — dit Saint-André en ricanant, — monsieur le marquis est, je crois, un peu parent de la maréchale d'Ancre brûlée en Grève pour ses sortiléges.

— Ma famille est l'obligée de cette auguste victime, — répondit gravement le marquis ; — quant à mon entrée ici, rien de plus simple. A parler franc, je ne me doutais guère que ce fût un cabaret, tant la porte ressemble à la petite entrée particulière de l'église ; mais, une fois que j'y ai mis le pied, j'ai bien vite reconnu que je m'étais trompé, car je pensais être au sabbat.

— Le fait est, — dit un des mousquetaires, — que l'ange du jugement dernier aurait eu grand peine, il y a un quart d'heure, à faire entendre ici sa trompette : je ne m'étonne donc pas que nul de nous ne se soit aperçu de l'arrivée de monsieur de Brancas.

— Laissons cela, messieurs, — interrompit Belle-Isle en achevant d'emplir les verres, — et à la santé de monsieur le marquis !

Tous les verres s'entrechoquèrent.

— Maintenant, messieurs, — s'écria l'un des jeunes gentilshommes, — j'ai une autre santé à vous proposer : A nos maîtresses !

— C'est cela, — répéta-t-on gaiement, — à nos maîtresses !

— Ma foi ! messieurs, — dit Brancas le plus naïvement du monde, — je bois aux vôtres, si tel est votre bon plaisir.

— Eh quoi ! — reprit Belle-Isle, — voudriez-vous nous faire croire par hasard qu'aucune belle dame ne vous honore de ses faveurs ?

— Mais, si j'ai ce malheur, pourquoi le tairais-je ?

Les assistants échangèrent un regard moitié surpris, moitié railleur.

— Alors, c'est que vous n'avez offert à aucune de naviguer de conserve avec elle sur le fleuve de Tendre.

— Je puis avoir été repoussé.

— Vous ! monsieur de Brancas ! allons donc, vous voulez rire à votre tour à nos dépens, et je serais curieux de savoir le nom de l'inhumaine.

— Oh ! c'est mon secret.

— Comme il vous plaira.. Quant à moi, je ne fais pas mystère de mes conquêtes, bien que la dernière, à vrai dire, soit de peu d'état, car c'est tout bonnement la femme de mon procureur ; on la nomme madame Georget, c'est une belle blonde avec une taille de nymphe et une chevelure de déesse. A la santé de madame Georget !

— A la santé de madame Georget ! — crièrent tous les mousquetaires.

— Moi, — dit un second, — je vais un peu plus haut que Belle-Isle, et mon cœur est engagé dans les lacs d'une conseillère qui veut bien me recevoir en sa ruelle pendant que monsieur son mari donne des arrêts au grand Châtelet ; on la nomme madame Pithou, et c'est une brune adorable. A la santé de madame Pithou !

— A la santé de madame Pithou ! — hurlèrent cette fois tous les jeunes fous.

Pendant que chacun divulguait ainsi sans scrupule le nom de sa belle et le mystère de ses amours, Brancas ouvrait de grands yeux et contemplait successivement d'un air ébahi chacun des indiscrets révélateurs, comme s'il se fût attendu à voir tomber la foudre dans le cabaret de la Pomme-d'Or ; mais le ciel, dont on pouvait apercevoir un large coin à travers les vitres de la salle, était parfaitement calme et serein, tandis que les cerveaux de messieurs les mousquetaires s'obscurcissaient visiblement. Il est assez probable que si chacun des membres de l'assemblée eût persisté à faire connaître sa maîtresse, grâce aux rasades dont le nom de ces dames était accompagné, pas un de leurs amants ne se fût trouvé en état de paraître devant elles jusqu'au lendemain, sans un incident inattendu qui vint mettre un terme à toutes les libations.

— Parbleu ! messieurs, — s'écria le vicomte de Saint-André, — vous donnez furieusement dans la roture, e les noms de Georget et de Pithou n'ont jamais, que je sache, figuré dans aucun nobiliaire. Vous m'en voyez confus pour vous.

— Que veux-tu ? — répondit Belle-Isle, — c'est la faute de Scudéry. Ce drôle-là nous gâte toutes les femmes de la cour avec ses romans. Aujourd'hui la conquête d'une belle n'en finit plus, c'est presque un siége de Troie. Tu en sais bien quelque chose, toi qui nous railles, illustre Amadis des Gaules.

— Moi, oh ! par exemple...

— Allons, ne vas-tu pas faire le mystérieux, et crois-tu donc qu'un seul de nous ignore ta sotte passion pour la jolie comtesse d'Isigny ! Ne sait-on pas que tu soupires pour elle depuis six grands mois sans avoir obtenu à l'heure qu'il est le moindre encouragement ?

— Tu crois ?

— J'en suis sûr, et je te dirai, moi, qu'il vaut mieux emporter d'assaut des bourgades et des villages que de se morfondre inutilement sous les murs des villes. N'est-ce pas, messieurs ?

Cet apophthegme eut un succès prodigieux et fut accueilli par des marques d'assentiment unanimes. Brancas seul demeura impassible ; mais en entendant prononcer le nom de la comtesse d'Isigny, il avait tressailli et une légère rougeur avait couvert son front. Bientôt chacun des mousquetaires, renchérissant sur Belle-Isle, se mit à accabler le vicomte de ses sarcasmes : car, outre qu'il est assez naturel de désespérer pour autrui de ce qu'on n'a pu obtenir soi-même, il y a toujours un certain plaisir à tourner en dérision la persistance d'un rival.

— Parbleu ! mon cher vicomte, — s'écria sous l'influence de cette dernière pensée l'un des mousquetaires, — aurais-tu par aventure promis à tes créanciers de faire ce riche mariage ? Pauvres gens ! je les plains. Le petit Pardaillan avait fait aux siens pareille promesse, et de rage de ne pouvoir tenir, il est entré en religion à Malte. Peyrelade avait des chances, lui, il n'avait rien promis et il aimait la comtesse comme un fou. Il l'a bien prouvé en se faisant sauter la cervelle sous le balcon de son inhumaine.

— Eh bien ! mes très-chers, — répondit Saint-André en se dandinant sur son escabeau, — je vous jure de ne pas devenir chevalier de Malte comme Pardaillan, et de ne pas me faire sauter la cervelle comme Peyrelade.

— Que ce Saint-André est présomptueux ! — dit un autre en lui lançant un oblique regard ; — m'est avis qu'il couve quelque grand projet. Qu'en pensez-vous, messieurs ? Moi je commence à croire que madame d'Isigny lui a promis quelque faveur précieuse et secrète comme de baiser le bout de son gant lorsqu'il aura fait preuve de constance pendant trois ans et trois jours.

— Ne lui aurait-elle pas, — dit un autre, — fait serment de le recevoir en ses bonnes grâces le jour où notre jeune roi sera déclaré majeur ? Eh ! eh ! mon pauvre Saint-André, tu pourras bien avoir ce jour-là des poils blancs dans ta moustache et nous aussi qui sommes les cadets, mais il n'importe, tu connais le proverbe : « Tout vient à point qui sait attendre. » Ne serait-ce pas là par aventure la devise de ton blason ?

— Peut-être, — grommela Saint-André en se mordant les lèvres.

— Je gagerais volontiers cent pistoles, — dit un troisième, l'amant de madame Pithou, — que Saint-André, voulant expier tous les péchés amoureux dont il s'est rendu coupable au temps jadis, a fait vœu désormais d'imiter notre feu roi Louis XIII... à l'endroit de son amour pour le beau sexe.

A ces derniers mots, tous les mousquetaires se mirent à rire, excepté Belle-Isle, qui se leva en chancelant, car il était légèrement aviné, et, assénant son large poing sur la table, s'écria :

— Corbleu ! messieurs, il faut que cela finisse, car c'est une honte pour les mousquetaires du roi qu'un de leurs officiers soit ainsi le jouet d'une coquette qui se moque

de lui comme elle s'est moqué de bien d'autre, et je ne vois pas, moi, ce qu'il y a de si risible dans cette aventure. Écoute-moi bien, vicomte ; je suis ton ami, mais par la mordieu ! je te jure que si tu continues à faire le Cyrus et à pousser des tendresses inutiles auprès de ta belle comtesse, je ne te reparlerai de ma vie.

Ici le vicomte se leva à son tour, et, jetant à l'assistance un regard rempli du plus froid dédain ·

— Messieurs, — dit-il, — si je ne me trompe, nous étions tout à l'heure en train de boire à nos maîtresses, et c'est mon tour maintenant de porter la santé de la mienne. Belle-Isle, emplis mon verre jusqu'au bord... Je bois à la comtesse d'Isigny !

A ce nom articulé d'une voix forte par Saint-André, il y eut un hourra général, et tous les mousquetaires se levèrent en tumulte en s'écriant :

— Des preuves ! des preuves ! il nous faut des preuves, entends-tu ?

Brancas seul demeura toujours impassible ; mais il était pâle comme un mort.

— Des preuves ?... — reprit le vicomte avec un air de triomphateur, — je me fais fort de vous en donner.

— Quand cela ?

Le vicomte demeura un instant pensif ; puis, se frappant la tête comme si le choc de sa main devait en faire jaillir une idée, il s'écria :

— Demain même ! Vous tous ici présents, je vous convie à déjeuner à mon hôtel.

— Songe bien, — dit Belle-Isle, — que je suis incrédule comme Saint-Thomas, et qu'il me faut à moi une preuve convaincante.

— Tu l'auras.

— Moi, — dit un autre, — je ne te croirai que si tu nous montres ses lettres.

— Peut-être ferai-je plus encore, — répliqua le vicomte avec mystère.

— Oh ! je t'ai compris, — dit Belle-Isle en lui frappant joyeusement sur l'épaule, — et, si tu fais cela, je te proclame le roi du bel air.

— Et moi, — s'écria Brancas, qui se leva enfin à son tour et fit trois pas au-devant du vicomte, — je dis que monsieur de Saint-André ne vous donnera pas de preuves, et qu'il en a menti par la gorge.

— Monsieur de Brancas, vous me ferez raison, — répondit le vicomte avec un grand sang-froid et en portant la main à sa rapière.

— Oui, monsieur, et ce sera à l'instant même. Holà ! dégainons ! Qui me sert de second ?

En parlant ainsi, Brancas avait mis l'épée à la main, ses lèvres tremblaient, tous les muscles de son visage s'agitaient convulsivement, et ses yeux flamboyants semblaient près de sortir de leurs orbites. Dans cet état, on eût eu peine à reconnaître en lui le gentilhomme au maintien calme et grave qui, une demi-heure auparavant, était venu en quelque sorte s'offrir en holocauste aux railleries de quelques jeunes fous. Le vicomte, de son côté, se mit en devoir d'imiter son adversaire, et tous annonçait que le cabaret de la Pomme-d'Or allait se métamorphoser en une arène sanglante, si le chevalier de Belle-Isle, se précipitant entre les deux combattants, ne s'était écrié :

— Arrêtez, messieurs ; Saint-André nous a promis des preuves à l'appui de sa déclaration, et nous ne devons pas souffrir que ce duel ait lieu avant qu'il ait été mis en demeure de les fournir. Il sera toujours temps de vous couper la gorge demain matin, si tel est votre bon plaisir. Maintenant il se fait tard, et, si vous m'en croyez, nous nous en irons chacun de notre côté en notre logis, pour endosser nos habits de fête et nous préparer au médianoche de la cour.

— Belle-Isle a raison, — s'écrièrent les mousquetaires, — il est toujours de bon conseil quand il a bu. A demain ! à demain !

Malgré cet incident, Brancas contemplait encore son

adversaire d'un air moitié menaçant, moitié irrésolu; mais, l'ayant vu remettre son épée dans le fourreau, il crut devoir l'imiter, et s'approchant de lui,

— Monsieur le vicomte, — lui dit-il avec une froide politesse, — j'aurai l'honneur de vous attendre demain matin sur le pré, au coup de dix heures.

— Soit,—dit Saint-André.—Alors, messieurs, excusez-moi de vous offrir à déjeuner à huit heures précises, c'est la faute de monsieur le marquis... A propos, monsieur le marquis ne ferait peut-être pas mal d'inscrire ce rendez-vous sur ses tablettes, pour plus de sûreté.

— Soyez tranquille, monsieur, — répondit Brancas, — je ne suis rêveur qu'avec mes amis.

II

C'était, si l'on veut bien ajouter foi aux mémoires du temps, une charmante jeune femme que la comtesse d'Isigny. Brune, avec les dents blanches, la jambe très-fine et une taille de nymphe, elle joignait à l'assemblage le plus complet de tous les avantages physiques celui de posséder une grande fortune et d'être de la plus haute condition ; de plus elle passait pour avoir de l'esprit, et elle avait soutenu avec avantage plus d'une conversation fort subtile à l'hôtel de Rambouillet. Enfin, veuve à vingt ans d'un vieux mari qui selon toute apparence ne l'avait jamais été pour elle que de nom, alliée aux plus illustres familles du royaume, entre autres à celle de monsieur le prince, qui lui voulait beaucoup de bien, la comtesse d'Isigny devait, à tous ces titres, être le point de mire de toutes les ambitions matrimoniales qui s'agitaient à la cour d'Anne d'Autriche. Aussi lorsque, dans la soirée qui suivit le conciliabule du cabaret de la *Pomme-d'Or*, elle parut au médianoche de la cour, il y eut comme de coutume, sur son passage, un concert unanime d'exclamations et de murmures flatteurs sur sa merveilleuse beauté. Le chevalier de Belle-Isle lui-même, qui se tenait à l'entrée de la première salle, fasciné par un regard de ses beaux yeux noirs, ne put s'empêcher, en s'apercevant qu'elle était seule, de lui offrir galamment la main pour la conduire à sa place. Lorsqu'il revint ensuite à la sienne, on remarqua qu'il paraissait ému ; et il y eut même un moment où, poussant un gros soupir, il s'écria, croyant n'être entendu par personne :

— Heureux Saint-André !

A cette exclamation, un gentilhomme qui se trouvait placé près de lui tourna la tête et répondit :

— Vous cherchez monsieur de Saint-André, monsieur, et moi aussi. N'est-il pas bien étrange de ne pas le voir paraître lorsque madame d'Isigny est déjà entrée au Louvre depuis un gros quart d'heure ?

— En effet, — dit Belle-Isle en attachant sur son interlocuteur un regard de surprise.

— Au fait, — ajouta le gentilhomme comme s'il se parlait à lui-même, — j'ai tort de m'étonner, car enfin, dans la position de monsieur de Saint-André, on doit avoir quelques légers préparatifs à faire, des lettres à écrire sans doute... Nous sommes tous mortels, n'est-ce pas, monsieur?

Belle-Isle, en entendant parler ainsi, ouvrait de grands yeux, se demandant comment le questionneur auquel il avait affaire était si bien instruit. A la fin il s'écria en balbutiant :

— Ah ! vous savez...

— Eh ! qui ne le sait pas, monsieur? C'est le bruit de la cour et de la ville.

— La cour et la ville sont bien sottes, — murmura Belle-Isle, — si elles s'occupent de pareilles bagatelles. Grâce au ciel, nous ne sommes plus au temps du cardinal, pour qu'un duel vaille la peine qu'il en soit parlé si haut et si bas.

Après cette réponse tant soit peu vive, Belle-Isle détourna la tête comme un homme qui veut couper court à une conversation désagréable. A cet instant un de ses amis s'approcha de lui, et, lui touchant légèrement le bras :

— Bonsoir, chevalier,—lui dit-il;—eh bien! ne sais-tu pas la nouvelle ?

— Quoi donc ? — répondit Belle-Isle.

— Eh ! palsambleu ! le duel de Saint-André et de Brancas.

— A l'autre !--grommela le chevalier entre ses dents.

— Le pauvre homme! entrer en lutte avec Saint-André auprès de la comtesse d'Isigny ! Je l'avais pris jusqu'à ce jour pour un rêveur seulement, je vois bien qu'il est pis encore.

— Quoi donc?

— Fou, mon cher, fou à lier ! Tiens, l'aperçois-tu là-bas, les yeux fixés sur sa belle? Il y a quelque chose de hagard dans ces yeux-là.

Le fait est que Brancas n'était plus ce soir-là le même homme. Sa physionomie, ordinairement calme et grave, était empreinte d'une animation extraordinaire et une flamme inconnue brillait dans son regard. C'est qu'il y avait quelque chose de solennel pour lui dans cette entrevue, la dernière peut-être, au milieu d'une fête de cour, avec la femme qu'il aimait sans avoir osé jusque-là le lui dire. Si un duel était presque une partie de plaisir pour tous ces jeunes fous comme Saint-André, c'était vraiment une affaire pour Brancas, qui se disait : « Demain l'hôtel de Brancas sera peut-être tendu de deuil et *elle* passera insoucieuse sous ses murs, et elle ne saura même pas que je suis mort pour elle. » Quelque accablante que pût être pour lui une telle pensée, elle lui eût semblé sans doute moins pénible s'il ne fût venu s'y joindre le plus cruel de tous les soupçons, l'aiguillon incessant qui faisait le plus saigner son cœur : un homme avait osé se vanter d'être l'amant de la comtesse d'Isigny. Est-ce que cet homme aurait dit vrai ? Est-ce que tant de grâce, de beauté, de décence, aurait pu devenir le partage d'un débauché ? Mais ce débauché avait offert des preuves. Des preuves, bon Dieu ! Voilà quelle était réellement la cause des angoisses qu'éprouvait Brancas; le reste n'était rien pour lui. La vie, si belle encore à trente ans, une vie pure et sans tache, où le présent et le passé apparaissaient avec tous les avantages que donnent en tous temps une grande fortune et une illustre naissance, l'avenir avec mille pompeuses promesses, tout cela s'effaçait aux yeux de Brancas devant une seule pensée : la comtesse était-elle pure ? Il ne demandait pas à être aimé de cette femme, pourvu qu'elle n'en aimât pas un autre que lui. Il n'est pas rare de trouver des exemples de semblables passions dans certaines natures, qui par excès de timidité, se créent une sorte de bonheur négatif, et, n'osant poursuivre le corps, s'attachent avec passion à l'ombre. Pauvres rêveurs, qui, se voyant enlever l'objet de leurs songes, sont peut-être encore plus à plaindre que s'il s'agissait pour eux de la réalité !

C'est le cœur brisé par une si poignante torture que Brancas, debout et adossé à l'un des piliers de la galerie, cherchait à pénétrer dans la physionomie de la jeune comtesse quelle pouvait être ce soir-là la situation de son âme. Mais, éloigné d'elle comme il l'était par toute la largeur d'une galerie que traversaient à chaque instant en tous sens mille groupes variés qui dérobaient à sa vue le charmant objet de son idolâtrie, son examen devait être nécessairement bien imparfait. Aussi, après de nombreuses hésitations, il se détermina à s'approcher de la comtesse. En s'avançant vers elle, il s'aperçut qu'elle avait le rire sur les lèvres ; ce rire lui fit du bien, car il se dit qu'une femme dont l'amant est sur le point de se battre en duel n'aurait pu, quelque dissimulée qu'elle pût être, s'abandonner à un accès d'hilarité. Puis tout à coup son front se rembrunit, car il venait de réfléchir que Saint-André avait dû cacher à la comtesse un duel dont elle devait à tout jamais ignorer la cause. Néanmoins il ne put résister au désir de l'aborder et de s'enivrer une dernière fois au moins du son de sa douce voix ; mais il était visiblement ému lorsqu'il lui adressa la parole.

— Madame la comtesse d'Isigny paraît bien gaie ce soir, — lui dit-il après l'avoir saluée assez gauchement.

— En effet, — répondit la jeune femme, — j'ai quelque sujet de l'être, et vous-même ririez comme moi, sans nul doute, si vous saviez ce qui m'arrive.

— Me voici tout prêt, madame, à imiter un si beau modèle, pour peu que vous daigniez m'élever à l'emploi de votre confident.

— J'en pourrais choisir un moins digne.

— Mais non pas peut-être un plus dévoué.

— Vous croyez ? — repartit vivement la comtesse en attachant sur Brancas un regard moitié indécis, moitié bienveillant.

— Ah ! — reprit Brancas, — que ne m'est-il permis de vous le prouver ?

Jamais peut-être le timide Brancas n'avait été si explicite auprès de la charmante veuve ; elle leva de nouveau les yeux sur lui, mais cette fois ce fut avec un sentiment de surprise, puis elle ajouta :

— Je ne sais jusqu'à quel point le dévouement dont vous parlez est compatible avec ce qu'on appelle... vos rêveries ; mais il n'importe, je veux tout vous dire, parce que vous m'aiderez peut-être à découvrir l'auteur d'une plaisante épître que je viens de recevoir... Oh ! une véritable énigme. Vous allez en juger. — En parlant ainsi, la jeune femme lui tendit un petit papier plié en forme de lettre. Brancas le saisit avidement, et la comtesse lui dit : — Lisez, monsieur de Brancas, lisez à haute voix, pour que ces dames qui nous regardent sachent ce qui en est. Oh ! je n'ai pas besoin de me cacher, moi.

Il y avait dans le ton avec lequel madame d'Isigny prononça ces derniers mots un petit accent de fierté qui lui allait à merveille, mais qui blessa profondément plus d'une de ses voisines. Brancas déploya le papier et lut ce qui suit :

STANCES A MADAME LA COMTESSE D'ISIGNY.

Diane, sauvage déesse,
Dont mes soupirs n'ont pu toucher le cœur ;
Fleur de beauté, fleur de sagesse,
Diane, sauvage déesse,
Auriez-vous pas trouvé votre vainqueur ?

Ici Brancas s'arrêta et fixa sur la comtesse un regard tout à fait en harmonie avec le dernier vers qu'il venait de lire ; mais il se mêlait une expresion de bonheur et de gratitude à ce qu'il y avait d'interrogatif dans ce regard, car il avait trouvé en effet une occasion merveilleuse et inattendue d'éclaircir le doute cruel qui déchirait son âme, et, en rencontrant les beaux yeux noirs de la comtesse, dont le muet langage l'invitait à poursuivre sa lecture, il ne pouvait que se dire : » Cette femme est innocente. » Ce fut tout d'une haleine qu'il lut les autres stances, écrites dans le même goût. Au dernier vers, la comtesse partit d'un éclat de rire si franc et si communicatif que force fut bien aux belles dames ses voisines de l'imiter, et que le petit coin de la grande galerie du Louvre où se passait cette scène devint le point de mire de tous les regards de l'assemblée.

— Eh bien ! — s'écria la jeune femme dès qu'elle fut un peu remise, — est-ce vous, monsieur de Brancas, qui m'apprendrez quel est ce bel Endymion dont on engage Phœbé à se défier ? Mais riez donc un peu avec nous ! Si vous ne riez pas, ces dames vont croire que c'est vous. — Et ici les rires recommencèrent de plus belle. Quelle magnifique occasion s'offrait alors à Brancas de se venger de son rival ! Un moment il fut tenté de le saisir et de jeter le nom de Saint-André en pâture à toutes les railleries des belles rieuses ; mais ce fut un éclair, et sa

délicatesse et sa générosité naturelles lui firent bien vite repousser une telle pensée. D'ailleurs, il faut le dire, depuis qu'il avait découvert que Saint-André pouvait bien n'être qu'un fanfaron, il ne se sentait plus pour lui aucune haine. A cet instant la comtesse, à laquelle son trouble n'avait pas échappé, lui dit à mi-voix avec vivacité : — Ne cherchez pas à me tromper, monsieur de Brancas ; je vous ai vu rougir : il y a dans les stances qui m'ont été adressées un mystère que vous connaissez, et je veux absolument le savoir. Entendez-vous, monsieur ? il faut que vous me révéliez le nom de ce beau vainqueur, qui est sans doute de vos amis. Allons, parlez donc, je vous attends. — Pour le coup la position devenait difficile ; aucune rêverie ne venait en aide à Brancas dans un moment où la moindre lui eût été si utile. Je ne sais trop comment il se serait tiré d'affaire si, par bonheur, les violons du roi placés à l'extrémité de la galerie n'eussent fait entendre un prélude. A ce signal la comtesse tressaillit et, changeant brusquement de conversation, — Voici, — dit-elle, — un air de ballet qui me plaît fort. Qu'en dites-vous, monsieur le marquis ? Pour ma part, je me sens transportée rien que d'entendre cette musique.

— En effet, — répondit Brancas en attachant sur la comtesse un regard où se lisait tout son amour, — et si j'étais meilleur danseur, peut-être oserais-je réclamer une faveur bien précieuse pour moi, celle de figurer avec vous dans le prochain quadrille, mais vous devez être invitée sans doute.

— Vous vous trompez, monsieur le marquis, — reprit la jeune femme avec le plus gracieux sourire, — et j'accepte de grand cœur votre invitation.

Il serait difficile de peindre le ravissement de monsieur de Brancas à ces derniers mots. Le grand collier de Saint-Michel ne lui aurait pas causé plus de joie. Ému, transporté, il promenait autour de lui des regards de triomphe, lorsqu'une voix mordante qui retentit à peu de distance lui fit involontairement tourner la tête ; cette voix était celle de monsieur de Saint-André. Ce jeune seigneur venait d'entrer dans la galerie, où sa bonne mine, non moins que la richesse et l'élégance de ses habits, avait tout d'abord attiré l'attention sur lui. Dès lors madame d'Isigny devint distraite et répondit à peine aux quelques paroles que Brancas crut devoir lui adresser ; mais ce fut bien pis encore lorsque le nouveau venu, s'avançant vers elle de cet air moitié langoureux, moitié cavalier, qu'affectaient les raffinés de l'époque avec les belles dames, se mit, en lui baisant la main, à débiter tout le phébus de l'hôtel de Rambouillet.

— Vous êtes bien en retard ce soir, vicomte, — s'écria madame d'Isigny, — et l'on désespérait presque de vous voir au médianoche.

— Quelle calomnie ! — reprit Saint-André, — ne devais-je pas y rencontrer vos beaux yeux ? — La comtesse sourit et le vicomte ajouta d'un ton négligent : — Je ne manquerai pas de faire administrer une bonne correction à mes *fidèles*, qui m'ont tenu si longtemps devant le *conseiller des grâces*, occupé des insipides soins de ma toilette. Ces belîtres sont la cause de mon retard.

— Les pauvres gens ! je demande grâce pour eux.

A partir de cet instant, Brancas n'obtint plus même un regard. Seulement, au bout de quelque temps, son rival daigna s'apercevoir qu'il était là et le salua assez légèrement. Brancas voulut l'imiter, mais ce fut en vain ; il avait perdu son aplomb. Il eut pourtant un dernier moment de satisfaction lorsque, Saint-André ayant demandé à la comtesse la faveur de figurer avec elle dans le ballet, celle-ci répondit qu'il avait été devancé. En voyant le dépit bien marqué qui à cette nouvelle obscurcit la physionomie du galant mousquetaire, il se sentit presque vengé ; mais celui-ci ne tarda pas à reprendre le dessus, et la jeune comtesse paraissait si charmée de son habit que Brancas jugea n'avoir rien de mieux à faire que de s'éloigner momentanément pour ne pas troubler une conversation si douce et d'un précieux si achevé. Le triste gentilhomme s'en alla tout rêveur cacher sa honte et son chagrin dans une galerie à peu près déserte, et là, s'étant approché d'une fenêtre qui était restée entr'ouverte, il s'appuya sur le balcon, et, absorbé dans une sombre mélancolie, il se mit à contempler le ciel. Le ciel présentait alors un spectacle assez en harmonie avec son cœur. A l'horizon, du côté du couchant, de gros nuages noirs menaçaient incessamment d'envelopper dans leurs flancs une lune pâle et blafarde dont la lueur incertaine ne permettait de distinguer qu'à travers un voile de vapeurs le magnifique paysage qu'offraient à cette époque les rives de la Seine sous les murs du Louvre. Un tel spectacle n'était ni sans charmes ni sans majesté, et sans doute dans toute autre circonstance Brancas n'eût pas manqué de l'apprécier ; mais il était dans un de ces moments où, pour les gens mêmes les plus inaccessibles à la distraction, le monde physique s'efface complétement devant le monde moral, et où ces deux principes de notre nature si intimement liés ensemble, l'esprit et la matière, cessent en quelque sorte de coexister.

Quel est l'homme au surplus qui, dans la position de Brancas, n'eût pas partagé toute sa préoccupation? La femme pour laquelle il allait dans quelques heures donner peut-être tout son sang, celle qu'il avait crue jusquelà si innocente et si pure, n'était plus maintenant qu'un monstre d'hypocrisie ; elle aimait Saint-André, il n'y avait plus moyen d'en douter. L'auteur des stances qu'il venait de lire était quelque amant dédaigné comme Brancas, et qui avait trouvé un meilleur moyen que lui de se venger d'un rival ; et pourtant avec quel sang-froid la comtesse avait écouté la lecture de ces stances ! comme elle avait paru rire de bon cœur de l'avertissement qu'on lui donnait ! Après avoir mûrement réfléchi à ce sujet sur la prodigieuse duplicité des femmes et brodé dans son esprit mille commentaires sur ce thème, ainsi qu'un musicien invente mille variations sur le même air, Brancas changea tout à coup d'idée, car il n'y a rien de plus instable que la logique des gens passionnés; il se dit :

— Après tout, quel sujet ai-je de me plaindre d'elle ? Parce qu'il lui a plu de distinguer monsieur de Saint-André, faut-il donc qu'elle vienne m'en faire l'aveu, à moi, dans le Louvre, à la face de toute la cour ? Est-ce sa faute si ce monsieur de Saint-André est aussi fanfaron que débauché ? Cela ne s'est-il pas rencontré bien souvent que la vertu se laissât mettre un bandeau sur les yeux par le vice ? Eh bien ! ce bandeau c'est moi qui l'arracherai ; oui, mordieu ! je veux faire rendre gorge à ce Saint-André, et j'irai ensuite trouver madame d'Isigny, et je lui dirai que l'homme à qui elle avait donné son amour était un lâche, incapable de garder un secret ; qu'il méritait un châtiment exemplaire pour l'honneur de la noblesse française, et que c'est moi qui le lui ai infligé.

En parlant ainsi, Brancas, en proie à la plus vive agitation, s'escrimait de son mieux contre la balustrade du balcon, qu'il frappait à grands coups, lorsqu'une rumeur confuse dans laquelle son nom se trouvait mêlé par intervalles parvint jusqu'à son oreille.

— Monsieur de Brancas?—disait-on;—où est monsieur le marquis de Brancas ? Il manque au quadrille de la reine. En vérité cela ne s'est jamais vu. Il paraît que madame la régente est furieuse. Il n'y a que Brancas le rêveur pour manquer ainsi aux règles de l'étiquette.

Ces funestes paroles retentirent à l'oreille de notre gentilhomme comme autant d'éclats de la foudre. Le roi, la régente, la cour, que lui importait tout cela ? Mais sa danseuse l'attendait ! sa danseuse, la comtesse d'Isigny ! A cette pensée, toute présence d'esprit l'abandonne; haletant, éperdu, il court, il se précipite, coudoyant, renversant vingt groupes sur son passage. Enfin il parvient jusqu'au quadrille de la reine, et là le premier objet qui vient frapper sa vue c'est Saint-André pressant d'un air de triomphe la main de la comtesse d'Isigny, qui,

debout à ses côtés, sourit avec reconnaissance à son danseur. Cette fois Brancas vit bien qu'il n'y avait plus rien à espérer pour lui ; il se contint cependant et supporta même avec assez de sang-froid les mille regards moqueurs qui s'attachaient sur lui. Lorsque le quadrille fut terminé, il s'approcha de la comtesse et crut devoir balbutier quelques excuses. Celle-ci, rouge de dépit, lui répondit à peine. Le vicomte, qui la reconduisait à sa place, s'écria alors avec ce ton de persiflage qui lui était habituel .

— Ah ! comtesse, pouvez-vous garder rancune à monsieur le marquis pour une distraction dont je lui sais, moi, tant de gré ? Vous ne savez donc pas que monsieur le marquis n'est rêveur qu'avec ses amis?

— Et, — reprit la comtesse avec amertume, — monsieur le marquis me fait l'honneur de me compter de ce nombre ?

Brancas, qui était présent à ce dialogue et qui en souffrait cruellement, repartit avec une froide ironie :

— Fi donc ! monsieur le vicomte, vous vous faites avocat et sans que je vous en aie prié encore ! mais c'est déroger, mon cher, quand on est, comme vous et moi, de bonne maison, et qu'on porte une rapière au côté...

— Puis il ajouta tout bas en se penchant à son oreille,

— A demain ! à demain, monsieur le vicomte ! Oh ! le temps va me sembler bien long.

Saint-André s'inclina profondément, et ne répondit que par le plus gracieux sourire. Sur ces entrefaites, un page à la livrée de la reine s'approcha du marquis, et, lui touchant d'un air de mystère le bas de la manche,

— Monsieur, — lui dit-il, — veuillez me suivre. Il y a quelqu'un ici près qui désire avoir l'honneur de vous entretenir quelques instants.

Brancas, ayant déféré à l'invitation du page, traversa à sa suite une partie des appartements du Louvre, et il se trouva bientôt introduit dans une chambre écartée, en présence de monsieur le duc de Villeroi, capitaine des gardes.

— Monsieur le marquis, — dit ce seigneur, — pardonnez-moi de vous déranger, mais c'est un ordre que je remplis. Veuillez prendre connaissance de ce message.

Et en parlant ainsi il prit sur une table une lettre scellée d'un grand cachet de cire rouge aux armes de France, qu'il tendit à Brancas. Celui-ci brisa le cachet, non sans éprouver un mouvement d'inquiétude involontaire ; et, ayant ouvert la lettre, il lut ce qui suit :

« Monsieur de Brancas cessera auprès de nous ses » fonctions de chevalier d'honneur, et il lui est enjoint » de partir immédiatement pour ses terres. Nous lui ferons connaître l'époque où il nous sera agréable qu'il » revienne prendre son service auprès de nous. »

La lettre était signée Anne d'Autriche.

Brancas laissa tomber le message de ses mains, et, contemplant son interlocuteur d'un air ébahi,

— Monsieur le duc, — s'écria-t-il,—j'espère que maintenant vous allez m'expliquer ce que cela veut dire.

— A vous parler franc, — répondit Villeroi, — cela ressemble prodigieusement à une disgrâce.

— Mais, monsieur le duc, je ne l'ai pas méritée; mon dévouement au roi et à son auguste mère est connu; j'ai beau interroger toute ma conduite, je n'ai commis aucune faute qui puisse m'attirer une telle punition; vous verrez qu'il y a quelque malentendu; je vais sur-le-champ, si vous me le permettez, me rendre auprès de madame la régente pour faire révoquer un pareil ordre, qui ne saurait me concerner.

— Impossible, monsieur le marquis; c'est bien de vous qu'il s'agit, je puis vous en donner l'assurance, car c'est madame la régente elle-même qui est entrée il n'y a qu'un instant dans ce cabinet, qui a dicté cette lettre de sa propre bouche, et qui l'a signée.

— Quelques faux rapports, sans doute.

— Je ne sais s'il en est ainsi, mais Sa Majesté paraissait fort indignée contre vous.

— Je m'y perds. Où est à présent madame la régente?

— Sa Majesté est rentrée dans ses appartements particuliers avec notre jeune roi.

— J'ai les entrées ; je cours me jeter à leurs pieds.

— Il y a ordre de ne point vous recevoir. — A cette fatale parole, Brancas, anéanti, se laissa tomber dans un fauteuil. Le duc de Villeroi poursuivit : — Allons, monsieur le marquis, un peu de courage ; il n'est pas fort agréable d'aller s'enterrer à cent cinquante lieues de la cour pour plusieurs années, c'est vrai, mais on n'en meurt pas. Ainsi donc, veuillez reprendre le chemin de votre hôtel. Vous avez deux heures pour faire vos préparatifs de départ. Dans deux heures, l'un de messieurs les lieutenants aux gardes aura l'honneur de se présenter à votre hôtel pour vous accompagner.

— Deux heures! c'est dans deux heures! — s'écria Brancas se levant avec violence et parcourant à grands pas l'étroit espace où se passait cette scène ; — mais il est impossible que je parte dans deux heures. Monsieur le duc, ayez pitié de moi! j'ai besoin d'être libre jusqu'à demain matin seulement, veuillez prendre sur vous de m'accorder ce délai, et ma reconnaissance sera sans bornes.

— Vous me voyez désolé, monsieur le marquis, de vous refuser, mais madame la régente m'a laissé en sortant les ordres les plus formels, et je ne saurais lui désobéir.

— Mon Dieu! mon Dieu ! mais c'est une odieuse trahison ! et quand vous saurez...

— Je sais tout, — dit le duc d'un ton sévère, — c'est d'un duel qu'il s'agit.

— Eh bien! oui, monsieur le duc, je ne vous le cacherai pas, j'ai un duel qui ne saurait admettre de remise ; vous êtes gentilhomme, vous savez ce que les lois de l'honneur commandent...

— Il est vrai, monsieur, mais la veuve du roi Louis XIII ne doit point souffrir que les volontés de son auguste époux soient méconnues alors que ses cendres sont à peine refroidies, et qu'elles soient méconnues en outre par un gentilhomme qui a l'honneur de lui appartenir. Il a été rendu compte à Sa Majesté de la provocation que vous avez adressée ce matin à monsieur le vicomte de Saint-André, et c'est pour dérober votre tête à la rigueur des édits qui n'ont point cessé d'avoir force de loi que Sa Majesté, par bienveillance pour vous, vous exile de sa présence. Voilà en deux mots, monsieur le marquis, ce qui s'est passé et ce que vous me forcez à vous dire. Maintenant, monsieur, excusez-moi de vous quitter, car mon service m'appelle auprès de la famille royale. Que dois-je répondre de votre part à madame la régente?

— Veuillez lui dire, — murmura Brancas d'une voix étouffée, — que j'obéirai. — Mais à peine le duc fut-il sorti qu'une foule de pensées plus accablantes les unes que les autres vinrent se heurter dans la tête de Brancas.

— Eh quoi ! — se dit-il, — c'est par bienveillance pour moi que madame la régente me déshonore! car il y a des gens qui oseront dire que c'est moi qui ai sollicité cet ordre d'exil. Qui les démentira ? Et pendant ce temps-là monsieur de Saint-André jouira paisiblement de sa conquête, et madame d'Isigny croira peut-être que j'ai eu peur de lui. Oh! plutôt la mort en place publique, la mort sur un échafaud, que de lui laisser, à *elle*, un pareil soupçon ! Allons! j'ai deux heures devant moi, c'est plus qu'il n'en faut pour terminer cette affaire, et l'on peut fort bien se couper la gorge aux flambeaux. Eh bien ! dans deux heures, si je succombe, tout sera dit, et madame la régente fera faire ce qu'elle voudra de mon corps.

L'esprit rempli de cette pensée, Brancas saisit ses tablettes, et, en ayant arraché une feuille, il écrivit à la hâte le billet suivant :

« Monsieur le vicomte, un ordre que je reçois à l'instant de la reine mère me force de quitter Paris dans
» deux heures, sans me laisser prévoir l'époque où il me
» sera permis d'y revenir. Veuillez, au reçu de la présente, vous rendre immédiatement à mon hôtel, où je
» vous attends pour terminer l'affaire que vous savez. »

Ayant plié ce billet, il se mit en devoir de sortir du cabinet pour chercher un page qui pût le faire tenir à son adresse; mais quelle ne fut pas sa surprise lorsque, en ouvrant la porte, il se trouva face à face avec deux de messieurs les ordinaires, qui lui prirent fort poliment chacun un bras.

— Que voulez-vous de moi, messieurs? — leur dit-il.

— N'êtes-vous pas monsieur le marquis de Brancas?— répondit l'un d'eux.

— Lui-même, messieurs, et à votre service.

— Eh bien ! monsieur le marquis, veuillez prendre la peine de marcher devant nous. Nous avons ordre de vous servir d'escorte jusqu'à votre carrosse.

— Bien volontiers, messieurs, — repartit Brancas un peu alarmé de cette mesure de précaution ; — mais ne pourrais-je auparavant réclamer de vous un service? Ce serait de faire tenir ce billet à un de mes... amis, monsieur le vicomte de Saint-André.

Messieurs les ordinaires échangèrent ensemble un regard d'intelligence ; puis ils firent signe à un page d'approcher, et, après que Brancas eut déposé son billet entre les mains du jeune messager, l'un d'eux lui dit tout bas :

— Ce billet sur-le-champ à monsieur le duc de Villeroi.

Si bas que cette parole eût été prononcée, elle n'échappa pas à Brancas, qui proféra je ne sais quel horrible juron accompagné d'une grimace plus horrible encore; puis, enfonçant son chapeau sur sa tête, il sortit précipitamment, escorté de messieurs les ordinaires , qui avaient toutes les peines du monde à le suivre, car il courait devant eux comme s'il eût eu le diable en personne à ses trousses. Ces messieurs, fidèles à la consigne qu'ils avaient reçue, ne le quittèrent qu'après l'avoir vu monter en carrosse et prendre le chemin de son hôtel.

A cet instant la lune s'était cachée, les gros nuages noirs qui, une heure auparavant, semblaient confinés à l'horizon, avaient envahi toute la voûte du ciel, et la pluie commençait à tomber à torrents dans les cours du Louvre.

III

Il était environ une heure du matin lorsque le carrosse de monsieur le vicomte de Saint-André rentra à l'hôtel ; la pluie tombait toujours à torrents et il faisait une nuit diaboliquement noire, une de ces nuits qui plaisent tant aux romanciers et où il semble qu'au désordre des éléments doivent correspondre les aventures les plus sombres et les plus bizarres. Le suisse, après avoir ouvert la porte de l'hôtel, s'approcha respectueusement du carrosse et dit d'une façon presque mystérieuse à celui qui en descendait :

— Les ordres de monseigneur sont exécutés.

Le gentilhomme à qui s'adressaient ces paroles ne les écouta pas, car l'état de l'atmosphère ou toute autre cause avait exercé sur ses nerfs une fâcheuse influence et il paraissait de fort mauvaise humeur. Enveloppé dans un ample manteau de soie noire et son feutre empanaché rabattu sur son visage, il grimpa lestement l'escalier, traversa une antichambre déserte où il y avait encore de la lumière, et, parvenu dans une chambre à coucher où le bruit de ses pas réveilla un valet endormi au coin du feu, il congédia d'un signe cet importun, qui se disposait en bâillant à lui offrir ses services, puis il se laissa tomber sur un sofa en poussant un profond soupir.

Celui qui s'installait ainsi en maître dans l'hôtel de Saint-André n'était autre que le marquis de Brancas, et on doit ajouter que cette prise de possession, qui au premier abord présente tous les caractères d'une usurpation, s'opérait de la meilleure foi du monde. Il était arrivé à Brancas ce qui peut arriver tous les jours à des gens moins distraits que lui. Forcé de quitter à l'improviste la fête du Louvre, au milieu de la confusion inévitable résultant toujours d'un grand encombrement de voitures, confusion que compliquait encore une pluie battante, il était monté dans le carrosse de son rival. Cette méprise étonnera moins encore quand on saura que, pour des causes toutes particulières et dont le lecteur ne tardera pas à connaître le secret, monsieur de Saint-André avait ordonné à ses gens de tenir son carrosse prêt à quitter le Louvre au premier moment. Ceux-ci, en voyant venir droit à eux dans les ténèbres un seigneur de la même taille que leur maître et dont ils ne pouvaient distinguer le visage, ne doutèrent pas que ce fût le vicomte qui abandonnait déjà la fête au moment où elle commençait à peine, et ils s'empressèrent d'abaisser le marchepied du carrosse. Dès que Brancas y eut pris place, les chevaux partirent au grand trot, et il est hors de doute que, dans l'état de violente préoccupation où il se trouvait, on eût pu lui faire faire le tour de Paris sans qu'il s'en aperçût. On a vu comment il effectua son entrée dans l'hôtel, et à ce sujet il n'est pas hors de propos de faire observer que, de toutes les distractions attribuées à tort ou à raison au marquis de Brancas, celle-là est réellement la plus vraisemblable. En effet, à l'époque où se passe cette histoire, on sait combien les habitations de nos pères se ressemblaient entre elles, tant pour la distribution intérieure de l'édifice que pour le caractère même des ameublements. Il y avait à cet égard une uniformité constante et une sorte de niveau qui s'étendait à toutes les habitudes de la vie, et dont on retrouve encore de pompeux vestiges et comme un parfum affaibli dans quelques vieux hôtels séculaires du Marais. En général, qui a visité un de ces hôtels en a visité vingt, tant c'est un trait caractéristique de l'art, pendant tout le dix-septième siècle, que cette reproduction invariable des mêmes formes et des mêmes détails. Le logement du suisse, les remises, occupent toujours la même place ; l'escalier a même hauteur et même largeur, et, si l'on comptait les pavés des cours, on en trouverait presque le même nombre. Après cela, comment s'étonner de l'erreur où venait de tomber Brancas.

Au surplus, et pour trancher toute difficulté, il suffit d'un seul mot : notre gentilhomme était un rêveur.

Un quart d'heure à peine s'était écoulé depuis son entrée dans l'hôtel, et, toujours assis à la même place, il repassait dans son esprit les événements qui venaient de marquer pour lui cette fatale soirée, lorsque des cris perçants, accompagnés de cliquetis d'armes dans la rue, vinrent frapper son oreille. On n'ignore pas combien les attaques nocturnes étaient alors fréquentes dans Paris, dont les rues étaient fort peu sûres après une certaine heure. Brancas, au premier bruit, ouvrit une fenêtre, et, bien que l'obscurité fût grande, il aperçut, à une faible distance et presque sous les murs de l'hôtel, un carrosse entouré par une troupe d'hommes armés. Aussitôt, sans s'inquiéter du nombre et n'écoutant que son courage, il descendit rapidement l'escalier, et il s'approchait déjà du logement du suisse pour le réveiller, lorsqu'il reconnut avec surprise que la porte de l'hôtel était restée ouverte. Dans toute autre circonstance, un tel fait eût à bon endroit excité ses soupçons ; mais en ce moment il y fit à peine attention, et, s'élançant dans la rue au-devant des voleurs ou de ceux du moins qu'il devait considérer comme tels, il se mit à frapper d'estoc et de taille, et si bel et si bien qu'en un clin d'œil il se vit maître du champ de bataille. Les voleurs et le carrosse, tout avait disparu, et il restait entre les mains du vainqueur, comme gage de son triomphe, une femme évanouie.

Brancas emporta dans ses bras son précieux fardeau, et il entra dans l'hôtel, dont il eut soin cette fois de refermer la porte, puis il revint déposer sa conquête sur un sofa au coin du feu. Cette opération préalable terminée, il réfléchit qu'il était urgent d'envoyer chercher un médecin, car il ne s'entendait en aucune façon à soigner les évanouissements. En conséquence, il saisit une grosse sonnette d'argent placée sur une table à ses côtés, l'agita avec violence, et, voyant que nul de ses gens ne s'empressait d'accourir, il se mit à les appeler tous par leur nom en parcourant la chambre à grands pas, et en criant à tue-tête à chaque porte et à chaque fenêtre :

— Holà, Dubois ! holà, Labrie ! Cascaret ! Vous réveillerez-vous enfin, marauds que vous êtes ? et faut-il que j'aille moi-même vous tirer de vos lits ? Apportez-moi des sels, du vinaigre ! Allez quérir un médecin ! Je vous chasserai tous, bélîtres, si vous ne venez sur l'heure !

— Mais il avait beau crier et tempêter, nul ne bougeait dans l'hôtel, et le silence le plus complet régnait dans cette demeure, assez semblable alors à ces palais enchantés dont on parle dans les contes des fées. — Je gage, — pensa Brancas, — que ces drôles ne m'attendaient pas si tôt et qu'ils auront été passer la nuit au cabaret ; ils sont incorrigibles, mais ils me le payeront ! Et cette femme que j'oublie ! mon Dieu ! mon Dieu ! quelle situation que la mienne ! Il faut pourtant me décider à lui porter les premiers secours. — Tout en s'abandonnant à ces réflexions, Brancas contemplait avec un vague sentiment de curiosité la créature humaine qui reposait étendue sur le sofa, et dont une ample mante de velours noir surmontée d'un large capuchon rabattu sur sa tête dissimulait complétement les formes et même le visage. — Allons ! — se dit-il en s'approchant d'elle et en soulevant légèrement les plis du capuchon, — voyons qui ce peut être ; m'est avis que c'est quelque douairière qui revient du médianoche de la cour. Pourtant, le menton n'est vraiment pas mal. Oh ! la jolie bouche !... — Il n'en dit pas davantage, mais il poussa tout à coup un grand cri et tomba à genoux : il avait reconnu la comtesse d'Isigny. Un éclair de joie illumina son visage pendant qu'il s'enivrait de la contemplation de ces traits charmants auxquels leur pâleur ajoutait en ce moment je ne sais quelle grâce touchante, et toute sa passion se réveilla dans son cœur, plus vive et plus brûlante que jamais.. Seul, seul avec *elle !* avec elle qu'il croyait perdue pour lui à toujours ! C'était un bonheur si inespéré qu'il se demandait s'il pouvait y ajouter foi et s'il n'était pas par hasard sous l'influence d'un rêve. — Mon Dieu ! — s'écria-t-il en joignant les mains avec ferveur, — s'il en est ainsi ne me réveillez pas !

Cependant la dame respirait encore ; bientôt une teinte purpurine colora les pommettes de ses joues et son bras nu fit un léger mouvement. Brancas redoutait l'instant où ces beaux yeux, qui apparaissaient déjà ternes et languissants sous leurs longs sourcils noirs, allaient soulever la paupière jalouse et briller de leur éclat accoutumé, où cette bouche adorée allait s'entr'ouvrir. Car dans ces yeux il lisait déjà la froideur ; dans cette bouche il recueillait des paroles d'indifférence et peut-être de haine.

Aussi lorsque la comtesse, revenue de son évanouissement, promena ses regards indécis autour d'elle et s'écria d'une voix faible,

— Où suis-je ? — Brancas ne répondit pas. Toujours agenouillé à ses pieds, il avait laissé tomber sa tête entre ses mains comme un coupable qui demande grâce. La comtesse n'obtenant pas de réponse et entendant auprès d'elle le bruit d'une respiration entrecoupée, se souleva avec frayeur sur le sofa ; puis, cherchant à rassembler ses souvenirs, elle s'écria de nouveau, mais cette fois avec plus de force : — Parlez... je vous en supplie !... Où suis-je ? Qui est là près de moi ?

— Madame, — balbutia Brancas d'un ton timide et sans oser lever les yeux sur elle, — vous êtes... chez moi.

— Chez vous, monsieur !... Ah ! que s'est-il donc passé ? Qui êtes-vous ?

— Je suis le marquis de Brancas, qui a eu le bonheur de vous sauver des mains des misérables qui avaient osé arrêter votre carrosse.

— Monsieur de Brancas !... Mon carrosse attaqué !... Ah ! je me rappelle tout maintenant... Mais que faites-vous là, monsieur le marquis ? Relevez-vous donc... Pardonnez-moi, je suis encore si troublée que je ne songe même pas à vous remercier.

Brancas, encore plus troublé à coup sûr que la comtesse, chercha dans sa tête une réponse, mais sa voix expira dans sa bouche sans qu'il pût articuler un seul mot. Il y eut un silence de quelques instants pendant lequel son cœur bondit avec violence dans sa poitrine. A la fin, il s'enhardit jusqu'à lever les yeux sur la jeune femme, et quelle ne fut pas sa surprise en s'apercevant que, bien loin de le regarder avec froideur, elle semblait presque lui sourire en lui tendant la main ; mais elle la retira bientôt avec vivacité et Brancas se recula ; et, affectant de se méprendre sur le motif qui avait causé ce mouvement.

— Madame, — lui dit-il, — vous paraissez souffrir du froid : veuillez vous approcher du feu.

Et en même temps il se mit en devoir, pour se donner une contenance, d'attiser un gros quartier de hêtre qui achevait de se consumer dans le foyer. La comtesse se leva, et, d'une voix légèrement altérée.

— Monsieur le marquis, — dit-elle, — je ne saurais demeurer plus longtemps ici ; je me sens parfaitement remise à présent et il ne me reste plus qu'à vous exprimer de nouveau ma reconnaissance d'un service que je n'oublierai de ma vie. Veuillez faire appeler mes gens.

— Hélas ! madame, — répondit Brancas du ton le plus courtois, — ce que vous demandez est impossible.

— Impossible ! — murmura la comtesse avec une profonde terreur.

— Il faut, — reprit naïvement Brancas, — que dans l'équipage où je me trouve vos gens m'aient pris pour le chef des voleurs, car en me voyant paraître ils ont pris la fuite.

— Ah ! que m'apprenez-vous ? mais c'est affreux ! m'abandonner ainsi, les lâches ! mon Dieu ! mon Dieu ! que faire, que devenir ? Si cette aventure vient à s'ébruiter je suis perdue.

En parlant ainsi, la comtesse, en proie à une vive agitation, se mit à fondre en larmes. Pour peu qu'on l'en eût prié, je suis sûr que Brancas en eût fait autant, car les rêveurs ont généralement le cœur fort sensible, témoin notre bon La Fontaine.

Du courage, — disait-il, — rassurez-vous. Nul ne vous a vue entrer ici, je vous en donne ma parole, et votre réputation est intacte. Si vous le permettez, au point du jour un carrosse de louage que j'enverrai chercher vous conduira à votre hôtel, et je vous engage ma foi de gentilhomme que toute cette aventure restera secrète.

— Je vous crois, monsieur de Brancas, je vous crois, — répondait la comtesse ; — vous êtes un loyal et honnête seigneur qui rougiriez d'abuser de la situation d'une malheureuse femme ; mais, au nom du ciel ! laissez-moi partir !

Brancas avait pourtant déjà bien fait du chemin dans cette entrevue, car il crut avoir le droit de se montrer blessé de ces derniers mots, et les rôles se trouvèrent changés momentanément.

— Ah ! madame, — s'écria-t-il, — vous méfieriez-vous de moi ? Vous êtes mon hôte, craignez-vous que je ne l'oublie ? Accordez-moi quelques instants encore. J'ai tant souhaité cette faveur ! oh ! ne me l'arrachez pas ! Que ce soit la récompense (et c'est la seule que je veuille réclamer de vous) du service que j'ai eu le bonheur de vous rendre. Je ne suis pas un homme dangereux, moi, je ne suis pas... le vicomte de Saint-André.

— Monsieur... — interrompit la comtesse en rougissant.

— Que voulez-vous ! je me rends justice. Je sais qu'il y a un homme à la cour de France qui, quoi que je fasse, dans les ballets, dans les carrousels, partout où faut lutter de luxe et d'élégance dans la coupe de ses vêtements, l'emporte toujours sur moi. Pour tout cela je lui pardonne ; mais que de doux regards, qu'un sourire que je voudrais payer de tout mon sang, soient aussi le privilége exclusif de cet homme, voilà ce que je ne lui pardonnerai jamais, ce que je lui disputerai toujours, si vous le permettez, et vous me le permettez, n'est-ce pas, comtesse ? car, je lis dans vos yeux maintenant, vous ne l'aimez pas, non, vous ne pouvez l'aimer ! — Tout ce qui précède avait été prononcé par Brancas avec tant d'éloquence et tant de feu, que la comtesse subjuguée n'avait pas trouvé à répondre une parole. Elle se demandait si c'était bien ce même gentilhomme qui était devant elle qu'elle avait connu à la cour si gauche et si timide, et qui s'était fait un si plaisant renom par ses rêveries. Sans doute Brancas pénétra une partie de sa pensée ; car, voyant qu'elle gardait le silence, il ajouta d'un ton mélancolique : — Soyez franche avec moi, vous m'en voulez encore pour cette sotte aventure de ce soir. Oh ! j'ai été bien coupable envers vous, je le sais, et je vous demanderais pardon à deux genoux si ce qu'on n'espère pas on osait le demander.

— Méritez d'abord qu'on vous pardonne, — lui dit la comtesse avec un charmant sourire, — et... nous verrons ensuite.

— Le mériter... et le moyen, comtesse ?

— Rien de plus facile : corrigez-vous !

— Me corriger ! renoncer à mes rêves ! Hélas ! madame, que me demandez-vous là ? Mais c'est ma vie à moi, c'est mon bonheur que mes rêves. Oh ! par grâce, ne me les enlevez pas, car ils me consolent de la réalité. Par eux je me suis fait un monde d'illusions, un monde de silence et d'oubli où il n'y a pour moi ni passé, ni présent, où l'avenir est riant et sans nuages ; dans ce monde-là, comtesse, point de fâcheux qui me viennent troubler ; ils ont beau courir, se heurter, se presser devant moi... je ne les vois pas, je suis aveugle. Point de propos méchant qui vienne, en effleurant mon oreille, déposer au fond de mon cœur un germe de haine, je suis sourd ; point d'ami qui puisse me reprocher d'avoir trahi sa confiance, je suis muet. Que voulez-vous de plus, comtesse ? Dans ce monde-là je règne sans rivaux et sans partage, j'aime, je suis aimé... Ah ! laissez-moi rêver toujours !

— Mais, — balbutia la comtesse en rougissant, — si l'on vous promettait en réalité ce que vous n'avez qu'en rêve ? — Elle n'eut pas plus tôt prononcé ces paroles que, confuse, elle se cacha le visage entre ses mains, et au même instant un carrosse s'arrêta devant l'hôtel ; puis un coup violent retentit à la porte. Brancas en frémit et la comtesse s'écria : — Ce sont mes gens, sans doute, qui reviennent me chercher. Écoutez ! on frappe encore.

Cette fois, une main vigoureuse frappa à plusieurs reprises à coups redoublés. Brancas, inquiet, courut à la fenêtre et l'ouvrit : la pluie tombait toujours, et à son clapotement monotone vint se mêler le timbre de l'horloge voisine qui sonnait deux heures.

— Deux heures ! déjà deux heures ! — s'écria Brancas avec un violent désespoir.

— Qu'est-ce donc ! qu'avez-vous ? — dit la comtesse effrayée du trouble où elle le voyait.

— Ce que j'ai, comtesse ? Hélas ! j'ai qu'il faut que je vous quitte à l'instant même : c'est moi qu'on vient chercher, j'en suis sûr ; c'est un de messieurs les lieutenants aux gardes qui est à la porte ; j'avais oublié qu'on devait venir me prendre, pauvre rêveur que je suis ! Ah ! que réveil !

Comme il achevait ces mots, la porte de l'hôtel roula lentement sur ses gonds, puis on entendit une voix, celle du suisse, s'écrier :

— Qui va là ? — et une autre voix, une voix de tonnerre, lui répondre :

— Maraud ! ne me reconnais-tu pas ! je suis le vicomte de Saint-André.

A ce seul nom la comtesse d'Isigny tressaillit d'effroi, et, voyant une porte entr'ouverte, elle se précipita en dehors de la chambre, marchant à tâtons dans les ténèbres et disposée à chercher au besoin un refuge jusque dans les caves de l'hôtel. Quant à Brancas, il était si stupéfait qu'il en était encore à se demander s'il devait attendre de pied ferme le fâcheux qui venait le troubler dans un si beau moment, ou s'il ne valait pas mieux suivre les pas de sa jolie comtesse, lorsque la porte de la chambre s'ouvrit avec un grand fracas et donna passage au galant vicomte de Saint-André. Celui-ci entra en pestant et jurant comme un vrai mousquetaire qu'il était, car, dans le premier moment, il se croyait parfaitement seul ; pourtant, je ne sais quelle idée qui traversa son esprit parut soudain le calmer.

— Allons, — se dit-il, — je ne vois personne et tous mes gens sont vraisemblablement à leur poste ; tout va mieux que je ne pensais, et j'arrive assez à temps pour me trouver au passage du carrosse. — En parlant ainsi, il s'essuya le front, sourit avec complaisance et se regarda dans une glace. Quelle ne fut pas alors sa surprise en découvrant dans un angle obscur de cette glace la figure pâle et mélancolique du marquis de Brancas, qui avait les yeux fixés sur lui avec une expression qu'il ne lui avait jamais vue. Il se retourna vivement. — Monsieur de Brancas ! — s'écria-t-il en faisant quelques pas au-devant de lui et en s'inclinant profondément ; puis il murmura tout bas : — Au diable l'importun ! Que vient-il faire ici à cette heure de la nuit ?

Brancas s'inclina de même, tout en se livrant intérieurement à un semblable soliloque ; puis il ajouta tout haut :

— Monsieur de Saint-André, je suis votre valet. — Ici il y eut un silence pendant lequel les deux interlocuteurs ne cessèrent de se regarder l'un l'autre, dans l'attitude de deux personnes qui attendent réciproquement qu'il plaise à l'autre de prendre la parole. A la fin, Brancas, qui perdait patience, mais qui avait trop d'urbanité pour en rien laisser voir, s'écria : — Monsieur le vicomte, veuillez prendre la peine de vous asseoir.

— Ah çà ! — se dit Saint-André en déférant à cette invitation, — est-ce qu'il veut me faire les honneurs de chez moi ? Maintenant il faut espérer qu'il va parler.

Il y eut un nouveau silence. Tout à coup Brancas se frappa la tête comme un homme qui se souvient d'une chose qu'il avait oubliée.

— Monsieur le vicomte, — s'écria-t-il, — on vous a remis sans doute mon billet. Ah ! monsieur le duc de Villeroi est un galant homme, et je suis son obligé pour cela.

Puis il pensa en lui-même qu'il n'avait plus nulle envie de se battre en ce moment, et qu'il eût beaucoup mieux valu que monsieur de Villeroi gardât le billet pour lui.

Saint-André regarda Brancas d'un air ébahi et répondit :

— Votre billet, monsieur le marquis ? Je ne sais en vérité ce que vous voulez dire, je n'ai reçu aucun billet de vous.

— Alors, — pensa Brancas, — qu'est-ce qu'il vient donc faire ici ? — et il s'empressa d'ajouter à haute voix : — C'était pour l'affaire que nous avons à vider ensemble demain matin, vous savez...

— A merveille ! — repartit Saint-André, — c'est chose convenue. — En même temps il se disait en lui-même : — Il croit peut-être que je suis distrait comme lui et que je suis capable d'oublier ce rendez-vous ; pauvre rêveur, va !

— Je suis sûr, — pensait Brancas de son côté, — qu'il

a réfléchi sur sa conduite d'hier matin, et qu'il vient me proposer un arrangement. Une mauvaise honte l'empêche seul de parler ; voyons, il faut que je vienne à son secours, car il me tarde que l'explication soit finie et qu'il soit hors d'ici. Cette pauvre comtesse doit être sur des charbons ardents. — Sous l'influence de cette pensée, Brancas s'écria : — Deux mots seulement, monsieur le vicomte ?

— Ah ! tant mieux, — dit Saint-André. — il va partir.

— Tenez-vous beaucoup à notre duel ?

— Mais.... monsieur le marquis, je pourrais vous faire la même question.

— Eh bien ! franchement, je n'y tiens plus du tout pour ma part, et si vous voulez, ce sera partie remise ; je suis même prêt à vous faire des excuses de ce qu'il a pu y avoir d'offensant pour vous dans mes paroles, seulement j'y mets une condition.

— Laquelle ?

— Vous déclarerez de votre côté que vous n'avez point de preuve à donner du fait que vous avez avancé. Cela vous sera d'autant plus aisé qu'il vous serait, je pense, impossible de vous procurer cette preuve.

— Eh ! eh ! — dit Saint-André. Puis le bruit d'un carrosse qui passait au loin étant venu frapper son oreille, il pâlit et se dressa convulsivement sur son siége. Dans ce moment il eût volontiers déclaré tout ce qu'il aurait plu à Brancas de lui faire dire pour se débarasser de lui ; mais, comme le bruit du carrosse s'éteignait graduellement il reprit tout son aplomb.

— Ecoutez, — lui dit tout à coup le marquis, non moins empressé de mettre fin à cette entrevue, et craignant à chaque instant de voir paraître un des lieutenants aux gardes, — je suis si sûr de l'impossibilité où vous êtes de prouver votre assertion d'hier matin, que je vous laisse à cet égard toute latitude et vous porte le défi de donner une preuve quelconque.

— Et si je la donne... ?

— Eh bien ! je me reconnaîtrai vaincu.

— Touchez là, marquis, c'est chose convenue, et embrassons-nous comme deux vrais amis.

Les deux gentilshommes s'embrassèrent d'autant plus tendrement qu'ils voyaient réciproquement dans cette accolade la fin de leur supplice. Brancas, cherchant à accélérer encore cet heureux moment, crut devoir dire :

— Maintenant, mon cher vicomte, vous devez avoir besoin de repos, et nous ferons bien de nous quitter.

— En effet, — répondit Saint-André, — je vous avouerai bien sincèrement que je tombe de sommeil.

— C'est tout comme moi, — repartit Brancas, — il me tarde de me mettre au lit.

— Eh mais ! cher marquis, que ce ne soit pas moi qui vous retienne ! Adieu !

— Adieu donc, vicomte !

— Eh bien ! — murmura Saint-André avec stupeur, — il ne bouge pas ! Cela passe les bornes, monsieur de Brancas, — ajouta-t-il tout haut et avec une impatience mal déguisée, — vous voyez bien que j'attends.

— Plaît-il ? — répondit Brancas avec le plus grand sang-froid. — Vous m'étonnez ! Comment, vous attendez ? Eh bien ! et moi ?...

— Et vous ?

— Oui, et en vérité vous devriez comprendre...

— Ah ! mon Dieu ! — s'écria le vicomte, — j'y songe... Est-il possible ! Est-ce qu'il se croirait par hasard chez lui ? Oh ! pour le coup la rêverie serait incroyable !

A cette pensée Saint-André fut pris d'un fou rire, et ne tarda pas à tomber pâmé dans un fauteuil.

— Qu'est-ce donc ? — dit Brancas ; — qu'avez-vous ?

— Pardonnez-moi, mon cher marquis, — répondit le vicomte en se relevant et articulant avec toutes les peines du monde quelques mots sans suite : — Où... croyez-vous... être ?

— Mais chez moi, parbleu !

— Eh bien ! vous vous trompez ; vous êtes chez moi. Tenez, voyez plutôt, jetez les yeux autour de vous : cette tapisserie, ces portraits, les portraits des Saint-André : mon père lieutenant des becs à corbin, mon aïeul le maréchal de Saint-André.

— Est-il possible ! — s'écria douloureusement Brancas en portant ses regards autour de lui. — Oh ! je suis fou !

— Et non, vous êtes un rêveur, voilà tout ! C'est cela, tout s'explique. En sortant du Louvre, je n'ai pas retrouvé mon carrosse, c'est vous qui étiez monté dedans. Ah ! l'excellente aventure ! Celle-là passe toutes les autres et vaut même mieux que la pantoufle ; mais rassurez-vous, monsieur de Brancas, tout cela s'est passé entre nous, et je vous promets de n'en point ouvrir la bouche à la cour ; seulement vous me permettrez bien d'en rire un peu avec vous même, ah ! ah ! ah !

Et le vicomte retomba dans un nouvel accès de fou rire. Quant à Brancas, ces rires retentissaient dans sa poitrine comme autant de coups de poignard, car il sentait bien qu'il ne pouvait demeurer plus longtemps dans l'hôtel qu'il avait usurpé, et, d'un autre côté, l'amour, l'honneur, l'intérêt, le devoir, en un mot toutes les considérations réunies, lui faisaient une loi de ne point abandonner le comtesse d'Isigny, et, plus encore, de ne point révéler à son rival un secret qui devait mourir avec lui. Dans cette cruelle alternative, l'idée la plus bizarre vint à son esprit.

— Riez, riez, — s'écria-t-il à mi-voix, — riez bien, monsieur le vicomte, aux dépens du pauvre rêveur ; mais cette fois le pauvre rêveur va prendre sa revanche. Ah ! c'est ici votre hôtel ! eh bien ! je prétends, moi, m'y installer à votre place. Au moins une fois dans ma vie j'aurai tiré quelque profit du renom de rêveur.

— Et il s'assit tranquillement dans un fauteuil.

— Qu'attendez-vous donc, monsieur de Brancas ? — lui dit le vicomte en s'approchant de lui.

— J'attends que vous ayez fini de rire, vicomte.

— C'est fait.

— Souffrez donc que je vous reconduise.

En parlant ainsi, Brancas saisit un candélabre sur une table et se mit en devoir d'exécuter sa résolution.

— Hein ! plaît-il ? — s'écria le vicomte alarmé.

— C'est assez plaisanter, — répondit Brancas ; — j'ai besoin de repos, je vous l'ai dit, et sérieusement je vous supplie de vous retirer. Je suis chez moi et j'y veux être seul.

— Qu'entends-je ! — repartit Saint-André avec une colère mal déguisée. — En toute autre occasion le tour me semblerait peut-être fort original, mais, s'il faut vous le dire, en ce moment il me paraît au moins déplacé, et je ne suis pas d'humeur à souffrir une mystification.

— Pardon, vicomte, mais je ne plaisante pas, je vous jure.

— Ah ! c'en est trop ! et puisqu'il n'y a que ce seul moyen de vous convaincre...

En même temps Saint-André s'empara de la sonnette, qu'il se mit à agiter avec violence. Brancas ne parut nullement inquiet de cette démonstration, car il se souvenait d'y avoir eu recours inutilement peu de temps auparavant. Aussi se contenta-t-il de dire à Saint-André :

— Eh quoi ! voulez-vous donc me faire mettre à la porte par *mes gens ?* Ah ! vicomte !

— *Ses gens !* — murmura Saint-André avec accompagnement de nombreux jurons. — Misérable imprudent que je suis ! j'oubliais que c'est moi-même qui leur ai ordonné de ne bouger sous aucun prétexte. Ah ! c'est à en perdre la raison. Que faire ? quel parti prendre ? Mordieu ! monsieur de Brancas, vous me le payerez, et maintenant c'est un duel à mort que je vous propose.

Saint-André était hors de lui ; il jurait, il vociférait. Quant à Brancas, il demeurait calme et impassible. Or, l'on sait qu'un homme de sang-froid a toujours une grande supériorité sur un homme en colère.

— Demain, — disait Brancas, — je serai tout à votre service, eur le vicomte.

— Non pas, non pas, — répondait Saint-André avec rage, — c'est aujourd'hui, c'est ici même, c'est sur le champ qu'il me faut réparation.

— Y songez-vous ? — reprenait Brancas, — pas de témoins ; un duel à huis clos entre gentilshommes, fi donc Allons, mon cher vicomte, calmez-vous ; nous avons besoin l'un et l'autre de quelques heures de sommeil, vous surtout qui devez être très-fatigué, car vous avez dansé au médianoche de la cour ; mais demain je vous attendrai, à moins que vous ne préfériez que j'aille vous prendre à votre hôtel.

— A mon hôtel !... Ah ! c'est trop fort ! je suffoque !... Mon Dieu ! mon Dieu ! si je carrosse venait à passer dans ce moment, tout serait perdu. Oh ! il vaut mieux que je sorte.—En parlant ainsi, Saint-André sembla prendre une résolution violente, et, s'approchant de Brancas, dont il étreignit fortement le bras : — Monsieur de Brancas — lui dit-il d'une voix saccadée par la rage, — je sors d'ici ; mais n'espérez pas y rester longtemps. Puisque vous m'y forcez, je cours de ce pas chercher le guet et vous faire chasser de mon hôtel comme un voleur ! Entendez-vous, monsieur de Brancas ?

A ces mots, le vicomte se retourna brusquement et s'élança hors de la chambre.

— Bonsoir, monsieur de Saint-André, — lui cria Brancas, — que le ciel vous conduise !

Et il sortit aussitôt lui-même du côté où il avait vu fuir la comtesse, non sans avoir au préalable verrouillé la porte d'entrée de la chambre.

IV

Pendant que avait lieu entre le vicomte de Saint-André et le marquis de Brancas la mémorable entrevue dont on a cherché à reproduire les principaux détails, voici ce qui se passait dans une autre partie de l'hôtel. Lorsqu'à l'arrivée du premier de ces deux personnages la comtesse s'enfuit avec tant de précipitation, elle erra pendant quelque temps à tâtons dans les ténèbres à travers une longue suite de corridors que sa frayeur lui fit traverser sans trop savoir où elle arrêterait sa course. Elle parvint ainsi jusqu'à un endroit assez reculé de l'hôtel, celui où semblaient se terminer les corridors, et là, à travers les fentes d'une porte assez mal jointe, elle vit briller de la lumière. Craignant que cette porte ne vînt à s'ouvrir et que quelque valet ne s'aperçût de sa présence dans ce lieu, elle se disposait déjà à retourner sur ses pas, lorsque, au milieu du murmure confus des voix qui s'échappait à travers la mince clôture, elle crut avoir entendu prononcer son nom. Soit curiosité, soit pressentiment secret, elle ne put résister au désir de s'approcher pour chercher à pénétrer ce mystère, et alors un spectacle assez étrange vint s'offrir à ses regards. A travers les fentes de la porte elle aperçut distinctement une demi-douzaine de valets attablés et tenant à la main des gobelets d'étain, qu'un homme affublé d'un costume bizarre et le visage barbouillé de noir remplissait de vin à tour de rôle en adressant à chaque buveur une allocution.

— Toi, — disait-il à l'un, — je suis content de toi et tu auras double part au quartaut, car c'est toi qui as arrêté les chevaux. Quant à toi, Laverdure, tu mériterais bien de n'avoir que de l'eau pour avoir donné le premier le signal de la fuite quand notre maître est venu nous charger l'épée à la main comme c'était convenu. Heureusement la jeune femme était évanouie et elle ne se sera aperçue de rien.

A cette fatale révélation un frisson mortel courut dans les veines de la comtesse et elle fut près de défaillir. Cette attaque nocturne, ce secours inattendu, tout cela n'était qu'un jeu, un piége tendu à sa crédulité, et dans quel but, grand Dieu ! Ces stances qui la veille lui avaient été adressées par un inconnu, par un ami sans doute, étaient donc un avertissement ; n'aurait-elle pas dû s'en douter en voyant le trouble de Brancas pendant qu'il les lisait à haute voix. Ah ! maintenant il n'y avait plus d'énigme pour elle dans ces vers ; elle avait été aveugle ; mais à quel prix, bon Dieu ! revenait la lumière !...

Celui qu'on avait nommé Laverdure reprit presque aussitôt :

— J'aurais bien voulu vous voir à ma place, monsieur Lorrain, quand notre maître est tombé sur nous comme un tonnerre. C'est qu'il y allait bon jeu, bon argent, je vous jure, à telles enseignes que ce pauvre Saint-Jean est actuellement dans son lit avec une oreille en capilotade. Diable ! si c'est comme cela que vous entendez la comédie, vous autres, je ne joue plus. On m'a engagé ici pour être palefrenier et non pour être voleur de grand chemin, entendez-vous ?

— Laverdure, — repartit l'homme barbouillé de noir d'un ton sévère, — vous êtes un fat qui n'entendez absolument rien aux affaires, et je vous ferai chasser à la première occasion.

— Eh, mais ! — s'écria un autre valet, — quel sabbat font-ils donc là-bas ? Entendez-vous comme on crie, comme on carillonne ?

— Ah dame ! — reprit un troisième avec un gros rire, — il paraît que la place fait résistance ; cela regarde notre maître.

— Chut ! — interrompit vivement l'homme barbouillé de noir, qu'on avait appelé monsieur Lorrain, et qui exerçait les hautes fonctions de valet de chambre près du maître du logis ; — ce ne sont pas nos affaires. Messieurs de la livrée, à la santé de la belle comtesse d'Isigny !

La jeune femme qui écoutait cette conversation ne voulut pas en entendre davantage, et, haletante, éperdue, elle se mit à fuir de nouveau à travers les corridors de l'hôtel, sans se rendre compte du chemin qu'elle suivait, sans projet arrêté et la tête perdue. Brancas, qui accourait à sa recherche le cœur rempli des plus douces espérances, la rencontra à l'angle d'un corridor sombre, où elle lui apparut comme un fantôme. En contemplant, à la lueur mourante des bougies, le changement soudain qui s'était opéré dans les traits de sa jolie captive, il recula involontairement et s'inclina respectueusement devant elle sans prononcer une parole. La comtesse, avec un regard dont rien ne saurait rendre la fierté, lui fit signe de marcher devant elle, et il obéit. Tous deux parvinrent bientôt dans la chambre où s'était nouée si délicieusement pour Brancas une comédie dont le dénoûment menaçait de devenir presque tragique, elle toujours froide et sévère, lui inquiet et presque tremblant, si bien qu'en les voyant marcher ainsi l'un et l'autre, on eût dit que les rôles étaient changés et que Brancas était devenu la victime. Le jour commençait alors à poindre à travers les rideaux de damas des croisées. Brancas déposa sur une table le candélabre qu'il tenait à la main, et pendant ce temps la comtesse s'approcha de la porte qui conduisait à l'extérieur des appartements. Elle chercha à l'ouvrir, mais ce fut en vain. Ainsi qu'on l'a vu précédemment, le marquis avait eu soin de fermer cette porte au verrou. Alors la jeune femme rassembla tout son courage, et, se retournant vers notre gentilhomme avec un calme apparent, que les battements précipités de son sein suffisaient pour démentir :

— Monsieur, — lui dit-elle avec mépris, — la nuit est passée, suis-je encore votre prisonnière ?

— Madame, — balbutia Brancas dont la surprise croissait à chaque instant, — est-ce bien vous que j'entends ? Mais vous êtes libre à présent comme vous l'étiez il y a une heure, comme toujours.

— Eh bien ! monsieur, au nom des lois les plus sacrées de l'hospitalité, que vous ne voudrez pas sans doute violer davantage, je vous prie de me faire ouvrir sur-

le-champ les portes de votre hôtel, et au besoin je vous l'ordonne.

En parlant ainsi, la comtesse d'Isigny n'était plus cette faible jeune femme qui s'était évanouie de frayeur à la seule vue des bandits qui entouraient son carrosse. C'était la digne héritière de tous ces fiers guerriers appendus en effigie aux lambris de son château d'Isigny, et dont le sang coulait dans ses veines.

— Mais, madame, — objecta timidement Brancas, — il fait à peine jour.

— Il n'importe, — repartit la comtesse d'un ton superbe.

— Je n'ai pas encore eu le temps de m'occuper d'un carrosse de louage.

— J'irai à pied.

— A pied ! Vous, madame, y pensez-vous ? avec ces vêtements affronter la fange des rues, le froid ! Il a plu toute la nuit.

— Quand je devrais mourir en chemin, je veux sortir d'ici sur-le-champ, et j'en veux sortir seule.

Madame d'Isigny avait fait un grand effort pour supporter ainsi durant un quart d'heure environ le poids d'un rôle pour lequel elle n'était nullement faite, et elle n'eut pas plus tôt prononcé ces derniers mots que toute cette énergie qu'elle venait de déployer l'abandonna et qu'elle fondit en larmes. La nature féminine est généralement ainsi : prompte à engager une lutte, mais inhabile à la soutenir. Il semble que la seule tâche ici-bas dans laquelle elle puisse apporter de la persévérance soit celle du dévouement. A celle-là elle ne faillira jamais. Brancas, touché de l'état où il voyait la comtesse, osa alors se rapprocher d'elle.

— Qu'avez-vous ? — s'écria-t-il avec l'accent le plus tendre, — et qui peut faire couler vos larmes ?

Cette fois madame d'Isigny ne put contenir plus longtemps le poids qu'elle avait sur le cœur, et, bien qu'elle se fût promis intérieurement de n'opposer à tout ce que pourrait lui dire Brancas que le silence du mépris, elle s'écria en sanglotant :

— Ah ! monsieur de Brancas, c'est affreux ! c'est indigne ! Me compromettre ainsi ! me perdre de réputation !... Mais dites-moi, monsieur, que vous avais-je donc fait ?

Pour le coup Brancas, qui était bien loin de soupçonner les trames du vicomte, demeura ébahi de l'accusation lancée contre lui.

— En vérité.... — murmura-t-il, — je ne saurais comprendre...

— Et moi, — reprit vivement la comtesse, — moi qui croyais à vos paroles d'amour ! moi qui m'accusais d'avoir pu méconnaître un caractère si noble, si généreux, moi qui allais peut-être... Ah ! que le ciel m'en préserve ! Pour gagner le cœur d'une femme, l'attirer dans un pareil piége ! Quelle conduite pour un galant homme ! Allez, monsieur ! à présent je suis à l'abri, car je vous connais ; je ne redoute plus rien de vous, et, si je veux sortir de cet hôtel, c'est que votre présence m'est odieuse et que je veux en être délivrer pour la vie !

En écoutant ces paroles Brancas pensa naturellement que la comtesse avait pu surprendre sa conversation avec le vicomte et découvrir ainsi la ruse à laquelle il avait eu recours, et que telle était la cause de son indignation. Pénétré de cette pensée, il se jeta à ses pieds en s'écriant :

— Ah ! madame ! ah ! comtesse ! calmez-vous, je vous en conjure ; je suis coupable, il est vrai, mais mon crime est-il donc si grand ? et quelle en est la première cause ? Une rêverie, une malheureuse rêverie !

— Laissez-moi, ne m'approchez pas ! — dit la comtesse dont la douleur subissait une phase nouvelle et se métamorphosait en colère. — Ah ! vous appelez cela une rêverie ! enlever une femme, suborner des valets !...

— Mais, madame, je vous jure...

— N'achevez pas, monsieur ; je ne vous crois pas, je ne veux pas vous croire ! Vous rêveur ! Vous ne l'êtes pas.

— Oh ! par exemple !...

— Vous ne l'avez jamais été ! C'est un masque que vous prenez, et sous ce masque tout vous est permis, moquerie, outrage, rapt, séduction.

— Est-il possible ! vous pouvez supposer...

— Je ne suppose rien, monsieur ; je sais tout et vous défends de reparaître jamais devant moi.

En parlant ainsi, la comtesse s'élança vers la porte, dont elle retira elle-même le verrou.

— Madame, — lui cria Brancas d'un ton désolé, — au nom du ciel ! ne soyez pas inexorable ; ne me quittez pas ainsi.

— Laissez-moi, laissez-moi sortir ! — répondit la comtesse en le repoussant. — Je vous dis que vous me faites horreur. — A ce moment un grand tumulte, auquel se mêlait par intervalles un bruit d'instruments de musique, retentit dans la rue. La comtesse, qui était déjà sur le seuil de la porte, s'arrêta involontairement, et, soulevant le rideau de damas d'une des croisées, elle jeta un regard timide au dehors. La rue était encombrée de carrosses et de chaises à porteurs, et à chaque portière grimaçaient comme autant de têtes de Méduse des visages bien connus ; c'étaient tous ces jeunes gentilshommes appartenant aux plus illustres familles du royaume et dont elle avait dédaigné l'amour. Tous étaient vêtus de leurs plus riches habits, car ils venaient de sortir du médianoche de la cour ; tous avaient le rire sur les lèvres et la raillerie à la bouche. La malheureuse jeune femme se cacha le visage entre les mains avec désespoir ; puis, s'adressant à Brancas qui était resté atterré : — Monsieur le marquis, — lui dit-elle avec une ironie amère, — vous aviez raison de m'engager à prolonger mon séjour ici, car je vois que vous aviez pris soin de me ménager une escorte pour me reconduire à mon hôtel, de crainte des voleurs, et je vous en rends grâce.

Comme elle parlait ainsi, la musique fit entendre un prélude, et une voix fortement accentuée chanta distinctement le couplet suivant sur un air très-connu :

Diane, sauvage déesse,
Dont mes soupirs n'ont pu toucher le cœur,
Fleur de beauté, fleur de sagesse,
Diane, sauvage déesse,
Auriez-vous pas trouvé votre vainqueur ?

Lorsque le chanteur eut cessé, de grands applaudissements se firent entendre dans la rue, et on répéta même en chœur le dernier couplet.

— A merveille ! — s'écria la comtesse, — j'ignorais qu'il dût y avoir aussi une sérénade ; c'est le comble de la galanterie, monsieur le marquis.

Brancas ne répondit rien. A la fois stupéfait et consterné de tout ce qu'il voyait, de tout ce qu'il entendait depuis quelques instants, il se serait donné de grand cœur à tous les diables. Tout à coup un nouvel incident vint compliquer encore sa fâcheuse situation. On frappa à la porte de l'hôtel et une voix sonore, qui cette fois n'était plus celle du chanteur, cria de la rue :

— Au nom du roi !

Cette voix était simplement celle du vicomte de Saint-André, qui, pâle de colère, les habits tachés de boue, pénétra, suivi de plusieurs gens de justice, dans la chambre où Brancas se trouvait tête à tête avec madame d'Isigny. Dès que celle-ci l'aperçut, elle courut au-devant de lui et, sans lui donner le temps de prononcer une parole :

— Ah ! monsieur le vicomte, — lui dit-elle, — soyez le bienvenu ; c'est vous qui venez me délivrer, n'est ce pas ? et je me mets sous votre protection. Saint-André fixa sur elle des yeux hagards, puis il baissa la tête. — Oui, monsieur, — ajouta-t-elle, — c'est à vous que je demande justice d'un gentilhomme qui, pour obtenir mon cœur et ma main, n'a trouvé rien de mieux que de supposer une attaque de voleurs, et, en me sauvant d'un danger ima-

ginaire, d'arracher à ma reconnaissance ce que j'ai toujours refusé à ses prières et à ses soupirs.

A ces derniers mots, Brancas sortit de son accablement, et, comme frappé d'un trait de lumière, il attacha sur son rival un regard où se peignaient à la fois la surprise, l'indignation et le mépris. En même temps entrèrent confusément dans la chambre tous les mousquetaires qui avaient passé la matinée de la veille au cabaret de la *Pomme-d'Or*. Le chevalier de Belle-Isle était à leur tête.

— Ah çà ! mon cher Saint-André, — s'écria-t-il, — à quoi songes-tu donc de nous laisser ainsi faire le pied de grue à la porte de ton hôtel, par une froide matinée comme celle-ci ! Ma foi ! j'ai violé la consigne, tant pis pour toi !

— Son hôtel ! — murmura tout bas madame d'Isigny : — c'est ici l'hôtel Saint-André ?

— Ah ! pardon, madame la comtesse, — ajouta Belle-Isle, — je n'avais pas eu l'honneur de vous apercevoir encore, je suis votre très-humble valet ; — puis, se penchant à l'oreille du vicomte : — *Vivat !* mon cher, — lui dit-il, — je te proclame, à partir de ce jour, le roi du bel air et de la galanterie.

Saint-André aurait donné beaucoup dans un pareil moment pour pouvoir rentrer à cent pieds sous terre ou du moins pour frapper de mutisme, à l'aide de quelque baguette magique, tous ceux qui l'environnaient, car il voyait le nuage qui tout à l'heure encore ne menaçait que Brancas près de crever sur sa propre tête. Pourtant ce fut alors même que, par un de ces retours tout à fait inespérés, il lui arriva un auxiliaire qui changea tout à fait la face des choses. Cet auxiliaire n'était autre que monsieur de Charost, lieutenant aux gardes, qui, au milieu de la confusion générale, pénétrant dans la chambre sans être annoncé, marcha droit à Brancas, et lui dit en s'interrompant à diverses reprises pour reprendre haleine :

— Ah ! je vous trouve donc enfin, monsieur le marquis ! Ce n'est pas sans peine, mais cette fois vous ne m'échapperez pas. Voici tantôt cinq heures d'horloge que je cours tous les coins de la ville pour vous rencontrer ; mais vous avez espéré en vain monsieur, vous dérober à la justice de Sa Majesté. C'est en son nom et en celui de madame la régente que je vous invite à monter immédiatement devant moi dans le carrosse que j'ai amené et qui doit vous conduire sous bonne escorte dans vos terres. J'espère, monsieur le marquis, que vous ne voudrez point me forcer à employer la violence.

— Monsieur le duc, — répondit Brancas, — je suis à vos ordres. — Puis, s'approchant du vicomte : — Monsieur, — lui dit-il, — jouissez désormais en paix de cet hôtel où j'ai pu croire un instant au bonheur. — Et surprenant un mouvement de la comtesse qui, assise près de Saint-André, dans un angle de la chambre, avait paru jusque-là absorbée dans une profonde méditation : — Pardonnez-moi, — ajouta-t-il, — madame la comtesse, je rêvais !... A vous la victoire, vicomte ; mais quelque douce qu'elle puisse être, il y a des occasions où elle coûte si cher qu'un galant homme préfère la défaite. — Ayant ainsi parlé, il jeta un dernier regard sur la comtesse qui, muette, le coude appuyé sur une table, semblait totalement étrangère à tout ce qui se passait ; il poussa un profond soupir ; puis, serrant vivement la main de Saint-André : — Monsieur, — lui dit-il à voix basse, — mon exil n'est pas éternel, et nous nous reverrons.

A ces mots, il sortit rapidement suivi par monsieur de Charost.

C'est alors que la comtesse d'Isigny sortant de l'accablement où elle paraissait plongée, se leva, fit quelques pas dans la chambre, et s'élança à la fenêtre qu'elle ouvrit précipitamment :

— Monsieur de Brancas ! — s'écria-t-elle. Au son de cette voix, Brancas, qui se disposait déjà à monter dans le carrosse, se retourna, l'œil humide et d'un air résigné, comme s'il se fût attendu à une dernière malédiction de cette bouche adorée ; mais la comtesse se contenta de dire avec l'accent le plus doux et le plus tendre : — Eh bien ! monsieur, voilà encore une de vos rêveries ! Vous oubliez votre femme !

— Sa femme ! — murmurèrent d'une voix tous les assistants.

Brancas ne répondit rien, mais une indicible expression de joie et de bonheur se peignit sur son visage, et il s'agenouilla en tendant les mains vers l'ange qui lui souriait du haut du balcon.

Deux minutes s'étaient à peine écoulées que la charmante comtesse d'Isigny avait pris place à côté de notre gentilhomme dans le carrosse qui les emportait l'un et l'autre à cent cinquante lieues de Paris.

Quinze jours après on apprit à la cour le mariage du marquis de Brancas avec la comtesse. Anne d'Autriche, à laquelle on conta cette étrange aventure, en rit beaucoup, bien qu'elle fût assez sérieuse de son naturel, et elle s'empressa de rappeler auprès d'elle son chevalier d'honneur. Elle attacha en même temps la jeune marquise à sa personne en qualité de dame d'atour.

Quant au duel projeté entre Brancas et Saint-André, il ne put avoir lieu, et voici pourquoi : on se souvient peut-être que, parmi les nombreux soupirants dédaignés par la comtesse d'Isigny, l'un, le petit Pardaillan, s'était fait chevalier de Malte ; l'autre, Pevrelade, avait mis fin à ses jours ; Saint-André, qui avait juré de ne pas les imiter, disparut le lendemain de son aventure : on a dit qu'il s'était fait trappiste.

FIN DE BRANCAS LE RÊVEUR.

Paris. — Imprimerie J. Voisvenel, rue Chauchat, 14.

www.ingramcontent.com/pod-product-compliance
Ingram Content Group UK Ltd.
Pitfield, Milton Keynes, MK11 3LW, UK
UKHW021451090726
13657UKWH00003B/1322